世界华文文学研究文库第 4 辑

世界华文文学研究文库编委会 编

跨界华文

凌逾选集

凌逾 著

Research Library of Global Chinese Literature

SPM
南方传媒 | 花城出版社

中国·广州

图书在版编目（CIP）数据

跨界华文：凌逾选集 / 凌逾著. -- 广州：花城出
版社，2023.11
（世界华文文学研究文库. 第4辑）
ISBN 978-7-5360-9346-1

Ⅰ. ①跨… Ⅱ. ①凌… Ⅲ. ①华文文学－文学研究－
世界－文集 Ⅳ. ①I106-53

中国国家版本馆CIP数据核字(2023)第116112号

出 版 人：张 懿
责任编辑：李 谓 杜小烨 李加联
责任校对：汤 迪
技术编辑：林佳莹
装帧设计：林露茜

书 名 跨界华文：凌逾选集
KUAJIE HUAWEN：LING YU XUANJI
出版发行 花城出版社
（广州市环市东路水荫路 11 号）
经 销 全国新华书店
印 刷 广州市岭美文化科技有限公司
（广州市荔湾区花地大道南海南工商贸易区 A 幢）
开 本 880 毫米×1230 毫米 32 开
印 张 7.5 2 插页
字 数 200,000 字
版 次 2023 年 11 月第 1 版 2023 年 11 月第 1 次印刷
定 价 68.00 元

如发现印装质量问题，请直接与印刷厂联系调换。
购书热线：020－37604658 37602954
花城出版社网站：http://www.fcph.com.cn

出版说明

　　有海水的地方就有华人，有华人的地方就有中华文化的流播，也就伴随有华文文学在世界各地绽放奇葩，并由此构成一道趋异与共生的独特风景线。当今世界，中华文化对全球的影响力不断扩大，无疑为我们寻找华文文学创作与研究的世界性坐标，提供了有利的条件和新的机遇。

　　改革开放三十多年来，中国大陆华文文学研究界的老中青学人，回应历经沧桑的世界华文文学创作，孜孜矻矻地进行了由浅入深、由少到多的观察与探悉，取得了相当丰硕的研究成果。为了汇集这一学科领域的创获，为了增进世界格局中中华文化和不同文化之间的交流与对话，为了加强以汉语为载体的华文文学在世界文坛的地位，也为了给予持续发展中的世界华文文学以学理与学术的有力支持，中国世界华文文学学会与花城出版社联手合作，决定编辑出版"世界华文文学研究文库"。

　　这套"文库"，计划用大约五年的时间出版约50种系列图书。

　　"文库"拟分为四个系列：自选集系列、编选集系列、优秀专著系列，博士论文系列。分辑出版，每辑推出 6 至 10 种。其中包括：自选集——当代著名学者选集，入选学者的代表作；编选集——已故学人的精选集，由编委会整理集纳其主要研究成果辑录成册；优秀专著——世界华文文学研究领域的最新学术专著，由编委会评选推出；博士论文——世界华文文学研究的博士论文，由编委会遴选胜出。

"世界华文文学研究文库"将以系统性、权威性的编选形式，成就华文文学研究领域的大典。其意义，一是展示中国世界华文文学研究的整体性学术成果；二是抢救已故学人的研究力作；三是弥补此一研究领域的空缺，以新视界做出新的开拓；四是凸显典藏性，有较高的历史价值与人文价值。

"文库"在编辑过程中，参考并选用了前贤及今人的不少研究成果，在此谨向众多方家深表谢忱。由于时间仓促，遗珠之憾和疏漏错差定然不免，尚祈广大读者多加赐教。

花城出版社

2012 年 10 月

自　序

一粒种子，抽芽，吐绿，绽翠壮大，枝叶生发，开花结实，绿荫如盖。十年方能树一木。寒窗枯坐，窗前的绿意换了一茬又一茬。

一个学科，萌芽，草创，集结英才，凝聚文气，酿成气象。历经几十年生长，世界华文文学学科长成了参天大树。五十年方能树一学科。日新月异，璀璨的星云亮过一波又一波。

衷心感谢中国世界华文文学学会，一直以来，有幸参加曾敏之会长、张炯会长、饶芃子会长和王列耀会长、张福贵会长等领导精心组织的各类高端学术会议，得以把握动态、拓宽视野、受益匪浅。追随学会，学习成长。学会策划并陆续出版"世界华文文学研究文库"近50余种系列图书，借此凝结老中青几代人的学术智慧结晶。江山代有才人出。百年树人，人的培育使学科得以接续、繁衍、传承。丛书问世，给世界华文文学学科奠就了厚实的根基，不管是对于文学史还是学术史而言，都将是不可或缺的硕果，功德无量，利在千秋。拙书有幸位列其中，感谢花城出版社的坚持不懈，感谢詹秀敏社长、张懿社长策划助推丛书出版，感谢杜小烨等编辑们的辛勤工作。

若无当日恩师指引，实难见今日苔花米开，特此向多位导师致以崇高的敬意，千言万语的谢意铭记心间。感谢学术前辈和同行们一直以来的热心鼓励、厚爱支持，谨致以由衷的敬意。

从攻读硕士、博士到博士后，到教学任职，一路从事华文文学和跨媒介文化研究，探寻与思考未敢停歇。近30年来，出书7部，在海内外发表学术论文150余篇。此选集论文出自其中。为求全书思路脉络的连贯性和统一性，调整了文题，意在一以贯之，自成体系。这本选集涵括三个向度：捕捉跨界研究的新趋势，剖析艺术跨界的多种形态，考察全球地域一体化和个性化语境下的多维、多元创意可能。希冀以此窥得学术前沿面貌，有所创新。

长久以来，吾思考跨界创意，探究文学与艺术、科技、媒介打通的跨媒介可能性，这是明显具有跨学科性的研究方向。而另一研究方向——世界华文文学学科最典型的特征也是跨域性、跨界性。华人遍布全球角角落落，南航北骑，东来西往，有意或无意播撒着华文的种子。不同行业的华人驰骋文学疆域，串联时空，竞相斗艳，为华文文学增添了全新的质素，不仅传承了中华传统文化，也革新着中华文明。中外时空交会处，中华文化血脉相承，华文文学魅力辐射四海。

本书选录论文，均已发表。在此谨向各大报刊致以衷心的感谢，如《文学评论》《新华文摘》《中国现代文学研究丛刊》《文艺争鸣》《学术研究》《光明日报》《人民日报》等。港澳台方面有陶然先生主编的《香港文学》、林曼叔先生主编的《文学评论》、梅子先生主编的《城市文艺》、蔡益怀先生、潘耀明先生等主编的《香港作家》，还有《澳门理工学报》的副总编辑陈志雄先生等。恕难一一列举。

感恩所有帮助、陪伴我成长的人。"借得大江千斛水，研为翰墨颂亲恩。"

心藏文内，毋庸多言，请诸君审阅。拙文浅陋，请方家斧正。

目　录

第一辑　前沿跨界

第二辑　艺术跨界

第三辑　跨域多维

第一辑　前沿跨界

第一节 21世纪伊托邦时代的文学新符码

当今时代的符号是什么？如何命名这个时代？E时代（Electronic Age）？S时代（Screen Generation）？D时代（Digital Age）还是大数据时代（The Age of Big Data）？一时难有定论。时下有三股力量推动着跨界业的多元发展：一是全球人员的流动移民，二是科学的融合，三是数码技术的飞跃。在人类文化传播的三个阶段中，口传和印刷发展缓慢，数字网络电子化的发展则呈指数速度增长。刚兴起不过百年左右的影视传媒，已经被扫入传统之列。传统、现代和后现代更替越来越快，今世资讯以光速流行，手机、E-mail、MP4、ICQ、QQ、博客、微博、微信等，各种备件更新换代眨眼之间。哈乐薇（Donna Haraway）创设新术语：赛博（cyborg）、人机合体、社会现实与政治建构、改变世界的科技、虚构的叙述相混，形成新的人机一体经验，不再是"阶级的支配系统"（hierarchical dominations），而是"支配的知性系统"（informatics of domination）。[1] 全球互联网催生出由电脑支持的多维度、人工虚拟现实，形成了浓缩时空的新数字空间（time-space compression）、虚拟赛博网络空间（cyberspace）[2]。随着网络数码、互动影像兴起，人们在虚拟空间开辟社区，形成前所未有的线上

---

[1] 廖炳惠：《关键词200：文学与批评研究的通用词汇编》，江苏教育出版社2006年版，第58—61页。

[2] 黄鸣奋：《数码艺术学》，学林出版社2004年版，第487页。

人际网络①。

酷，是当代青春期的符号，见诸服饰、体饰、俚语、吸烟、音乐偏好等，再不是嬉皮、迪斯科、朋克甚至嘻哈时代。今日年轻人成长于数码时代，在网络海洋中游刃有余，人称网络原住民（Digital N-ative）②；而余者则为网络新移民（Digital Immigrant），置网络于次要地位。如果说，老派文人精研琴棋书画、医卜星相，多以纸笔方式，字斟句酌地写作；那么，当代文人已改头换面，精研技艺领域横跨电脑网络、高科电子、天文地理、旅游饮食、动漫话剧等，拍客族常按快门，新生代多用电脑随写随改，手稿将成为绝迹的稀有物品。如果说，香港中老年作家实验空间叙事，以实体的空间游历为主；那么，青年作家则以虚拟的空间游历为主。青少年日益远离广播影视，变得网络化、虚拟化。廖伟棠指出，香港"80后"，与网络共生，仗电游行义。突变式觉醒的人，成为一撮时代的人中之盐。③ 时代有脉搏信息，要到新人类作家中寻找，如潘国灵、谢晓虹、韩丽珠、廖伟棠、雨希、王贻兴等，他们创设 N 合一媒介融合的香港文化符码，创意丰富。

在网络科技高度发展的伊托邦时代，新新作家善于化用新奇的虚拟赛博网络空间元素，再现伊托邦、乌托邦、恶托邦交织的 E 时代想象，创造新时代文学新符码。新生代及中生代作家们的创作印着强烈的代际符号，他们发明了杂唛时代的新人学，为 21 世纪文学开创了一条新的想象之路。本文意在挖掘赛博后现代小说创设了哪些新人学、新符码、新元素。

---

① 廖炳惠：《关键词200：文学与批评研究的通用词汇编》，江苏教育出版社2006年版，第57页。

② 马克·包尔连（Mark Bauerlein）主编《数位并发症》，温美铃译，时报文化出版企业股份有限公司2012年版，第25—26页。

③ 廖伟棠：《波希米亚香港》，北京大学出版社2011年版，第48页。

一、伊托邦是乌托邦还是恶托邦？

新科技给人们的生活方式、行为习惯、思维方式带来新变化。在香港新生代笔下，世界焕然一新，全套新版语言，打下时代烙印，文学令城市变得不再短视、单一。如邓肇恒的《天使的日常生活》说："当快闪遇上永生，天使的时间观和价值观也开始变态失衡……天使代表终于给上帝拨了一通标榜收费最便宜的 3G 长途电话，希望兜口兜面、绘声绘影地告诉它，自从天使失去了翅膀和光环之后，取而代之的只是无处不在的电子荧幕和满街满地的 N95 口罩……而上帝却将电话接驳到留言信箱。"①年轻作家想象新世界，一派 E-topia 时代气象。E-topia，由米切尔所创（2001），他认为，几千年来，人类经历三次演变，从水井中心到水管中心到网络中心，从壁炉到电路和供热管线到信息高速公路，从听佛祖演讲到印刷文化到电子百科全书②，在如今的后信息时代（post-information age），因特网成为新铁路，硅成为钢材，"世界贸易由传统原子（atom）交换飞跃为当前比特（bit）交换，不再输送笨重的商品质量（mass），而输送即时廉价的电子数据，信息成为举世共享的资源"③。1963 年拉里·罗伯茨发明的互联网，技术呈指数级增长。未来电子产品能根据个人喜好，度身定制，变得更有互动性、更人性化，既有实用功能价值，也有文化美学价值。米切尔的《比特之城：空间·场所·信息高速公路》、尼葛洛庞帝的《数字化生存》等，都对新时代抱着热切的期望态度，乌托邦时代俨然到来。

---

① 张美君：《沙巴翁的城市漫游》，红出版 2005 年版，第 23 页。

② 威廉·J. 米切尔（William J. Mitchell）：《伊托邦：数字时代的城市生活》，吴启迪等译，上海科技教育出版社 2001 年版。

③ 尼古拉·尼葛洛庞帝：《数字化生存》，胡泳、范海燕译，海南出版社 1997 年版，第 12 页。

但是，安德鲁·芬伯格却创设恶托邦（dystopia）这一术语，认为科技成为给人类带来恐惧的恶魔，是世界末日、历史终结的元凶[1]，尤其是二十世纪五六十年代欧洲文化描述科技文明，出现末世论（eschatology）主题，法兰克福学派也对科技文化持批判精神。恶托邦思想源于原子弹战争、越南战争、美苏冷战，开发太空引发的科技和军备竞赛，更早源自赫胥黎、奥威尔等科幻小说的反乌托邦，由此激发出的忧思。电影《V字仇杀队》讲述在未来的伦敦赛博空间，人们失去话语权，生活在恐怖之中，唯有赛博人化身V敢于站出来反抗，推翻荒唐恐怖的统治，炸毁伦敦标志性建筑，唤醒民众的反抗意识。Utopia、E-topia、Dystopia，尽管三词根都是 – topia，但意义差距甚大。乌托邦是人类对美好社会的憧憬，《庄子》称之为"无何有之乡"，柏拉图《理想国》描绘过，1516 年莫尔也写过《乌托邦》（*Utopia*）。在伊托邦时代，当代艺术家既不会只唱乌托邦赞曲，也不会只吹响恶托邦挽歌；而多再现两者交战、冲突抗衡，反映对未来的忧思或希望；既有正面乐观论，也有负面悲观论。E时代有并发症：既给人带来快捷方便、互动自如、速度自由、弹性工作制、自我掌控感、合作创新精神；也让人成为低头族，患上科技脑过劳症、拖延症，一切都随传随到，按键即得，今人是否变成思想薄饼人（pancake people）？娱乐至死？被 google 变成 pigs？新术语、新概念、新事物，给文学带来新热望、新图景，也带来新焦虑、新忧思。

其实，老一辈香港作家也有数码网络虚拟叙事。如昆南（1935—　）的《ICQ 以外的界面》，叙述人物苏豪（SOHO）的意识流，挣扎于是否离开此城，听到"恐怖大王从天而降"的分贝，感到女友薇子冷漠得快要变成机器人，肌肤不时闪着电光，周围也有越来越多的机器人，身体内几个器官在复制中，医生告诉他可以"随心所欲同步传输，适应这个城市的每一个规划区域"。SOHO 按着电脑键，"不想

---

[1]　Andrew Feenberg, *Alternative Modernity*：*The Technical Turn in Philosophy and Social Theory*, （California：University of California Press, 1995, p. 41）.

建造什么大厦、地下商店、天桥，而想造个能独立思考的人，不，还是要张到处通行的 SMARTCARD，但，来不及了，荧幕上已跳出了几个 3D 英文字母：SimCity 2000 … GAME OVER"①。其实，早在 1961年，昆南的长篇《地的门》，就在人物叶文海的意识流中，穿插描写、各类旧报纸的成千上万条消息，世界与九龙共同呼吸，科技灾难、太空试验，还有异教徒宣扬世界末日的预言，引起民众恐慌。②昆南对科技文明的恐惧由来已久，有恶托邦情结。

香港年轻作家们对新科技爱恨交加，辩证思考。萧恒的《爱恨手机电邮间》认为，后现代人觉得手机电邮、SMS（ICQ）等通信科技限制了人的自由，但失去它们又感到彷徨难受，城市人依赖科技来沟通，但这沟通却只接近，而没有交流。不接电话、不回复电邮，成为现世的第八宗罪："手机作响、电邮催促，只觉死线太多，时间太少，却不知为何要如此匆匆。我们就此化为一粒堕落在时间框架中的沙子，迷失城市当中。"③ 汤文锋的《假如摄影机没有撒谎》，将社会乱象隐喻为球场嘉年华，并有无数台摄影机，以数不尽的焦点，一起说、看、唱、念、造故事。但机器永不能撷取整个真实，从任何角度看都会偏颇主观，随意抽取的片段，可以营造出不同的解读可能，数字与数字之间的真伪，也不是一条容易计算的方程式。邓肇恒的《天使的日常生活》得灵感于 2004 年香港电影节上映的拉乌·卢易兹电影，该片的疯癫女主角认为：每个跌堕的人也就是天使。根据这荒谬颠倒的理论，那么，香港如旅游局所言，简直就是天堂，折翼天使流连于城市，感悟日常，堕落天堂依然奉行大鱼吃小鱼的堕落惯例。小说与电影互相影射，跨界想象叙述，富于超现实的精神，插科打诨，反讽辛辣。魏家欣想象未来 2029 年，比较悲观："在一个新陈代

---

① 许子东主编：《香港短篇小说选（1998—1999）》，三联书店（香港）有限公司 2001 年版，第 188—192 页。

② 昆南：《地的门》，文化工房 2010 年复刻，第 80—81 页。

③ 张美君：《沙巴翁的城市漫游》，红出版 2005 年版，第 106 页。

谢率快到成为病态的城市，腐烂的速度在我们发现之前早已失救，这形成了诡异的情景，那是种延误，既然那是未来，是远处，我们愈向前行、城市愈苍老，就愈跟未来同步，影和像才能归位……时空归位，未来的实景与昔日的电影重叠。每天喝着孟婆汤的城市回魂了，在世界各地找寻新的躯壳转生……城市是灵魂、是鬼、是身体、是攻壳，无限次出入：存档。复制、粘贴、删除、预览、上传、超接、防火墙、病毒过滤、数据还原、系统入侵、容量压缩、非法转载、虚拟服务器、记忆体备份、多机种模拟……"[1] 这些想象得灵感于押井守电影《攻壳机动队》，该片以香港为蓝图，用怀旧的香港，象征未来的香港；用褪色过期的老城市，表述前卫科幻的新都会。广美毕业的曹斐也设计过未来城市动漫，展现于美国林登实验室（Linden Lab）创建的全球最大虚拟世界平台 Second Life（"第二人生"），该作碎片化拼贴海洋城、鸟巢、东方明珠、熊猫、摩天单车轮、塑胶桶承载高楼等各种时代符码，画面色彩丰富艳丽，俊男美女人物养眼，矛盾整合具有狂欢化、娱乐化色彩，以虚写实，反映中国当代社会和艺术形态的状况，也有揶揄反讽，但是，总体来说，还是对 E-topia 新时代充满欣喜憧憬。大陆新人类动漫跨界的丰富想象，已有赶超香港之势。

"我几年的心血，就全在这片指甲里了。请好好保管。"潘国灵在《无休止的缩小》[2] 中俏皮地说。所谓指甲，即容量 32GB 的 USB 储藏器。"还有很多空位，我写一世的文字，也填不饱一片指甲。"小小晶片储存无限大的世界，可谓针尖上的天使。叙述者从父亲的年老缩水，想到父子的阅读审美代沟，再感悟道："无休止地缩小，是世界不可逆转的必然命运，身体、字母、文学，一同走向缩小的末

---

　　① 魏家欣：《回到 2029AD》，载张美君《沙巴翁的城市漫游》，红出版 2005 年版，第 88—92 页。

　　② 潘国灵：《Fort, Da 亲密距离》，香港 Kubrick 2010 年版，第 132—134 页。

路。我想象自己也一点一点地缩小，直至无人察觉。"全文笔调起初戏谑，转而忧郁，省思恶托邦图景。1999 年电影《十三度凶间》（*The* 13*th Floor*，又译作《异次元骇客》）也探讨晶片世界，依据 Simulacron-3 小说改编，反思寓言式话题，即柏拉图主张的"真实的世界只存在人们的想象之中"。科技进步，所有物事，如飞弹、核子试爆都能在晶片中模拟，虚拟世界给人类带来便利，提供海量资讯。但万一虚拟世界自我进化有了智能，超出人类掌控范围，人工智慧主宰人类智慧，模糊了虚实界限呢？在当代的中外小说和电影中，恶托邦的噩梦挥之不去。

二、新时代符号学

不同时代有不同的符码代号。港台作家们善于撷取时代元素，创出新眼界和新符号学类型。

（1）苹果符号学。潘国灵小说《咬恋》①，讲述"我"与女孩偶遇于星巴克咖啡店，因使用相同型号的苹果 iMac 电脑，相互吸引搭讪，讨论苹果 Logo，为什么是被咬了一口的苹果？女子说是因为偷吃禁果；"我"说灰黑 Logo 多年前本为彩虹色，这个同性恋标志，本为纪念奠定电脑数理基础的"人工智慧之父"Alan Turing（艾兰·图灵）。20 世纪 50 年代，麦卡锡主义兴起，同性恋者和共产党人受迫害，图灵因此服毒自杀，留下咬掉了一口的苹果。所有爱情始于暗示召唤：宋代词人周邦彦被佳人以橙挑逗——"并刀如水，吴盐胜雪，纤手破新橙"；今天"我"被少女以苹果引诱——"苹果就这样被咬了一口"。两人因苹果而结缘，苹果女孩爱咬东西，咬指甲、咬饮管，进而咬"我"的身体，"咬癖"促进恋人的私密感情，就像苹果商标。鲍德里亚说，"为了某种社会地位、名望、荣誉而进行的消费是

---

① 潘国灵：《咬恋》，载《亲密距离》，香港 Kubrick2010 年版，第 19—32 页。

符号消费"。① 苹果，凸显出符号价值，成为社会圈层互认的身份标志、情感共鸣项。但后来，苹果女孩竟开始咬女子，咬了代表永恒欲望的彩虹苹果，还声称有完全不同的口感。"我"斥之曰，"你爱的不是人，你是恋物狂。你把我当成物件"。因苹果而起的咬恋最终土崩瓦解。在液态时代，爱情只能飘忽；就像苹果手机风靡，更新换代总如一阵风。潘国灵巧用新媒介记号，开创苹果爱情佳构，独树一帜，反倒长存。

（2）手机符号学。潘国灵酿造出佳作《我城05之版本零一》，才情尽显。主角阿果是新媒体传播学的大学生，和女朋友通过电邮谈恋爱，师生们课堂上讨论万维网、电子民主、人民电台等，话题跟时代接轨，未曾落后于时代半拍。他们七嘴八舌地为手提电话下定义：国际漫游器、多功能机器、偷窥器、监察器、音乐盒、课室电影院音乐厅的骚扰机器、申冤求救器、定位追踪器、消灭思念器、消费情报站、废话谎言生产器、短信作家生产器、口臂臂狂人日记机器……答案异彩纷呈，极具想象力。无独有偶，台湾朱天文《巫言》也探究手机，还点出其性别文化意义，如绝对女性的"李氏手机人类学"："长发女生穿高跟露趾鞋，短窄裙。机子改装后呈果冻色，挂满一串凯蒂猫、趴趴熊、南方四贱客、小丸子，外加一个女生兮兮的珠织手机袋。屏幕亲密红色紧迫盯人，一天照三餐打，没营养的情绪，绝对值得用最昂贵青春来换。她逛街杀价的嗲声，她接到电话的长尾音喂——粉红恋人之 GD90。"②整段简直是阴性火星文天书，写活了商品美学，活化新式闷骚女的乔装作致。富有女性特质的男生，则爱用T28型，第一款锂电池超薄机，禁得起他们的自由。显然，从潘、朱的手机符号学书写来看，性别差异大于地区差异。手机仍在持续发展中，像变形金刚般百变，最初是大哥大、"大水壶"，如今愈缩愈小，

---

① 鲍德里亚：《消费社会》，刘成富、全志刚译，南京大学出版社2001年版，第26页。

② 朱天文：《巫言》，上海人民出版社2009年版，第117页。

将小到能植入人体，或与网络整合，成为新式电脑手表、时尚饰品。移动手机移动了人类生活，也移动了文学，对文学内容、形式和承载方式产生巨大的影响。

（3）电子卡符号学。审视后工业时代的电子卡，史筱情敏锐地发现区域差异。① 不同城市命名电子卡千差万别，香港叫"八达通"，台湾叫"悠游卡"，新加坡叫"EZ-Link"……符码命名背后，藏匿着深刻的文化意涵。香港是即食化、机械化、智能化的极速城市，悠游在此最不可能发生；在蜜蜂般忙碌的人潮中，你和他们永远只有瞬息擦肩而过的份儿。而在台湾，生活意味着温柔而淡雅的沉沦、能和快速兼容的"悠游"、浮夸以外的含蓄。若去台湾的诚品书店，必能体会到这种"悠游"与品位，这与香港二楼书店的逼仄拥挤，实在不可同日而语。

（4）物符号学。敏锐把握到物欲、恋物癖、消费文化给香港社会带来的冲击。如陈慧的《拾香记》。连家十兄弟姐妹的人名与物名符号相应，如六合与六合彩、八宝与八宝粥、七喜与饮料七喜。从四海开始，人名与连城生意相关："四海办馆、五美时装、六合百货、七喜士多、八宝制衣、九杰运输，而十香，是间酒家。"②全书借家史讲述香港史，从1974年讲至1996年，连家以卖橄榄起家，从铁水桶时代发展到塑料桶时代，随香港金融中心、购物天堂、自由港发展而进步，一家老小的出生和死亡与社会媒体、历史事件齐头并进，水乳交融，如明星林黛死时，七喜出生……林林总总，一波三折，跌宕起伏，甚是好看。全书以逝者连十香为叙事视角，浸染着怀旧回忆，物之于人，有温馨亲切的喜悦和温情。王贻兴也善于写感官世界，不仅是视觉、听觉的盛宴，而且包容了味觉、嗅觉、触觉等感官体验，营造了另类空间体验。而朱天文写及青年族群"当下族"和"E人类"的物恋情结，则是另一番态度。其《巫言》写新新人类的

---

① 张美君：《沙巴翁的城市漫游》，红出版2005年版，第60—63页。

② 陈慧：《拾香记》，七字头出版社2008年版，第9页。

高科物事，足足三章：《E 界》《e-mail 和 V8》《荧光妹》。各种后现代物事如不明飞行物，在文字间穿梭：赛车，路上飞行器，战斗机和汽车交集，人机一体，人车一体；OK 联盟，找 OK，万事 OK；用 V8 摄下影像，业余又摇晃。热衷豪奢物、新科物、酷异物、炫物、恋物、物控，喜新厌旧，换物频繁，内地、港台新人类多有此癖。对此新时代的脉动，先锋作家有敏锐把握，难逃他们的法眼，叙述人与物关系，在人性化与非人性化的矛盾力量间摆荡。

（5）未来符号学。透支未来，穷尽叙事，仿佛对小说将死的宿命预言，做最后的搏击。但这不是科幻小说，没有外星人、机器人、怪物，还是一群人类，还是写实，只是进入拟真未来。如香港董启章的《哑瓷之光》，想象未来百年的子孙故事；内地王朔的《和我们的女儿谈话》，提前进入老年，和女儿辈的人对话。台湾杨照的《我想遇见你的人生：给女儿爱的书写》讲述女儿的未来；骆以军的《我未来次子关于我的回忆》、张大春的《聆听父亲》给尚未出生的孩子讲故事，在巨大无常且冷冽如月一般的命运碾过这个不存在的孩子之前，他将会认识父亲，乃至父系家族。当代作家们纷纷提前进入未来隧道，成为风潮，力求开拓写作路向。当然，香港科幻故事论集《科幻·后现代·后人类》，也关注新媒体的勃兴和发展。

面对过去，指向未来，符号的跨代组合能激发创意。潘国灵分析过香港地产网站公司一幅广告，将中国工农兵的图像，并合于"伟大的地产信息服务革命"，"这个广告将两种革命，横跨了很阔时空地，压缩在一个平面上"。①

广告图运用的是拼贴混拌的后现代创意法，而这也是后来"北京 798"艺术创意的法宝。香港作家善于混拌代际符码元素，写出新意。2005 年，新生代作家潘国灵和谢晓虹创作中篇《小说的 i 城》，向早生代西西的《我城》致敬，两代作品正好相差 30 周年。三部作

---

① 潘国灵：《计算机用语——现在式与过去式的断裂》，《明报》2000 年 4 月 26 日。

品都敏锐地抓取到时代符号：西作再现 20 世纪 70 年代的"电话、电视、旅游、求职、制水、节能、难民、土制菠萝、葬礼、请愿等"；潘作再现新世纪的"网络、电联、手机、新媒体、失业、沙士（SARS）传染病等"；谢作寓言式再现"分裂人、分裂城、分裂纪念日等"。

三、"杂唛时代"新人学

"杂唛"，是当代香港的符号，罗贵祥提出此说①。陈智德在《论七十年代的都市文学》序中也指出，自 20 世纪 70 年代起，香港本土化成形和成熟后，进入跨媒介年代，跨界与多元的文化并存，混乱与拉杂的"杂唛"，不安于位，不墨守成规，成为缝合香港人文化身份的连接点。新生代作家不拘于单一身份，像个百变精灵。如潘国灵，典型的跨文理全才，本科学计算机，硕士学文学，师从李欧梵，其写歌词，组乐队，当记者，玩摄影，主编影评，专论警匪片、枪战片，文化评论分析城市空间、景观、性、文化隐喻、微观政治、年轻人文化、消费主义、流行符号学等，文学书写与文化评论互相滋养，并与网络数码电影音乐有千丝万缕的关系，自编自拍自写。潘国灵是捕捉时代新符码的高手，其小说可与散文随笔《城市学》第一、第二集对读，都探讨流行文化、虚拟网络世界、消费主义、流行符号学、卡拉 OK 空间论、互联网题材歌曲等，形成复杂多元的互涉网。尽管跨界无边，但他仍然坚定地宣称，是"文字死硬派"。②新锐作家因自身的杂唛，笔下雕刻的人物，也带有跨界气质。据科学研究，人使用新科技后，大脑能生出神经树突，形成新的突触，以适应进化。而敏锐的作家们则发现，E 时代的人学也有突变，类型多元，不同以往。

① 罗贵祥、文洁华编：《杂唛时代：文化身份、性别、日常生活实践与香港电影 1970s》，牛津大学出版社 2005 年版。

② 潘国灵：《亲密距离》，香港 Kubrick 2010 年版，第 132 页。

"压缩人"，潘国灵创造的新人种，其短篇小说集《伤城记》篇首即为《压缩人》（1998），主人公笑生遭遇车祸，虽幸免于难，却罹患"记忆压缩"症，遥远过去像近在咫尺，往事胶着，时空错乱。压缩人好像卡夫卡笔下的人变身甲虫，荒诞而真实。为什么会变成压缩人？"笑生母亲永远没法知道答案，表面意外肇因是酒后驾驶，但真相却与酒精无关，只不过是上帝的小指头随机抽搐了一下。爱因斯坦说过，我最感兴趣是到底上帝创作人时，他有没有选择"①。难道生死是上帝的儿戏？凡发生的事都经上帝默许？时间与记忆不可还原，缘于城市改头换面速度太快：电视剧不断翻拍，又赶不上流行的趟。对 1998 年而言，电脑已升级到 Pentium Ⅱ，而 Pentium 18088 落伍了；电话越来越多，号码早升为八位数。结尾云，"在 1997 回归后的短短一年，我们集体经历许多许多，香港回归、亚洲金融风暴，香港股市由历史新高跌至历史新低、楼价暴跌四成、禽流感、连串医疗事故……这短短一年，像笑生的脑袋一样，被压缩了似的。一些事情，我们记得，因为重要，也可以是，因为时间接近"。压缩人其实是时刻压缩、高压化、后现代社会的新象征符码。

"柏拉矇"，纯种数字人，潘国灵牌，最新出品："在大学，我是 98031370；在朋友之间，我是 92776090（这个数字也转过好几次了）；在亲密朋友、家人和恋人之间，我是 92776090 + 26286049（家用电话），在泛泛之交之间，我是 71168968 #6248；在网上，我是 13621254549；在工作单位，我是 1356；身份证上，我是 D750 × × ×。我的真名你毋庸知道。我的花名叫柏拉矇。我与你，总有同与不同的地方。"② 柏拉矇在劳动节放假那日，溜达到街上做浪游人，遇上各色人等：纸板人做活体广告，义工兜售慈善奖券，问卷人，应该

---

① 潘国灵：《压缩人》，载《伤城记》，天地图书有限公司 1998 年版，第 6 页。

② 潘国灵：《周六床上柏拉矇》，载《失落园》，香港 kubrick 出版 2005 年版，第 169 页。

买听觉劳损保险的影视店员工，潮爆少女，女推销员等；思绪被前女友阿娇牵引，又被亲友电话手机传唤，被广告公司的同事多口祖叫唤。临近尾声，才揭秘，花名拜多口祖所赐，因读柏拉图的《理想国》，被他就取笑为"柏拉图＋阿矇"，简称"柏拉矇"（Paramount）。李碧华《胭脂扣》也写过数字化生存，如花与十二少约定的暗号是3877，她遍寻各种证件，找不到解码线索："一个小市民可以拥有这许多的数字，简直会在其中遇溺。到了后来，人便成为一个个数字，没有感觉，不懂得感动，活得四面楚歌三面受敌七上八落九死一生。是的，什么时候才可以一丝不挂。"在数字化时代，后现代人一不小心就成了数字人，以数字符号辗转于不同身份间，不是异化为机器螺丝钉，而是简化为数字，被数字掌控，被异化，本末倒置，在一堆数字中永劫回归，有所欠缺。

"口罩人"算是香港近年来的一大特色。2003 年"非典"后，在地铁、巴士、街道上，常常迎面走来口罩人，自保不暇，退居自守："面具不仅防止病毒，还防止我流露感情……口罩是我的墨镜。我低头不语 游离分子（独个儿，在街道上）呼吸着游离分子（千万粒，在空气中）。"①

"贫泪人"，潘国灵贡献的新人种。天目从不流泪，从不知道何谓喜极而泣、赚人热泪、凄然泪下等。他目睹别人哭，世界仿佛是供他观赏的。为学习流泪、刺激泪水，他每天切一个洋葱。对这怪诞的行为，恋人最初是笑着说；然后是劝、骂、怨；再到自语"你贫泪，我贫血，你想哭，我想笑"；到最后，分手。天目体验到心如刀割，本被判入贫泪国度永久流放的他，滚出一滴泪如水晶，终于明白："原来他需要的不是切洋葱，而是将情感切成碎片，以重演刻骨的分

① 香港艺术中心及 Kubrick：《i－城志——我城 05 跨界创作》，香港艺术中心 2005 年版，第 54 页。

离与割爱。"①贫泪冷漠，难有恒久之情，活画出后现代人的某种症候。

"异次元人"，则是朱天文创造的新人种。其长篇《巫言》云："时间运动线上绝对碰不到的人，地下人，地上人，异次元人，不同界面人，这时间，互相碰到了，映入视网膜，暗叫，有怪兽，有怪兽！假装没看见的话亦即不存在，互相是空物，缥缈过"（177 页）；"地底荧光人，出地面，煞白煞白人，挂满见光死的廉价塑胶物"（178 页）。书中还有不少类于火星文的语句，如"这么说吧我的爱，一个 E 丸 E 过还未退的眼睛，一个眼角被开大的眼睛"（175 页）。反复阅读终于明白：原来，这是"祭司打碟"的新人类狂欢场所，"地底祭场"，怪力乱神。朱天文笔下还有哇靠灵归人、摩登原始人、偶数人、畸零人。别名越多，越表明人类的自我迷失。最费解的是异次元人。次元，在日语中，即维（different dimension）。异次元即不同于三维的四维、五维，英文为 Extra-dimensional，简写为 ED 或 EDS，中文译为"平行宇宙""高维空间"，即不存在于我们这宇宙的第二宇宙，虚拟位置与人类世界交叉重叠，但互不干涉。异次元人即 parallel universe person，即平行宇宙人，地球人分身。在异次元空间，人可按照己愿在空间和时间里变换位置，去任何一个想去的年代，类于跌入时空隧道。朱天文写异次元人，因体察到在物欲化、低俗化、综艺化社会，活在"E 界"场域的当下族"E 人类"，追寻速度带来的快感，锐舞带来的发泄，热衷极速飞车，嘈杂喧嚣，肆意宣泄，衬出都市青年内心的空虚寂寞、狂躁焦虑、异化扭曲、感知麻木、内心封闭。朱天文有意塑造菩萨低眉的巫人世界，以此映衬 E 人类世界，如两个平行宇宙。她曾被人喻成卡珊德拉公主——公主被阿波罗追求却不为所动，阿波罗赐予其预见未来的能力，但是她所说的话没人信；之后特洛伊木马进城事件，确实没有人信她的预言。作为

---

① 潘国灵：《贫泪人》，载《亲密距离》，香港 Kubrick2010 年版，第
103—111 页。

作家，就算没有人相信，也要把担忧预言写出来。对当今世相，朱天文无法"菩萨低眉"，而要用女巫之言批判、抵抗，希冀让个体生命重获生命灵性，抵抗石化世界，得到诗意救赎。朱天心因此被王德威比喻为本雅明书中背向未来的新天使，在历史进程中面对过去，被进步的风暴一步一步推向未来。

在异次元人与平行宇宙、时间简史和繁史探究层面，董启章与朱天文相似，作为港台新锐作家代表，两人都勇于谋求内涵和形式的突破，都特具雄心，拟冲刺当代文学的巅峰；朱天文的《巫言》和董启章的"自然三部曲"，都力求海纳个人史、社会史、禅宗玄幻、宇宙谜题等难以言述的哲思内容。不过，董启章以西方学说为基石，言物质，言宇宙，说条件，论因果。朱天文以中国禅宗为基石，论无，知生，知机，机在于阴阳变化之先端，是飞跃的、超因果性的。朱天文，老作家而青春笔墨，很台湾，很后现代。董启章，中年作家而欲求穷形尽理之言，很香港，很反后现代。不同于内地作家喜欢再现"文革"情结，董启章反映香港的"后97"情结，朱天文书写世纪末"最后症"情结："地球人硬是催眠了时间，一格一格把空间放大，放缓，放满，放停格，产生了一个与恒星年毫不相干的日历两千年。"[①] 朱天文多再现阴性事物，并常做无性别、跨性别叙述，模糊性别话语，如自称巫人，称青年为"E人类"；创造性地将垃圾分为"永生界""重生界""投胎界"和"再生界"。而董启章多再现阳性事物，喜欢探究雌雄同体问题，注重时空的多重框架搭建，形成双声道、三声道乃至四声道的对照呼应，在实然、或然、拟真世界中创设多层叙事通道。董启章的《学习年代》采取"阴阳脸叙事法"：一个声道是新法讲故事，采取时间零叙事法，省思知识性哲理性、雌雄同体、双身变身等内容；一个声道是古法讲故事，讲述三角四角多角恋爱，爱恨情仇，物欲百态。《巫言》则采取自由蔓生法，异时异地的时空交错，形成叙事的岔道和迷宫——如借"看"串接场景：去香

---

① 朱天文：《巫言》，上海人民出版社 2009 年版，第 39 页。

港看歌剧，衍生出笑看"我"的六类人；看到同室帽子小姐的垃圾，衍生出垃圾分类法则，再衍生出文字的世俗化演变史等。再如以"孤独"串联故事：帽子小姐的不结伴旅行、王皎皎独游普罗旺斯、文字炼金士与俗世格格不入、前社长临终前的孤寂无助。再如借"菩萨低眉"，写江医生不介入患者；想到关云长的垂目掩帘，若睁眼则杀人；想到马英九市长的不敢睁眼等。叙事采用岔道勾连法，像无数的八爪章鱼，以无数柔软触角，串联起琐碎驳杂信息，网罗打捞起博大纵深的物世界。

符号学家像语言学家，要进行意义的调配，解读社会道德的意识价值。罗兰·巴特从符号学角度，分析葡萄酒、牛排、婚配、摔跤、玩具、筷子、鞠躬、恋人絮语等，解读20世纪后半叶社会现象背后的文化意蕴，别具一格。进入21世纪后，赛博空间使知识的传播更方便快捷，实现知识交流的无中心化，不再是少数人垄断知识的圣人模式，文学符号必然随之而变，会诞生出新人类、新物种，产生出多元的代际符码学。在新媒介时代，有必要建立新符码档案、新人类学品牌，建构新文学理论，本文算是抛砖引玉。

第二节　赛博时代的可能世界叙事

宇宙不止一个世界。小说也一样，有实然、或然、应然三重世界。实然，现实存在的世界；或然，充满各种可能性的、想象的世界；应然或超然，则是理想的诗意栖居之所。如果说，实然是一维空间，与应然构成二维空间，那么，或然则加添出三维、多维空间。董启章打破传统的文本公式观念：不再采取"一文本一世界一故事"的叙事法，而是创造"多文本多世界多故事"，开辟"三重世界三合一"叙事。由此建构出"自然史三部曲"宏大工程：第一部《天工开物·栩栩如真》（2005）①，二声部小说，482 页 30 多万字；第二部《时间繁史·哑瓷之光》（2007）②，三声部小说，上下册 886 页 60 多万字；第三部预设为四声部小说《物种源始·贝贝重生》，已有上篇《学习年代》（2010）③，710 页；下篇前奏曲《美德》（2014）④，170 页。十年磨剑，三部曲一分为五，处于完成与未完成之间。三部曲建

---

① 董启章：《天工开物·栩栩如真》，麦田出版社 2005 年版。该书获得中国时报开卷好书奖十大好书、亚洲周刊中文十大好书、联合报读书人最佳书奖、第一届"红楼梦奖：世界华文长篇小说奖"决审团奖。

② 董启章：《时间繁史·哑瓷之光》（上、下），麦田出版社 2007 年版。该书获得"红楼梦奖"（又名世界华文长篇小说奖）第二届（2008）的决审团奖。

③ 董启章：《学习时代》（《物种源始·贝贝重生》上篇），麦田出版社 2010 年版。

④ 董启章：《美德》，台北联经 2014 年版。

构三重世界，各有侧重：第一部主讲实然，第二部主讲或然，第三部主讲应然。2014 年，董启章获评"香港年度作家"，继刘以鬯、西西、也斯等之后获此殊荣。其特色在于创意不断，每部作品都谋求突破。本文主要以第一部为例，探究董启章如何开掘小说的三重世界叙事，如何在城市空间与赛博空间中找到对接点，开辟叙事内容、空间架构创意。一文本一世界一故事，这种文本模式已被后现代叙事法解构。董启章的"自然三部曲"开创实然、或然、应然三重世界合奏的多层故事，建构赛博时代的百科全书式内容，融合现实主义、浪漫主义、后设小说等多种叙事法，营造出异托邦式的第三空间叙事。

一、或然可能与虚拟空间叙事

《天工开物·栩栩如真》分两声部，各 12 章。第一声部书写或然世界，以阿拉伯数字标注；第二声部书写实然世界，以罗马数字标注。两声部交错叙事，激荡出或然、实然、应然三重世界的错综复杂关系。全书主讲实然——V 城百年科技造物史，交织呈现三代家族史、个人史、城市史，隐喻香港的百年社会发展史，建构出物化时代的现代性、后现代性。但全书为何将或然放前、实然放后？我们先来分析第一声部。

第一声部第 11 章"想象世界"，临近尾声，有个至关重要的细节易被忽略。叙述者提到，栩栩违反了人物规则，被警察和医生惩罚："你看。她那么真！她是真人吗？另一个说：是时候了，截断她的电源吧。"（423 页）警察早就警告过她：如果发现你不是人物，最高的刑罚是驱逐出境；因他们没法监禁或者杀死一个真人。栩栩要被截断电源，说明其可能是机器人、仿生人、克隆人、生化人或赛博人。赛博人是机器与生物体的杂合体，是控制有机体、虚构的创造物，模糊人和机器界限，也模糊自然与非自然界限，连接人的潜意识在物领域的路径，是人和世界的象征小世界。①判断栩栩是否真人，像电脑学界的图灵测试。如果电脑和人的反应一致，判定电脑能思考；即电脑特性和功能向人类靠拢。反图灵测试，则让电脑发挥自身特性，机器有自己的个性。董启章省思真人与戏剧人物的异同，恰似图灵与反图灵的实验。②

栩栩不是一般意义上的人物，而带有科幻色彩；隐喻作家意在开创高科技时代的或然叙事，人物世界隐喻电脑和生化世界，创设新的虚拟意象。栩栩是想象本身，概括或然世界的奇幻可能："这里是所有可能的世界！只要有坚强的想象力！"（419页）这隐喻作家的创作宏图，其在序言表达建构或然叙事的宏愿：立体多面地再现"所有可能的想象"，营造可能世界（possible world）王国——既未成形，但又已经确立；既存在于想象，但又实践于体验；每个节点都有很多不同路向，如现在的地球时空并不是唯一，还存在其他时空，而任何一时空都是一可能世界。可能世界抛舍真实与虚构的二元对立，将真、假、非真非假等各种可能包容其中。在无数可能中，最终有一种成为突然，实然世界即实现了的可能世界。再现实然，又有无数可能叙事。不管哪种叙事都只是或然，永远无法再造出实存，只能是种可能。或然，即未发生事件话语（the disnarrated），普林斯将之定义为叙述过去、现在并未发生过的事情。③

栩栩隐喻了小说的叙事法则创意。纵向聚合阅读，第一声部讲述"我"利用文字工场想象模式，创造鲜活的人物世界，呈现虚构的叙事过程、法则。开局想象匪夷所思：栩栩一出生就是十七岁，而且永远十七岁。全书用后设叙事法，呈现叙事者操控栩栩的过程，自暴栩

① 胡易容、赵毅衡：《符号学—传媒学词典》，南京大学出版社2012年版，第175页。

② 黄鸣奋：《新媒体与西方数码艺术理论》，学林出版社2009年版，第110、139页。

③ G. Prince. *The Disnarrated*. Style 22. 1，1988, p. 1.

栩是对旧日恋人如真的再造想象。以超现实法拼贴剪辑、蒙太奇并置，设计或然世界，创设仿真世界：小冬和警官都有双笔手；艳艳有唇膏手；爱克斯是万能刀手，像电影《剪刀手爱德华》；尊尼老师是表王、钟表师、传道者，引导人物改造社会，人物符码象征丰富。人物可追求自我存在，具备自我意识和想象力，表达对生命的期望，质疑反思自己的命运；能突破真实和虚拟的界限，直面作为创造者的"我"，让创作者改变造物的初衷：依靠想象力占有如真，使之承认"物"有获得自我意识的合法性。电影《银翼杀手》的复制人，也向自己的制造者要求长生权利。操控与反操纵成双成对出现。机器人掌控人类，僭越人类世界，《黑客帝国》等许多科幻电影都透露出隐忧——高科技发展的达摩克利斯之剑。人物社会参照人类社会建立，是人类的延伸、循环再造。

全书以人物建构法，形象图解小说叙事法则。首先，人物不同于真人，人物被叙事话语掌控："没有交代的记忆和经历，等于并未发生；同理，只要一经说出，就等于发生了。"其次，人物有个性，"个性不需要他人赋予，不受他人影响摆布，不必得到他人认同"；人物因物性而有个性，个性反过来变成人物的限制；人不能分清人物身上属于人或物的部分。此外，人物想象创造真实，人物就是想象力本身。董启章反思人物法则是假，反思小说叙事法则是真。叙事，变成想象世界和真实世界之间的拉锯战，客观现实、理性与非理性之间的平衡术。董启章力求超越"实然、超然"叙事，打造新的"或然"叙事，打破常规，不断走到更陌生的地方，追逐永远不能言诠的"文字的玫瑰"。

董启章的或然叙事渊源有自。2003 年的《体育时期》①已有尝试，该书讲述陷于环境局限、心理缺憾的青春状态，因此，可易名为《青春时期》。其中典型或然设计见于"复合"章节：先有首"复合"歌词，以肥皂、影子切割为主要意象；再以"复合×左、复合×右"

---

　　① 董启章：《体育时期》，蚁窝出版社 2003 年版，第 181—204 页。

为题，切割两页，左边是风和日丽、春意盎然、短句简俏："落雨松的新叶刚开始长出来，树荫还是比较薄，下面有斑斑的影。贝贝坐在影里的长木凳上，看着不是苹果沿着池塘对岸的小路走过来……"右边是狂风暴雨、夏日炎炎、长句难挨："想必是那从隧道出来的时候突如其来地遇到的一阵叫人茫然站住的热风，使贝贝产生了如初夏天空给灰凝污染物堵积着的预感。换了是不是苹果，就会把它形容为鼠色或者死狗皮模样的天空……"此处像选择题，读者可先看左边，也可先看右边，或左右轮看，随意阅读。小说还穿插政写给贝贝的电子邮件，语言全是乱码，这无法解读的可能世界，是网络时代的新事物。

董启章的或然想象取法于分类记载异境奇物、神仙方术、琐闻杂事的中国传统志怪小说。早期《小冬校园》（1995）喜以动植物为喻，曲笔书写，臧否人事，如少女弹琴有老鼠配舞，少女投篮有灰熊相伴，实验室树蛙引人出错，洗手间士多啤梨盛放，图书馆森林成荫，馋嘴校长蚂蚁为伴。2012年出版的《博物志》，分异地、异人、异物、异事、私事五部分，讲述77个离奇诡谲的V城故事，人与物交感互生：如少女化身为榕树，下垂的气根就是女孩的泪滴；如十七年蝉，隐喻十七年缠、禅，暗喻作家苦练想象叙事。这不是李碧华式传统文化想象：三生轮回、长生不老、因果报应等。董启章或然想象更复杂丰富，具有古典的志怪性、虚拟时代的后现代性、自曝虚构的后设小说特性。

人类对想象、或然的认知处于变化发展中。亚里士多德认为，为了获得诗的效果，一桩不可能发生、然而可信的事，比一桩可能发生、然而却不可信的事更为可取。《韩非子·解老》则曰："今道虽不可得闻见，圣人执其见功以处见其形，故曰：'无状之状，无物之象。'"由象骨架，可想象其血肉之躯；从抽象观念，也可把握不能耳闻目睹的对象。想象，或回忆不在眼前的情境，或构思不曾存在的人物或情节，或通过经验描述的文字去设想相关的事物，或用直观的例子讲解抽象观念。①现代物理学用科学方法，计算或然率。②随着电脑智能化和计算速度发展，更容易计算或然率、统计记录、求取分布、做出预言，应用于人口调查、天文观察、数据分析、文体学的字频语段分析等。然而，可算的或然毕竟有限，文学艺术的或然想象则蕴含着无限可能。法国蒂波岱认为，冒牌小说家，只按现实生活中唯一的途径去创造；而真正的小说家，用自己生活可能性中无尽的方面，去创造人物；其天才不是使现实复活，而是赋可能性以生命。

当下时代发展日新月异，或然想象也随之而变。如果说，古典神话小说多想象天与人的关系；白话小说《水浒传》《三国演义》多想象人与人的关系；那么，到了后现代社会，在物质时代、消费时代、网络时代，后现代小说多想象人与物的关系、人与机器的纠缠、物的便利对人的诱惑或钳制。或然历史小说以问题启动创作动机：如果当初某事没发生，后来会怎样？假设恐龙没灭绝、罗马帝国征服了美洲、美国人没有打响独立战争……置入如果，一切骤然改观，成为反事实历史（counterfactual history）。③ 加西莫夫总结三种科幻小说创意法："如果当初……假如……会怎么样……事情继续发展，会怎么

---

① 人希见生象也，而得死象之骨，案其图以想其生也，故诸人之所以意想者皆谓之象也。陈少明：《观念的想象——〈经典世界中的人、事、物〉》，自序，上海三联书店 2008 年版。

② 依据牛顿力学，在任何瞬间，如果能对一个不受外力的孤立系统，掌握所有信息，得到全知，则此系统的过去和未来，可由力学计算出来。波茨曼曾以"迟到"为例，计算"或然"若做长期记录，可得到分布图。如无特殊，这是覆钟形的"常态分布"，据此，可做"或然的预言"，如下次上课，有三人以上迟到五分钟以上，这种或然率是 50%。可惜，这只是或然的事，因为无法"全知"。

③ 如《米与盐的年代》设想西欧的基督教文明——所谓现代文明的摇篮——为鼠疫所毁灭，没有了基督教和殖民主义，世界的舞台就此改变，若掌握在信奉佛教和儒家的中国，以及信奉伊斯兰教的阿拉伯人手中。这两种文明通过接触、互动，可能迈入怎么别样的现代呢？

样?"①在波德里亚看来，电脑科技、网络游戏、3D 立体屏幕、迪士尼等，都激励人透过虚拟来营造乐趣，人类生活在比真实世界更加真实的虚拟世界中，建构出超真（hyperreal）、拟真、拟象社会。超真实，是比真实还要真实；仿真，是将复制和模仿的东西当作现实的代替品；这两者是比现实更真实的假；而超现实（surreal）明显是假的、反现实的②。董启章执着于可能世界的超真实、仿真、超现实三合一再现，哲学、物理、文学三合一叙事，谋求建构全新的叙事法。

二、实然物体系史的或然渗透

或然与实然、未发生与已发生事件交错叙述，这是《天工开物·栩栩如真》的创意。在实然叙事方面，也有新创意：书写 V 城物史，开辟新路。纵向阅读第二声部，标题已让人耳目一新："收音机、电报、电话、车床、衣车、电视机、汽车、表、打字机、相机、卡式录音机、游戏机、书"，不以人为中心，而以 13 种物件为中心，通过工业制造物，展现 V 城物体系发展脉络。

我们要思考的是，董启章为何选择此物而非彼物？首先，其中隐藏着家族三代人的物化隐喻符码。祖辈董富沉迷于宋应星《天工开物》的亘古世界，钟爱研究电波、收音机、电报、电话等。父辈董铣执着于《万物原理图鉴》的工业世界，痴迷车床、衣车等，投注热情，寻找技工的自我价值，呈现坚实的正直人质素。到了孙辈，科技梦发展为人文梦，"我"痴迷书籍，心灵世界被《图解英汉对照词典》《即学即玩的魔术》分解；伴随电视成长，汽车代步；在注释、解读、模拟、游戏世界中确立自我；在书写、打字、弹琴的练习与改错中感悟到相通之处；在每天写作中调校字词的音色，打造句子形

---

① 詹宏志：《创意人》，人民交通出版社 2003 年版，第 104 页。

② 骆颖佳：《后现代拜物教——消费文化的批判与信仰反省》，学生福音团契出版社 2002 年版，第 37 页。

状，琢磨自己的感应和情志，挖掘个体和社会存在的诸多可能性。其次，所选人造物呈现出 20 世纪新科技的发展轨迹，这些工业资本时代的机械自动化产物，展现出人与现代工业、消费时代共生的图景：新革命不再是车床轰鸣、钢水奔流的形象；而是电子脉冲形式的信息流，人靠操纵软件来操控硬件。此外，全书从听觉物件起笔，讲至触觉、视觉、运动觉物件，又回归至听觉视觉物件，形成循环；物件符号多象征阳性物事，代表着权力、活力、热力，与第一声部的阴性文艺物事形成呼应；舍弃了洗衣机、搅拌器、电冰箱等厨房物件，也未直接叙述数码网络、机器人等最新高科发明，这些都无意间透露出作者的深层意识。

表面看来，第二声部讲述实然世界——物、人、城关系。但笔者认为，实然背后有或然、超然。即便看似科学严谨的客观叙述，叙述者仍时时跳出来，告知读者们，这给栩栩写的信纯属虚构："处身于想象的文字工场里，打造着要和你交流的话语（20 页）"，第三代人的文字梦，充满窥探的乐趣，物世界、人世界、人偶世界、恋物癖，无所不有，时刻不忘探究多层次的可能性存在，为实然世界打造出更多可能性。试举几例如下。

以电视机探究实相和虚拟等多重镜像可能。V 城首家无线电视台催生出电视一代，"我"从电视里看到了"那一个我"——未曾出生的长子，冷眼旁观者；而"这一个我"才是实存者，给电视宠坏，兼得八百度近视，回报以营养过剩、缺乏劳动、不堪一击、痴肥而孱弱之躯、退化的弯曲脊骨。视觉幻象的虚拟性、伪饰性、混杂性，如棉花糖和梦般迷幻。电视未必是客观实然世界的反映物，而更像或然世界的使者。

以汽车透析空间维度的多种可能存在。作品书写对汽车的诸般体验：中四时无车男暗恋坐 Volvo 的女孩；家中早期 Mini 汽车寒窘；成年后手忙脚乱驾新车的糗事；后又体验近在咫尺的车祸而离弃汽车。借汽车透析家庭发展史，也透析个人对物的另类认识。人面对还是回避汽车，导致进入两个截然不同的可能世界，好像车子才是命运主人：正直人"我"，结束了三十年对车子的抗拒，坐上了妻子练仙开的小车；而扭曲人"我"，因脊骨毛病，行动不良，无法驱车，在孪生儿"花"失踪后，妻子哑瓷与他十几年互不交谈，妻子每日开车送孪生儿"果"上学。作者还采用预告式叙事法，告知读者，扭曲人的可能世界，不仅在此出现，且在第二部将成为主要情节，当下世界和未来世界并置，如人格分裂般出现两种可能。可能世界延伸到未来时间与空间想象中。

以钟表透析时间维度中并行不悖的所有可能世界。在钟表店的繁星宇宙中，每个钟表都按相同规律运行，一表一世界，投射出人掌握虚无时间的企图，仿佛将时间放在人为刻度上，就成为囊中物。但人真能掌握时间和命运吗？例如，一对拾蚝男女为何凑巧捡到一只袋表？叙述者想象出五种可能：因造物神奇；在无限分之一的机会率里，地球元素偶然拼合成能自我运动的个体；正直人遗传的"我"偶尔丢失的；扭曲人遗传的"我"所得礼物且变成车祸随葬品；同性情谊的信物。任何一时空点，都存在无限的可能世界；而无论哪种可能，表的命运都面临抉择，一个可能世界将随之诞生或毁灭。

以相机探究想象维度的可能性。拍照凝视，自由假想各种可能，将凝固者解封，凝视变成创造性的、开放的。从被拍对象变成拍摄者，是成长过程中的关键转变。叙述者靠圣母圣像，从色情照片的罪恶阴影中解脱；然后，发现了来教堂做弥撒的惊艳女孩，将之变成圣母化身，物化 Volvo 女孩变成圣洁女孩，为诉衷肠，痴心男无意间被塑造成文学家。为其所拍的照片，能同时读出正反面意思：麻木期待、厌烦惊喜、嘲弄鼓励，费人思量。叙述者思考摄影与文学有何关联：到底再现决定性时刻还是永恒人性和社会性？到底用巧饰（artifice）还是自然（natural）手法？拍者如何看摄影对象，观者对不在场凝视有何想象："我看见我爸爸如何看他的儿子。"（411 页）照片让人震撼的不是看到的知点（stadium），而是刺点（pundctum），某细节触动观者记忆深处的某东西，发现照片的裂隙、隐喻、多重性。罗兰·巴特指出，写实照片徒具人形，难以抓住人的神髓，神髓来自長期生活提炼、感情渗透、心灵悾动顿悟，看不见，摸不着，只能想①。如本雅明说的灵韵（aura），古典艺术精品的精髓，在机械复制时代丧失殆尽。正因能唤起想象，黑白照片比彩色照片更多元；不笑比笑蕴含丰富；诗歌比影像更丰富。说得最少，反而激发出最多想象。但董启章也悟到其他可能性："以赘言深入概述所无法到达的蒙昧层次，这样的语言虽然繁复，但一旦调准焦距，原本纷乱的图景就会呈现出清晰和豁然的面貌。"（385 页）看来，极简和极繁都有可能深入本质。好的作品，"要说的话永远比它所说的多，没说的话总是比已说的重要"②。

即便讲述客观冰冷的科技实然世界，董启章也不忘赋予其多重可能路向，为实然插上或然翅膀，使大脑不至于被唯一、精确的科学逻辑思维壅塞。全书两声部，实然与或然夹杂，内容包罗万象，思绪跳跃，意蕴丰富，任何简单的概括都会丧失掉原文内容的丰富性。但是，读者也要逃离对其中深刻而缠绕的细节的执迷，从对树木的细剖中跳脱出来，去发现更广袤的森林意义。

三、双声激荡三重奏空间

《天工开物·栩栩如真》双声交错，却激荡出三重奏式的空间叙事架构：不仅建构实然世界主导的科学物质世界，为天工开物、万物有始的写实叙事；而且建构或然世界主导的仿真拟象世界，为栩栩如生、无始无终的想象叙事；整体形成了或然、实然与超然交织的多声部叙事，多场景、多故事同时铺展，真实与想象、完整与分裂错杂，

---

① 罗兰·巴特：《明室——摄影纵横谈》，赵克非译，文化艺术出版社 2003 年版，第 39—45 页。例如，照片上女人的项链，让罗兰·巴特想到了一辈子独身的老姑姑，与老母亲相依为命，"一想到她在外省的悲惨生活，我心里就总是难受"。

② 董启章：《编者的话》，载《第一千零二夜——说故事的故事》，突破出版社 2003 年版。

呈立体分层空间。全书有多种阅读可能：或按常规顺序，从头至尾，集中阅读；或挑选不同声部，分别阅读；或将两系列交叉阅读，挖掘正比、反比、驳诘辩论的深层关系；或逐一追溯人物史、物件史、个人史，跳跃阅读。那么，具体而言，实然世界与或然世界的两种异质空间，若横向拼贴，能化合出怎样的第三空间？我们列图表概括说明：

完整与分裂·真实与想象　／　（独裁者序）				
第一声部或然想象		第二声部实然再现		双声组接化合出第三空间
章	标题	章	标题	作者和读者的或然想象
1	蘑菇与人物的诞生	I	收音机	生命电波情缘诞生于虚无或建构
2	蝴蝶饼与耳朵	II	电报/电话	自然与人工沟通效应的可能性
3	天使发与人物法则	III	车床	人物世界法则和机械世界法则的或然性
4	吉他弦与个性	IV	衣车	真人和人物个性和命运的可能性
5	棉花糖与梦	V	电视机	实相和虚拟镜像如棉花糖与梦般迷幻
6	仙人掌与生命史	VI	汽车	驾车、骑行、步行空间的可能路径
7	螺丝帽与性	VII	游戏机	文字工场、生育工场、车间工场的游戏性
8	珍珠与救赎	VIII	表	时间维度的遇合和情爱的可能世界
9	音乐盒与真我	IX	打字机	在或然概率中寻找真我和诗性
10	真实世界	X	相机	追寻和保存美好精神遗产的可能性
11	想象世界	XI	卡式录音机	或然与实然越界的可能与不可能性
12	可能世界	XII	书（象征）	或然激发实然，开启后续新可能

两声部各章若横向聚合，能碰撞出新意义。第一横向系列"1 蘑菇与人物的诞生"和"Ⅰ收音机"，并排铺叙或然与实然世界的源起。或然少女栩栩17岁诞生，且年年17岁。对应的实然少女如真，六年前移民到港，参观香港历史博物馆时说："我老家就在法租界。"（398页）香港、上海双城的身世对照，痕迹时隐时现。祖辈家族起自电波情缘，董富练习发射摩尔斯电波，无意中发现17岁女孩龙金玉能听懂电波，并用树枝记录，耳朵似有真空管，因而成就出电波情缘，戴上收音机耳筒，就像定情钻戒。17岁是重要节点，实然、或然少女均是17岁。全书不从萌芽讲起，而以万物勃发作为开端；物种源起于天工与开物，建构于虚无。在实然世界里，爷爷与奶奶恋爱成功走向婚姻，"我"与如真失恋告终。在或然世界里，叙述者可以操纵对人物栩栩的一切想象。

听觉叙事是全书的重头戏。第二横向组合，讲述听觉与沟通，栩栩拿蝴蝶饼当耳朵，尝试融入社会；而24岁的龙金玉遭逢战乱、生病死去，董富因此彻底幽闭，导致三代人的自我闭障。自然诗意的沟通、心灵的电波感应，远胜于机器工具沟通，因前者有情、后者功利。在或然世界中，有蝴蝶饼耳朵、吉他、音乐盒，或然人物有敏锐的听觉和触感体验。在实然世界中，祖辈倾听电波，父辈沉迷车床的轰鸣，子辈用耳机抗衡烦器之音，Walkman，随身听，高科版的自我封闭机器，借用更大噪声来抵抗外界的喧嚣。董氏家族男性都退居于自设的缄默世界：他们都是主动的砌墙者，"隐形的墙"，这是自我得以完成的虚拟场域，是对抗冷漠、维护自我完整的必要工具。"隐形的墙"本身就隐含显性与隐性两面，既可有正面意义，隐喻自我确立与自我完成；也有负面含义，隐喻障碍隔绝、无力回天；而且正负、显隐之间常常无形转化。智障儿童、聋哑女孩，则是被动的砌墙者，与外界之间相隔一堵无形的墙。作品写隐形墙的具体形态，借此讲述两段刻骨铭心的悲哀体验。"卡式录音机"一章，叙述者从青春期初恋和友谊的生长和消逝中，体验到"隐形的墙"这无可奈何的事实："我"有好友——机灵活泼的显，因同好林子祥音乐，彼此相知；若干年后才得知，显与聋哑女初恋并失恋；后来，显生得智障女儿，更加认同"隐形的墙"的世界，活在边缘族群之中，由显而隐。"我"有恋人如真，喜爱高雅的古典音乐和歌剧，有极度灵敏的听力超感官，能记住每一次和"我"在一起的声音；在爱情无望之际，"我"企图录制下各种声音，用录音来重新搭建联系的间隙，却只得到从那堵隐形墙上反弹的、自己一人的回音。就在这一刻，叙述者才体会到两件事的隐秘联系：当年大学预科考试后，显对着录音机独语，向"我"告别，那种绵长无尽的孤寂感，蕴含的"隐形的墙"意味。事后追忆，"隐形的墙"才消失殆尽，达至心有灵犀之境。只有在文字工场，将"我"和如真的故事，代入想象为小冬和栩栩的故事，在另种可能世界中，隐形的墙才会散去踪影，歉疚感才能化为无形。正是在或然想象中，叙述者才能了解到，缺憾对人生造成了局限以及必须和局限并存的勇气。实然世界以电波收音机起笔，上辈爱情源起电波；以卡式录音机收束，后辈爱情因磁带故障而散失；中间还穿插电报电话等。实然世界重写听觉媒介，也夹杂视觉媒介，如电视机、相机、游戏机等。全书营造通感书写场，具有跨媒介视野。

或然与实然彼此对照，照出真面。在文字工场、生育工场、车间工场、游戏之间打通想象，发现想象和机械世界法则并非决然对立：柔情人物世界也会冷酷无理；而冰冷机械强行切割棱角，暴力工具也有温情诗性；人物符号有多种可能含义：既可指小说角色；也可指某人很了不起，非同一般；或指人变成物的附庸，成为人中废物。科技物化对人类发展既有利，也要有质疑反思。如新式拟真电子游戏玩法更复杂，让男人学习暴力、权力操控、成长；但也容易变成令人丧志的玩物。小说批判物欲操控，人被物化为玩偶，第九章"音乐盒与真我"，不是苹果作曲《拜占庭的黄金机械玩偶》："请给我左胸的机械时钟上链/请给我磨蚀的唇加点润滑油/沙哑的声带看来要更换零件了/脑袋的齿轮运作始终追不上最高速的晶片/我不过是拜占庭的黄金玩偶/迎面轰飞蝗虫群般的黑色车队/我骑着红色电单车/单手按着胸口的机械时钟/就算双臂连同驾驶盘折断/左脚跌落高速公路的后头……也要一直冲向黄金的国度。"（317 页）物符号被赋予任意的复杂意义，人们消费物，陷于物语言，以为是自己的需求，失却反思能力。波德里亚指出："物品身上患着癌症：非结构性配件的大量繁殖，虽然促使了物品的扬扬必胜的状态，却是一癌症。然而，在这些非结构性的元素上：自然化主义、配件、非基本需要的分化，组成流行和引导性消费的社会道路。"[1] "物既非动物也非植物，但却给人大量繁衍和热带丛林的感觉。"[2] 消费成为时代伦理，日常交易变成接受、控制财富与信息，人成为官能性的人，物时代每天都是狂欢节，节日快乐感丧失殆尽。

实然世界技术进步而道德沦丧，工业文明扼杀想象力；或然世界反而保存了如诗般的纯真、如乐般的美好，对栩栩、不是苹果而言，"八音盒"是生命符码，音乐是身心延伸，是另一神秘世界，意味着多种可能和不可预知的变化。在文字工场的想象模式，抛开一切不断累加的、膨胀的物的非结构性因素，对前代人、同代人、后代人的音乐和书进行重构，回归原始想象力。这种自我救赎才能对抗物的癌症。只有脱离物，才能创造出合乎理想的应然世界。

《天工开物·栩栩如真》开拓或然、实然、应然世界三重奏式空间。一直以来，香港作家多紧盯着香港城市文化空间，这虽可深挖区域底蕴，但也会局限视野发展。董启章有意破解迷障，另辟蹊径，转向拓展广袤的可能世界。此术语源自莱布尼兹，指神的想法，神造世界是最好的可能世界。20 世纪 50 年代，Saul Kripke 等从可能世界语义中推导出系统性，来表达各类模态断言——真命题：在实际世界中为真。可能命题：至少在一可能世界中为真。偶然命题：在一些可能世界中为真，另些则为假。必然命题：在所有可能世界中为真。不可

---

① 布希亚（内地译为波德里亚）：《物体系》，林志明译，时报文化出版企业股份有限公司 1997 年版，第 139—140 页。

② 波德里亚：《消费社会》，刘成富等译，南京大学出版社 2000 年版，第 16 页。

能命题或必然假命题：不在可能世界中为真。《天工开物·栩栩如真》要一网打尽对真假命题、偶然与必然命题、可能与不可能命题的探测可能。物化世界与仿真世界跨界，部分与整体之间折射化合出新意义，不同读者能想象出更多阐释可能性，意义成倍增长，像无机物质因自然随机因素，演化出结构复杂的生物，概率像猴子碰巧打出莎士比亚全集般，渺茫得近乎不可能，但小姨何亚玉的智障女儿"零"，在电脑上用乱打法，以猴子按键的概率，一字无误地打出了莎士比亚的十四行诗。（353页）董启章通过想象，使得幻梦成为"或然的实然"，创造出新的可能世界层次。

"或然、实然、应然世界三重奏空间"类似于爱德华·苏贾第三空间（Third Space）理论。第一空间，被视为具体的物质形式，是真实的物理空间，是物质化的空间性实践，强调空间中的物体，是唯物主义的。第二空间，被视为透明的、指涉思想性或观念性的领域，是想象的构想性空间，存在着主体性想象和构想性的社会现实，属于空间中的思想，主观性的精神的。第三空间，把空间的物质维度和精神维度同时涵盖在内，又超越前两种空间，既真实又想象化，既是结构化的个体位置，又是集体经验的结果；具有空间性、历史性、社会性，既是对第一、二空间认识论的解构，又是重构，呈现出开放性，向一切新空间思考模式敞开大门；第三空间汇聚一切，主体性与客体性、抽象与具象、真实与想象、可知与不可知、重复与差异、精神与肉体、意识与无意识、学科与跨学科；等等①。与之呼应，有福柯的异托邦（Heterotopias）理论，即指反映社会又对抗社会的真实空间，而乌托邦则是虚构的、非真实的；异托邦偏离正常的场所，同时又穿

———————

① 爱德华·苏贾：《第三空间：去往洛杉矶和其他真实和想象地方的旅程》，陆扬等译，上海教育出版社 2005 年版，第 12—16 页、第 67—108 页。

行于其中；向四方渗透，又使自己保持孤立。① 西西《飞毡》再现异托邦空间，抵抗以一元论线性为基础的哲学史。董启章有意扳转传统文学"重史的脾气"路数，创设"或然第三空间"，类于异托邦、第三空间理论——"那里人是马克思主义者又是后马克思主义者、是唯物主义者又是唯心主义者、是结构主义者又是人文主义者、受学科约束同时又跨越学科"②。

《天工开物·栩栩如真》的多声部，既不是榕树形、牵牛花形结构，也不是梯形结构，而是三重奏、多棱镜、万花筒式空间结构，融合写实主义、浪漫主义、超现实主义手法，既有现实世界的或然性，也有或然世界的实存性，建构出或然、实然、超然交错的全新图谱。在个人书写游戏中，描画心灵地图，逃避集体游戏里人与人的残酷接触，对实然世界产生出掌握感，穿梭于多元空间，穷尽复杂丰富的可能性，期望撷取部分真相，得到救赎可能。梁文道对该书的荐语被网络四处转载："代表香港文学最高水平之作，董启章把小说当成探索和开发知识的工具，在理论话语之外追求虚构叙述语言的潜能，于是我们可以看到他如何将'人物'辨析为一种'物'的特殊状态，将书写的过程理解为配置文字的工艺程序。"但因文化差异、方言差异、知识储备差异，有些内地读者说看不懂；还有人说："如果董启章文字工场里用于打造想象世界的配件，能超越个人经验局限，也许会更有魅力。在卡尔维诺小说里，看不到卡尔维诺的失败情史或祖上的故事，却看到真正的想象力爆棚的可能世界。"③ 不可否认，卡尔维诺以非凡想象建构丰富的或然世界，如人在树上生活；人被切分为

---

① 米歇尔·福柯：《不同空间的正文与上下文》，载包亚明主编《后现代性与地理学的政治》，陈志梧译，上海教育出版社2001年版，第18—28页。

② 爱德华·苏贾：《第三空间：去往洛杉矶和其他真实和想象地方的旅程》，陆扬等译，上海教育出版社2005年版，第6页。

③ 丛二：《〈天工开物·栩栩如真〉的评论：令人唏嘘的董启章》，http://www.douban.com/review/1085119/。

善恶两半；不存在的骑士，没有躯壳而意志长存；个人命运偶然交错与城堡；想象城市的 N 种可能。但若再仿其写法，只能是死路一条。有人会问：若穷尽所有可能书写后，是否会堵塞想象的无穷可能通道？实际上，或然世界的可能想象，是不可能被任何人穷尽的，作家只能布下部分可能的设计，发现部分可能的领域，让读者探寻可能的答案，或激发和启迪后来者，这意义已经足够。董启章在叙述内容上，再现无边无际的空间，保存无始无终的时间，了悟普鲁斯特的时间抓取法。在叙述形式上，营造共时、对位空间叙述，如西西、略萨、卡尔维诺在多声部、同存性的故事书写中，确立小说叙事空间感。但在前人肩膀上起步，谋求突破，必然要比前辈作家承载更多新意。

如果说，董启章"自然三部曲"第一部偏重对一维、二维、三维空间的挑战；那么，其余两部偏重对时间的挑战，融合过去之事、现在之事、将来之事。香港作家们都热衷于叙述 20 世纪香港百年史，但董启章更胜人一筹，后两部曲将视野推向未来的香港百年，要做未卜先知的先知先觉者，讲述 21 世纪香港史，预支未来的叙述权，抢夺新世纪作家的饭碗。《天工开物·栩栩如真》展现平行的实然、或然世界，《时间繁史·哑瓷之光》超越 V 城史，展现更多重时态的可能世界，每章均有三声部：第一声部为当下时空，混血女孩维真尼亚采访独裁者作家，通过漫长的对话和书写，浮现出独裁者的过往史；经维真尼亚和画家看护卉茵的合力协调，独裁者及其妻哑瓷的僵死婚姻得以重生。第二声部为或然时空，独裁者给恩恩写 24 封信，讨论婴儿宇宙，预告恩恩未来；恩恩发现自己的生活被虚构入侵；预言可能超越线性叙事，突破现实和小说界限，像霍金的虫洞打通空间通道，未来与现在时空叠合。第三声部为未来时空，2022 年，哑瓷开车和独裁者沉进水塘，双胞胎儿子花早已死去，留下果。2047 年，父亲果为女儿维真尼亚装上机械心脏。维真尼亚靠每日上链条维生，从此永远 17 岁。其独守永远的图书馆，逃离狭隘的时间和空间，等候少年花穿越 50 年时空前来会面。花从维真尼亚左胸的肋骨下诞生，他们为彼此想象的创造物。会面，是过去、现在、未来的碰撞、能量膨胀、可能性诞生的时刻。

"婴儿宇宙"，董启章创设此术语，寄寓着整合过往创作的集大成目标。一直以来，其锐意创造，求变求新：叙述内容力求穷尽可能世界的叙述；叙述形式力求寻找小说叙事法则的全新可能。荣登文坛伊始，以省思性别议题创作起家：《安卓珍尼——一个不存在的物种的进化史》（1994），女性第一人称独白叙述，探寻雌雄同体的可能世界；《双身》（1995），男人变身为女人，变身为对前书的戏拟。然后，转向校园系列：如1995年《纪念册》《小冬校园》，1996年《家课册》等，拟物状物，让成绩单、改错水等物品说话，以物件为叙事视角。其后，转向城市考察：1997年《地图集》地图空间叙事①；1998年《V城繁盛录》追溯香港民俗史、风物史。塑造主角反复使用相同名字——栩栩、贝贝、小冬、V城，谋求建构系列的虚拟世界。2005年，董启章改编舞台剧《小冬校园与森林之梦》，采取10出现实戏、4出梦幻戏交错的双声道叙事法；同时创作《天工开物·栩栩如真》二声部小说，将前期对可能世界的思索整合为一：物件叙事的可能世界；雌雄同体、性别生存的可能世界；地图风物志香港史叙事可能；"文类模拟"②和叙事法则的可能世界，将2000年《贝贝的文字冒险》的童话魔幻小说叙事教法、2005年《对角艺术》的图文互涉叙事集于一身。《时间繁史·哑瓷之光》创设三个平行世界：作为作家化身的独裁者、作为叙述者和叙述意识化身的哑瓷和恩恩，独裁者与合写者维真尼亚的唱和与抗衡，三个声部采取音乐对位法叙事，以溜冰的动力学作为小说动力学，书写"婴儿宇宙"，意涵广阔，超越一城一史，面向宇宙人类，追问前世今生来世，建构历史的多种可能性："要将文学创作的可能性和个人情感的可能性联系起

---

① 凌逾：《后现代的香港空间叙事》，《文学评论》2009年第6期。

② 黄念欣、董启章：《讲话文章Ⅱ：香港青年作家访谈与评介》，三人出版（香港）1997年版，第209页。

来"（219页）：既指纯真如婴儿的童心状态，也指永不衰竭的青春状态；既指古今中外著作和文论整合，开列出包罗万象的书目，为续集《学习年代》做铺垫，也指文学与其他学科艺术的跨界整合，如以物理学和生物学术语，解释文学现象、生命现象；既指独裁者与大观园女性的理想化整合，也指个体的雌雄同体整合、自我与非自我的整合；既指众数的历史、包罗万象的自然史，而非单一的历史，充斥政治的霸权，也指过去、现在、未来的整合。

　　创造赛博时代的或然、实然、应然三重世界叙事，董启章五卷本"自然史三部曲"雄心勃勃，以百科全书式为目标的，时间上涵盖过去、现在、未来，空间上精雕细刻个人心中的香港，又不局限于一城一市，而要放眼寰宇，探究可能世界、宇宙形成等宏阔话题，探讨生命始源、造化命运、关系法则，"显示了诸多可能与唯一现实之间的奇异关系，标志着人文与科学文化在长期分离之后的再度聚首"①；既叙述具体而微的本土故事，也描述宇宙狂想——多重世界理论认为，宇宙是由不断增殖、互不通约的平行世界所组成的量子叠加；同时并置呈现科技实然、想象或然、理想应然的世界。"三部曲"就像光，既是波又是粒子，既是空间弥散震动的，又是子弹样线性点状运动的；既呈现出叙事形式创意的粒子属性，也呈现出历史内容创意的波状属性。"三部曲"命名为"天工开物，时间繁史，物种源始"，知识密度极大，铺天盖地，体现出追本溯源、穷理尽性、格物致知的大构想。该系列意在向四部自然科学巨著致敬：一是《天工开物》，明朝宋应星著，中国第一部综合性科学技术著作；二是《时间简史》，英国霍金宇宙学经典，创立黑洞和大爆炸理论；三是《物种起源》，达尔文自然科学著作，论证"遗传、变异、物竞天择适者生存"等观点；四是《自然史》，布封撰36卷博物志，包括地球史、动物史和矿物史等，认为物种因环境、气候、营养影响而变异。董启章曾专研普鲁斯特的百科全书小说《追忆似水年华》，写成港大英文

---

　　①　张新军：《可能世界叙事学》，苏州大学出版社2011年版，第31页。

硕士论文。第三部曲《物种源始·贝贝重生之学习年代》讲述青年大学生开读书会、参加社群运动的成长历程，细论一年 12 次所读的 12 本书籍，借由古今中外的文学、哲学、政治、宗教、历史、科学著作，穿越时空，寻求心灵呼应。董启章以古今中外百科全书作为源头活水：第一部是"自我"探寻、确立之书，细剖物件和工艺，探讨人物世界与可能世界；第二部是"未来、救赎、小宇宙"探寻之书，探究宇宙时空物理形成；第三部则是探寻学习成长、人伦关系与文学意义①。"自然三部曲"既是自然史小说、生活史小说，又是哲思小说；既是香港史、个人史，也是宇宙史，无中生有、有又变无，创建全新的文学宇宙三重世界。

① 王德威：《香港另类奇迹——董启章的书写/行动和〈学习年代〉》，载董启章《学习年代》，麦田出版社 2010 年版，第 12 页。

第三节　地图空间学的港式叙事

　　视角产生创意。空间是通向新发现之旅的驿站，能激发想象力。小说家暂且按下时间的键钮，刷入空间视野，把故事重讲一遍，叙事方式焕发出新的颜面，文本意义因此产生出新的解读可能，学者借此可以重新经营前人理论。人们习惯了从头到尾讲故事的方式，即便故事从中间起笔，也要追溯缘由，说清结果。热奈特也从时序、时长和频率三个层次，构筑时间叙事学大厦。香港城市史书写，也多以线性叙事面目呈现，或聚焦于人物历史，或刻意讲故事，以曲折情节吸引读者：如施叔青的《香港三部曲》讲述妓女发家史，以妓女与中外男客的情爱纠葛，隐喻性与政治的此消彼长；李碧华的《胭脂扣》想象香港历史，寄托个人情爱命运的轮回。不同于此，西西《我城》《浮城志异》《飞毡》开拓香港本土空间的图文、影像叙事、百科全书叙事①，创造出蒙太奇文体、蝉联想象曲式等叙述法②。新生代作家佼佼者董启章，更进一步拓展，创作出空间叙述佳作："V城系列"已经成为董启章的文学品牌之一，涵盖2011年至2012年再版的《地图集》《梦华录》《繁胜录》和《博物志》。《地图集》初版名

---

　　① 凌逾：《反线性的性别叙述与文体创意——以西西编织文字飞毡的网结体为例》，《文学评论》2006年第6期。

　　② 凌逾：《小说空间叙述创意——以西西与略萨的跨媒介思维为例》，《江西社会科学》2008年第4期。

为《地图集：一个想象的城市的考古学》（1997）①；《梦华录》前身是 *The Catalog*（1998）；《繁胜录》的前身是《V城繁胜录》（1998）；新作是《博物志》（2012）。这四部小说集分别开拓出百年香港地图史、风物史、民俗史、志怪史叙事，成就了独具岭南风情的清明上河图式的画卷。2013 年，英译本《地图集》，获得美国加州大学"科幻奇幻翻译奖"（Science Fiction & Fantasy Translation Awards）。香港这座国际都市的发展具有传奇性，当代作家竞相为香港城市空间绘像。那么，香港本土空间的地图小说如何书写？与传统叙述方式相比，香港作家关于本土空间的叙述有哪些突破？如何体现出后现代性？

一、后现代的地理空间聚焦

新生代香港作家的空间意象营造具有开创性。巴赫金总结过传统空间意象的四大类型——象征邂逅的道路、象征回忆的城堡、象征阴谋的沙龙、象征危机进行时的门槛。"九七"回归，董启章时值而立之年，创造性地以地图为小说主角、聚焦对象，让空间说话，开创新的空间意象。地图是表现空间的工具，依据一定数学法则，使用制图语言，通过制图综合，在一定的载体上，表达地球或其他天体各种事物的空间分布及时间发展变化状态的图形。《地图集》从地图物理空间载体切入，透析各种版本的香港地图；叙述人称模糊，叙述者凌空，成为俯瞰者，审视香港这描绘在地图上的城市，抓取地图的某一问题点染阐发，并置铺陈地理理论、城市空间和地图符号；运用科学的地理术语，增强精确性；运用话语批评分析，渗透出反思性，勾画既真实又虚幻的香港空间。

新的空间意象叙述不仅研究地图疆域，而且分析地图语言，即由

---

① 董启章：《地图集：一个想象的城市的考古学》，联合文学出版社有限公司 1997 年版。后增加杨智恒插图，联经出版事业股份有限公司 2011 年版。

符号、色彩与文字构成的视觉语言。如符号篇"换喻之系谱",1987年香港土地利用图,以颜色换喻,划分工、商、住区,如深棕色,为高密度住宅区。系谱化城市由此联想到:色块也可标志声音、气味分区。比如红色,为商业区,想象声音为爱的宣言,嗅觉方面体验到:中央冷气系统的细菌。再如赭色,公共屋村,想象被强暴者的尖叫,雪柜里的断肢。又如浅棕,低密度住宅区,想象打嗝、鼾声和犬吠,后院垃圾桶的发酵葡萄。绿色,旅游休憩区,窃窃私语,身穿名牌时装女孩子的体香。蓝色,政府、团体及公共设施,声音有来自地铁的"请勿超越黄线"广播,味道:政府办事处霉坏的木桌椅。白色,无色的虚空,色之集成,无用乃是用之根本和终极,天籁。空间分区各有功能,形成了层层相叠的换喻,组合成多种架构的系谱城市,由物质到感官到精神状态,三者交叠,记录城市人的虚情、狂乱、麻木、厌恶、顺从、失眠、失忆等精神分裂症状,隐喻香港城市生活的负担之重、压力之大,为多面、冲突的城市心貌图,拼凑成缤纷夺目的繁荣都市途径。董启章为地图渗入视觉、听觉、嗅觉元素,感官地图,感知特征,描绘港人心貌,架构想象空间,创意因此诞生。

新的空间意象叙述不仅研究常规的地形地貌,而且涵盖文化生态。地图是空间标签,记载地方况貌、地理景观。而地图小说不只描绘地图、地质、地貌,关键在于背后有人情百态、历史感知、日常悲喜。如《地质种类分歧》分析香港的地质构成,分为火成岩、火山岩、沉积以及填泥、废物,隐喻香港是填海而建的岛,成分复杂,社会混杂,既有本土的特性,也有传统的承传。对1987年的《香港向外地购货图》,不同学派解读出迥异语义:经济学家认为其呈现出香港以"进口货品"为指标的经济存在形态;而气候学家则认为其刻画出全球气候异常大变动,导致巨型台风,香港处于暴风眼,处于经济全球化风暴中心,既有风险,也有机遇。

新的空间意象叙述不仅研究地图本身,而且透视地图背后的权力话语。《地图集》琢磨在所谓史料客观的表象之下,香港空间形态如何被重塑,进行空间版图建构,形成空间错觉;研究香港二维、三维新地图，省思掌控建构空间的话语权力，解构地图和空间的形式，化生出立体多元的香港空间，成为既是建构学也是解构学的作品。董启章笔下的香港就像博尔赫斯的"交叉小径的花园"，也像苏贾的洛杉矶，叙事始终向侧面空间延伸，而不依据时间序列展开，其空间性分析和阐释包容物理的、抽象的、心理的、地理的、自然的、社会的、文化的、实际的、感知的、存在的、认知的、静态与动态、开放与封闭等形形色色的空间，生成互相冲突的丰富形象，颠覆传统意义的地理学，走向后现代地理学。

二、后现代建筑空间的拓扑结构

后现代小说的空间叙述重点不在图像式空间、雕塑空间，主要在建筑空间拓展，着力于文本序列的建筑空间设计，强调同存性，即打破线性文本的正常流动序列，描述诸种同时发生的事件或侧面图绘，通过空间逻辑扭结在一起，成为观察时间与空间、历史与地理、时段与区域、序列与同存性等的结合体，具有同存性关系和意义。博尔赫斯先知先觉，《阿莱夫》表达了难以用线性方式书写空间同时态的绝望；后现代作家们的焦虑更为突出。随着现代影视和网络传媒的高速发展，全球事件零距离纷纷出现，世界困境与个人难题即时而至，这种大众化、互动性的后现代处境，让人应接不暇。为此，后现代作家采取了拼贴、并置的新颖手法，文本的建构序列原则具有拓扑学（topologie）特点。拓扑学属于几何学中一个分支，它研究几何图形在连续改变形状时还能保留不变的一些特点，它考虑物体之间的位置关系，而不考虑它们的距离和大小。因此拓扑图被称为"相对位置图"。这种量化图，由专题地图演变而成，具有地图与统计图之间的过渡性特点。

香港后现代小说叙述的同存性建筑空间，表现为拓扑学框架。如《地图集》，大框架铺排为理论篇、城市篇、街道篇、符号篇，板块拼图法搭建小说结构，章节像是组件，可供读者自行重组，合成空间图式。全书由抽象到具体再到抽象，由远及近，研究香港地图的本质特性、位置关系、所属权力等各种问题。理论篇借用 15 个地图学理论，如对应地、共同地、错置地、取替地、非地方、独立地（统一地）等，考察香港地理理论和实地建构史。城市篇分 14 节，叙述香港的区域规划史，如监狱、总督府、驻军、四环九约总貌等。街道篇分 12 节，细述 13 条代表街道，多处港岛和九龙沿岸的繁华之地，具有神秘的历史感、存在感，该篇深入城市街道肌理，特写市民生活空间。符号篇解读 12 个地图符号示例，如电影的花絮，深化或解构已有论述。城市篇与街道篇多为图像式实体物理空间；理论篇与符号篇以抽象视角形成了雕塑空间。小说的整体建筑空间，由四大板块又分裂并置为 15、14、12、12 个板块，形成小框架，也采取地图拼贴蒙太奇的方式，将同时或异时发生在不同处境的空间并列，文本片段位置可以自由置换。

　　董启章的"Ｖ城系列"四部都采取拓扑结构驾驭小说，为概念式的篇章集合；都一反传统小说叙事法，人物、性格、情节等元素淡到几乎不可辨识；都采用未来的考古学叙事，将未来当成已发生之事，过去变成未发生的可能，想象奇特。《Ｖ城繁胜录》① 为笔记式风物志，交错记录、叙事、抒情三类文体，透视回归 50 年后即 2047年的 Ｖ城，风物志修复工作合写者 7 人，维多利亚、维朗尼加、维奥娜、维慧安、维纳斯、维真尼亚及维安娜，在 Ｖ城文献堆填区发掘出前人刘华生稿件，重组、校正、整理出《Ｖ城繁胜录》。全书 3 卷，每卷 7 章，文本序列并置为三大板块：卷一书写城市外相，包括地理形态、制度建设，如通道、桥、街、政府及督府；卷二书写城市内相，包括饮食娱乐、日常生活，如酒楼、小食、傀儡、娼妓、店铺、时装及伎艺；卷三书写城市文化风物，包括四时节庆、仪式风俗，既庆祝中国传统的端午节、中秋节、盂兰盆节等，也庆祝洋人的复活节、圣诞节等。总之，Ｖ城既是城墙之城、城中之城；也是酒楼之

---

① 董启章：《Ｖ城繁胜录》，香港艺术中心 1998 年版。

城、傀儡之城；还是架空之城，回归前的建设和记忆早就沉没在海底；又是通道之城，熙来攘往的人群永远在过道上生老病死；甚至是影子之城，酒楼茶肆的喧闹遮掩不住鬼影幢幢。这种并置使得地理空间取得连续的参照与前后对照关系，成为城市中的城市、倒影中的倒影；也使叙述空间建构起对照关系，能研究空间在拓扑变换下的不变性质和不变量。《梦华录》也是笔记寓言体，每篇千余字，赋体铺叙99件香港流行物事，主角多为年轻男女，性格怪诞。作者选取有代表性的异人异物生活切片，点画一代人的成长轨迹。《博物志》是志怪体，组合77件怪人怪事，鬼怪世界和人的世界互为镜像。"V城系列"的《地图集》是当代考古学，《繁盛录》是未来考古学，另两部则是考现学（Modernology），或叫路上观察学，考察当代都市民情世相、建筑空间、时髦物语、风俗品鉴，运用社会学的自然观察法，恰似张爱玲欣欣然的"道路以目"、本雅明反映现代性的"浪游者"美学。

以城市空间为聚焦对象，卡尔维诺长篇《看不见的城市》（1972）是成功范本，想象虚构55个可能的城市：如被垃圾包围的扩展之城；由绳索和铁链组成的蛛网城市；水城则没有墙、天花板、地板，只有水管的森林，年轻妇女躺在奢华的浴缸，小仙子们习惯于在水管和水道中旅行；垒建在湖边的湖上城和倒转城，两城居民眼睛相连，为彼此而活，但彼此没有爱。忽必烈描述的梦中城市，只可以出发，无法回航。表面看来，该作采取传统套盒框架式结构，大框架是可汗与马可·波罗对话，小框架是马可·波罗描绘的各种城市。但其实小框架也采用拓扑结构方式，西西称之为单元组合，以"城市与记忆、愿望、标志、眼睛、贸易、名字、死者、天空，还有细小、连绵和隐蔽的城市"等标题，循环并置，分列出城市类别集合。如"细小的城市"铺排五类城市空间：一是有两种宗教形式的千井之城；二是高脚桩柱上的城市，区分它只有两类标准，要么让愿望决定自己的形态，要么让愿望抹杀掉，或将愿望抹杀掉；三是水管之城，受水仙统辖，或建城为供奉水仙；四是半边游乐场、半边日常的城市，人们盼望重新开始完整的城市生活；五是城民安心的蛛网之城，因为知道这蛛网能支持多重、多久。该书分析城市既对立又统一的关系，发掘城市本质，每个城市都受欲望的驱策，如索比迪城，人们为追逐梦中的女人，筑墙追堵拦截，建成了乱麻般的欲望之城。这揭示城市发展的隐忧："'别处'可以说已经不再存在了，整个世界趋向于变得一致。"确实，差异本应是都市的鲜血，能再造活力。全书集合城市各种想象可能，却发现城市理想只能在心理层面实现。卡尔维诺关注城市形态、内相，穷尽城市的可能面目，搭建雕塑空间。

董启章在卡尔维诺基础上，将视野投向更广阔的空间，《地图集》结构更为复杂，正如《多元地/复地》所述："一、地域与地域并排而不衔接：常常会发生一个空间突然跨进另一个空间的情况……二、地域与地域互相重叠……三、'相同'的地域以不同的比例同时并存……"（第52页）重叠穿插，互相渗透；叙事者与城市距离经历了远—近—远、合—分—合的循环，读者阅读也呈现为出发与回归的过程；在复杂多元的蛛网中理出相对关系的线索，寻找本质特性。后现代小说建筑同存性的板块拼贴组合拓扑结构，暗示读者可纵横交错以多种组接的方式来阅读，阐释可能性更为丰富。

三、空间考古学：时间零叙述与历史故事

后现代小说的空间叙事如何既切断叙事时间进程，又反映出故事历史脉络？传统小说叙述空间状态，多为场景叙述，即热奈特所说的"TR 叙述时间＝TH 故事时间"。《地图集》淡化时间，但不忽略时间，对各种时间的操控更精细微妙。在叙述时间上，全书均用时间零叙述，这既不是热奈特所说的局部停顿——TR = n，TH = 0，也不是省略——TR = 0，TH = n，而是叙述时间趋零，膨胀转化为空间叙述。首先，这跟地图空间的排斥时间或包容时间的特点吻合，"在一切地图制作的背后，假设了一个凝定的时间，在这'永恒现在式'的假设上，描画出地表'在某一时刻'下的状况和面貌"（第179页）。

但其实，地图上有不可名状的刺点（punctum），如虚线，代表未来的计划，如填海工程，城市的虚构性就在于虚线一直发展，像永远写不完的故事。所以，地图不仅有永恒现在时，还可以将过去时、现在时、将来时并置。其次，叙述者拼贴板块结构空间，不以时为序；而将过去与现在并置，起作用的瞬间是现在，而不是接着，还在一个同时性并置中又穿插另一个，叙述时间流仿佛被截断了，减少了向前的推动力，读者忽略了对时间的感知，因而能集中于认知空间，正如弗兰克所说，空间形式要求读者能把内部参照的整个样式作为统一体理解之前，在时间上须暂时停止个别参照的过程。因此，时间零叙述需要暗含读者感悟，正如隐含作者术语需要读者揣摩一样。虽然《地图集》隐含线性的时间框架，但已基本上摆脱了前因后果的负担，并将之转嫁给读者；叙述各式地图，以时间零定格描写，代替实际事件的来龙去脉，摆脱线性叙事的限制；至于为何有这瞬间，之后如何发展，也需要读者想象。

在故事时间方面，《地图集》以考古学家意识爬梳潜藏的城市史。第一，有意选取香港即将产生大变异的敏感时刻，作为写作时间。董启章在后记中说："在 1997 年，我选择不去写它的当下，而写它的过去，但也同时写它的未来。从未来的角度，重塑过去；从过去的角度，投射未来。在过去与未来的任意编制中，我期待，一个更富可能性的现在，会慢慢浮现。只有一个更富可能性的当下，才是人能够真正存活的当下。"其有意借写过去未来以隐喻多元的当下。第二，搜罗 1841 年至 1997 年间各种版本地图，借由残存、现存地图，解读历史文化积淀，考察地理实体空间如何发生巨变，重构湮没的城市历史本面。第三，探索地图背后的故事时间，并不选取来自科学化绘图时代的当代地理理论，而是来自古老而濒于失传的说法，或传教士论述，因这些理论更具有故事性和历史性。比较不同年代版本的地图，反思香港在不同历史时空中多重身份的认同：如比较纸质与数码地图的总督府，从早期的统摄全城，堕落到 1990 年的被各大银行包围，总督府景观从青山绿水到高楼迭起，景观尽失，被限制在越来越狭隘的空间；影射时过境迁，世界格局不再是政府势力驾驭全局，而是金融势力掌控全球。第四，在一句话中有意并置多时叙述。如"据后人考证，1768年达尔林普尔的《中国沿岸草图》中的非地方，实为后来的香港岛"（第27页）。"传说中的维多利亚城，就像维纳斯一样，诞生于碧海波涛之中。至于它最终如何淹没，则无从稽考。而今天读图者在地图的浩瀚大海中意图寻找维多利亚城的遗迹，为的其实可能是在延续那个在想象中诞生的爱情故事"。（第64页）"在地图的阅读中坐上了驶往过去的列车，在如巨浪淹至的将来面前，朝反方向与时间竞赛，力求延迟现在的到临"（第181页），这隐喻是对未来的惶恐、对过去的缅怀。叙述者讲述相对于写作时间的过去，为故人故事；但其预设的隐含读者则指向未来。叙述语句将过去、未来和现在的时间并置，有意让大多数读者模糊时间概念，而让有考据癖的读者对时间更敏感。这形成了具有后现代复杂性和多样性的时间叙述形式。

乍看《地图集》，感觉作者有抢地理学家饭碗的嫌疑。叙述者研究地理文献记载，初看俨然客观的科学语调，但《地图集》根本不想成为地理学专著，只是披着地图外衣，省思香港时空。地方，到小说家笔下，变成了故事，如写九约地名源起：少年约少女碰面，约了九个地方，少年每次均因各种理由未能赴约，少女最终投水而死；九约，即九个失约之地，地名背后隐含悲剧。即便是最抽象的理论篇，都要写出故事性，如"无何有之地"一节，从地名想象乌托邦："春花落"，是已经失落的桃花源，是唯美版的 paradise lost；地名 Fanchin Chow 译为"泛轻舟"，很桃花源式的动作，仿佛驶进了幽秘溪水的尽头，到达了隔绝人世的"无何有之地"（38页）。乌托邦有主观化的理想色彩，以对现实社会历史的敏锐洞察为前提，提供"想象性、象征性、虚拟性"的解决之道。

细品起来，《地图集》多采用皮里阳秋的春秋笔法，有显文本和隐文本两套叙事话语，具有言外之意、韵外之致，具有文学性。空间叙事具有隐喻性，借用旧掌故，改编新内容，达到戏仿目的。例如，把香港比喻为"东方半人马"社会，西方半人马是和谐生物，既完美共和，又互不混淆；然而，东方半人马是杂种，是扭曲而纠结的生物："人马是一种不可能的生物，因为马的成长速度比人快，在三岁时马已经完全成长，而人不过是乳臭未干的小孩，而且马将比人早五十年死亡。"（第86页）泾渭分明的文化拼合不可能长久，只有中西合璧融合体才能永存，寓意深刻。《砵甸乍的颠倒》叙述第一任总督砵甸乍绘图，不同于一般地图以北方定向，他以南方定向，形成陆上海下的格局，这可能是初抵香港小岛时，从海上视点看陆地；也可能是其在纸上实现女皇城幻象。不幸的是，砵甸乍视觉颠倒症状成为顽疾，持续到入侵阿富汗战争中，把敌方军队当作水中幻影，以惨败告终。笔调反讽辛辣。《对反地》，英属芒角，清属沙头角，本处于对反的两极：中心与边缘、先进与落后，叙述者却据"阻隔—结合、分离—回归、遗忘—思念"关系修辞原则，将两者转化为爱情话题，让人觉得趣味盎然。《想象的高程》讲高程，既指拔起于那不能容许高度的平庸，也指超出水准、想象无边；在文学家看来，高度具有暧昧诱惑性，高程隐喻香港的积极向上攀升的欲望与历程："香港的实际高程也许比想象中要低一些"，隐喻港人不要被表象迷惑，而要头脑清醒。按中国文论，这叫一语双关、话中有话；按西方理论，这叫能指和所指的意义生成丰富。叙述者搜罗地图、解读地图，最后却发现地图学有局限："我们是一个给各种认识挤迫得再没有可能存在想象空间的世代。在可预见的不久将来，世界上所有以科学方法绘制的地图的总和，将会让你认识到一切可能被认识的地理环境。但你将永远也认识不到的，是桃花源的入口。"（第36页）文学想象，才是真正的桃花源入口。地图不可叙述之处，或逻辑不能裁判的事物，文学将之收罗，成为文学意义之所在。

四、空间权力学：第三空间与异托邦

　　《地图集》在实体物理空间基础之上，同时再现想象空间。作者搜集实存之地理论英文为-place 后缀，如对应地 counterplace，共同地 commonplace；想象之地为-topia 后缀，如完全地 omnitopia，呈现全世界每一个既有的和可能的面貌的完全地图，包含一切的地理事实的地图、地图集的终极梦幻；这种宗教地理学即是天堂的地理学，折射出人类追求与神同一的大愿。董启章创设地图空间，参考了后殖民理论家霍米·巴巴"第三空间"精神，指殖民者与被殖民者相互渗透状态，殖民空间中权力和统治作用于符号和主体化的过程，文化关系领域内象征结构或表现机制转变成了社会话语的中介和政治领域的运作实体，如介于白人和黑人之间的模棱两可、伪装、模拟的第三空间。①

反思种族、阶级和性别，可用批判性话语分析（critical discourse analysis）理论②，检验语言如何影响社会再生产和社会变化，现存的话语惯例如何成为权力关系和权力斗争之结果，揭示出使惯例自然化的社会、历史机制，如何让惯例成为常识。小说追溯地图史，中国最早的地图专著是战国《管子·地图》，论述地图的军事作用；战国后期《尚书·禹贡》描述九州岛行政区域划分，地图绘制与土地占领管辖已经密不可分。土地，自古以来就是人类热衷争夺的资源。董启章检视地图语言，感悟到"领地……包含着占领、隶属、管辖等富有主从关系和权力色彩的内涵"（第 28 页）；认识到地图本质"不是模拟，最终目的不是反映大地真相，而是宣示对大地的拥有权、剥削权和解释权"，掌权者从地图绘制、地方命名、边界勘定中巩固权力架构。海德格尔（Martin Heidegger）指出，工具并非客观存在的独立对象，即便被搁于一旁，都在等候使用者执行设计者定下的法则。世界各国版图意义在于宣示主权，界限是虚构的权力行使，以绘图方式争夺空间领属权，成为权力实体在兴师动武之外的另一战场。如《华

---

① 赵稀方：《后殖民理论》，北京大学出版社 2009 年版，第 110 页。
② 玛丽·M. 塔尔博特：《语言与社会性别导论》，艾晓明等译，华中师范大学出版社 2004 年版。

南海岸图》通过在地图上隐没香港岛，来否认英国占有香港的事实。地图多是有选择地观察取舍的结果。地图具有外领属性，透过夺取诠释权来掌控诠释对象。地图绘制呈现出取替过程，呈现和阅读成为建构过程的一体两面。众多地图的版本学、阐释学形成竞逐关系。

最适合透视种族、空间问题的典型城市是香港。地图本来不过是拼图、薄纸而已，但出自不同权力机构的一张张地图，争夺着地方的领属权，不同政权绘制的地图有：中国人绘制而由英国人达尔林普尔印制的 1786 年《中国沿岸草图》，英国东印度公司辖下的海军上尉绘制的《澳门之路》，1819 年版的《新安县志》、来历不详的 1840 年《中国海岸图》……地图符号甚至颜色的改变都代表着权力欲望。《戈登的监狱》写殖民者企图建构理想女皇城的美好前景：想依靠监狱军队威权实现殖民统治。他们想模仿英伦家乡气候，1845 年建立天然冰仓库，冰块来自北美洲，也供给附近医院及居民，到 20 世纪 80 年代为止。他们怕热，于是，制造大雪纷飞的模拟体验，成就了雪厂街。雪厂两层建筑物，地皮由政府免费批给，期限为 75 年。1883 年，港府将雪厂街地皮长期租给渣甸洋行，租期 999 年。因此，雪厂是典型的特殊符码，像《百年孤独》的香蕉公司。外国侵略者养尊处优，错把他乡当故乡，结果到如今，群带路重新改造，昔日卑路乍的扩张理想霸图，被现实印证为丑陋肮脏的"蛤蟆"。"诗歌舞街"命名，有多种版本，一说先有英文名"Sycamore Street"，但不直译为"无花果街"，而是尊重中国传统文化对开花结果繁荣景象的热爱，意译，冀望歌舞升平；二说该地是文艺教化中心，街名流传已久，典出《诗经·毛诗序》，后英国人开发时，音译为"Sycamore"，实是漠视华人传统、淡化本地文化气息之举。叙述者罗列各种说法，引人思考何谓历史真相，历史不过是被建构出来的学说。其不应是正史的、单数（History）的；而应是复数（Histories）的，由众多论述合成。香港在权力游戏中无所依靠，而城市本身一无所知，亦无从申诉；而港人则在本土、内地和外国文化的荡涤下，经历了矛盾和融合的转变过程。

在阶级与空间层面，《街道篇》叙述了街道名字的来历和传说，最能体现港人的不同阶层文化。如"通菜街与西洋菜街"街名本来源自农民夏种通菜、秋种西洋菜，但随着原居民迁出、外区人迁入以及下一代的成长，冬夏二元对立的农耕模式被消解了。农民洗脚上田，主妇们甚至混淆了通菜和西洋菜，进入了后结构主义时期。小说叙述文化风情，浮现出香港内部真实的生活场景，逐渐剥落原有的僵化形象，富有生趣。再如，随着洗衣行业的消逝，"洗衣街"原来表征为底层、草根阶层身份的符码意义不复存在。阶层与空间的关系并非一成不变，而是碰撞出相斥与相融、矛盾与困惑、流浪与追寻的多种形态。地方是种话语建构；护照成为普遍符号，也不过是一战前后的事情，护照硬生生地区分出身份象征。

在性别与空间层面，如"七姊妹道"命名：有"香艳、神怪"之说，反映出自梳女风俗和纯粹女儿世界的梦想；也有"当时两性社会关系沉重而充满伤痛的反映"之说，体现了当时女子对男性夫权的激烈抗争和对女性自主权利的追求。但是，作者对性别与空间的认识，关注度不及上述两层面。

五、走向后现代的地图空间叙事学

跨入 21 世纪，文学地理、空间叙事研究日益成为显学。今人热衷追求速度，宇宙飞船的航速接近音速，网速如光速，如电光石火，人类交流日益便捷频密，时间距离趋零，而空间感日益膨胀，成为焦点。古代也有哲人探究空间问题。亚里士多德认为，空间是有方向和质量的力的场。欧几里得不但认识到物理空间，还发现了心理和精神空间，空间成为人构筑的东西。但丁《神曲》将空间分为天堂、地狱、现世三层。福柯指出，中世纪空间是层级性的，分天国、超天国、现世这三个地点。17 世纪伽利略打破这种以天国为中心的层级观念，以没有焦点的无限性建构空间。19 世纪以后的空间图式，引进基地（site）概念，基地只有在同别的基地发生关系的过程中才能恰当地定位，如商城要在社区关系中确定意义。资本主义社会通过不断地航海殖民，全球扩张、占有空间，不断地生产和再生产空间关系和空间经济，造就 20 世纪创造发明空间的历史。爱因斯坦更进一步，把空间推进到四维空间，加入了时间的系列事件。

空间意识的历史转向，给文学叙事带来了思想观念革命。1945年，约瑟夫·弗兰克提出小说空间形式（spatial form）理论，开创新的研究范式。此后 50 多年来，各家言论迭出。早期研究注重分析物理实体空间叙述，用 environment，place，setting，landscapes，cities，gardens，located objects，existents——即位置、场景、方位、背景、区域等具体术语表述空间存在。查特曼认为文学空间（literary space）指人物活动或居住的环境。近期研究注重心理和精神空间。龚鹏程分析小说美学基础，从小说与现实、时间与空间、结构与图式三方面论述，指出空间感（space）不是地方感（place），不仅指背景，而且深入小说本质，情节与人物都因为有此空间，才具有生命力，如《红楼梦》的大观园、《水浒传》的梁山泊，若脱离了此空间，其人物与事件就难以发生，这才是成功的空间。这受康德学说启发：空间只是一切外感官之现象的形式，是感性的主观条件，只有在感性这种主观条件下，外部直观对我们才是可能的。①

空间分类方面，罗侬分出框架和架构空间；查特曼区分故事与话语空间；勒菲弗《空间生产》（1974）把空间分为物理空间（自然）、心理空间（空间的话语建构）、社会空间（体验的、生活的空间），勒菲弗的《空间与政治》则研究空间的政治维度②；米切尔将文学空间分为四类：字面层、描述层、文本表现的序列原则、故事背后的形而上空间。劳尔·瑞安也分四类：物理空间；文本自身的建构或设计；构成文本的符号占据的物理空间；作为文本语境和容器的空间。

---

① 龚鹏程：《中国小说史论》，北京大学出版社 2008 年版，第 23 页。

② 亨利·勒菲弗：《空间与政治》，李春译，上海人民出版社 2008 年版。

凯斯特纳则区分出三种空间形式：图像式空间，即作者对物理空间的营造，情节的静态背景或场景，为截断时间流的"描写"；雕塑空间，指小说人物与视角形成的立体空间幻觉，作者对心理、知觉和虚幻空间的处理方式；建筑空间，即小说叙事和结构上的节奏、顺序、比例和篇幅大小等。① 依此，笔者发现，萧红1941年写于香港的《呼兰河传》空间叙事特别：物理图像空间层面，叙述成人社会式的灰色空间大水坑、儿童化的诗意空间后花园等；雕塑空间层面，叙述成人世界持反讽质疑语调，为冷色调风格，叙述儿童世界采用诗化语言，为暖色调风格；建筑空间层面，则近似于蒙太奇组件式结构空间。张世君分析《红楼梦》的"门、香、恍惚"等意象，创造性地建立了文本叙事的三个空间层次：实体的场景空间、虚化的香气空间以及虚拟的梦幻空间。② 显然，文学的空间叙述研究不断跃升到新的台阶，永不停歇。

在哲学和地理学界，从福柯到伯杰，从勒菲弗、哈维，再到迈克·克朗的《文化地理学》，都有精彩的空间论述。其中最痴迷者，当属爱德华·苏贾，30多年来出版了《肯尼亚的现代化地理学》（1968）、《后现代地理学》（1989）③、《第三空间》（1996）④、《后大都市》（2000）等系列论著，从现代跃进到后现代研究，创设第三空间关键词，形成了一套语境分析和跨学科的理论话语。后现代艺术强调同存性（simultaneity），对明晰性以及逻辑、理性和线性都有深层的反叛意识。叔本华、萨特、加缪等人都反对理性主义，认为世界由

① 程锡麟：《叙事理论的空间转向：叙事空间理论概述》，《江西社会科学》2007年第11期。

② 张世君：《〈红楼梦〉的空间叙事》，中国社会科学出版社1999年版。

③ 爱德华·苏贾：《后现代地理学——重申批判社会理论中的空间》，王文斌译，商务印书馆2004年版。

④ 爱德华·苏贾：《第三空间：去往洛杉矶和其他真实和想象地方的旅程》，陆扬等译，上海教育出版社2005年版。

盲目的无意识力量或冲动推动，而不是黑格尔认为的绝对精神或绝对观念。后现代主义超越了现代主义启蒙知识的理性、科学元话语，而从平民角度用众声喧哗方式来质疑、批判元话语叙事。"空间转向"风暴，促使建筑学、城市规划、地理学、文化研究诸学科日益交叉渗透，在后现代思潮裹挟下朝空间领域齐步发展，影响了文学艺术的空间叙事和全新阐释。

董启章开创地图空间叙事学，考察城市建构学，讨论香港空间如何被古今中外的地图绘制者拿捏、重塑、建构，《地图集》作为地图小说，为文学开拓了新题材，也为地理学开拓出新视野。福柯的《规训与惩罚》探究分析监狱、精神病院空间，叙述仪式化权力空间变化的谱系史，具有开拓性。《地图集》也一样，创造地图空间新意象，在历史掌故上发挥想象，正如也斯《地图》诗云："在一杯啤酒和另一杯啤酒之间，我尝试把地图上没说明的事情告诉大家"；董启章把城市地图解读为一部自我扩充、修改、掩饰、推翻的小说，不是地图仿照世界，而是世界在抄袭地图，关系颠倒，无中生有，反思历史、文化和权力，小小香港成了权力交锋碰撞的实验场。董启章读遍了香港的每一寸肌肤，让后人难以找到下笔重述的地方。董启章不仅把空间看作叙事必不可少的场景，且利用空间来表现时间、安排结构、推动整个叙事进程。《地图集》颠覆小说传统，在反线性叙述上开创新方向，具有多维性、非连续性、交叉性特色，充溢着批判、反讽力量。《地图集》对后现代香港空间叙事的突破，体现在四个方面：后现代地理志的空间意象、后现代建筑空间的拓扑结构、空间考古学的时间零叙述和历史故事、空间权力学的第三空间与异托邦空间，破除一元空间观、二元对立空间观，不执着于某一空间观念的正确性，而让各种空间形态的对比再生，享受空间阐释维度多样化的快乐。

传统地图具有跨媒介性，由图文符号、图案色块等元素组成，在政治斗争、绘画和文学之间创生符号融合。而后现代地图更加走向跨媒介，视听结合，样式繁多：纸版、球版、手机版、微缩实物版、

3D 实景图。跟地图有关的术语成为跨媒介理论热点。如映现（mapping）① 本是地图制图法：同一个地理对象，可映现为各种不同图示。当今的图示法越来越纷繁复杂。如行为图示（behavioral mapping）是环境心理学的研究法，分析在特定空间与时段中使用者的行为模式，如商场购物者的移动路径。②符号学的映现指不同模式、不同媒介之间的转换，属于文化拓扑学范畴。映现类于共型（analogy），转用到生物（如细胞间 DNA 复制）、数学、逻辑、电脑等学科。映现与比喻相关，比喻是发生在语言之上的概念层次，两个概念域之间出现穿过中介的映现关系。如香港地图可画出疆域、气候、颜色分区、金融经济、人口分布等各类地图，像网络世界"香港地图"词条下的超链接，彼此具有共型和类推意义。

随着位置媒体、移动通信、游牧计算、全球定位技术发展，无线网络使得移动设备随身便携，手机有了位置意识。位置空间作为信息的价值在增长，激发出新艺术样式，层出不穷：一是移动通信艺术，如短信微信文学；二是游牧计算艺术，创造新型城市地图，如描绘无线节点和监视点的彩色曼哈顿地图活动；三是全球定位艺术，利用全球地位系统（GPS）数据，地理信息系统（GIS）提供跟位置有关的各种信息，创造出新艺术，如位置绘画、位置体验、位置叙事、位置对抗性游戏等③。后现代地理学家给空间分类：第一空间为经验性诠释的，即测量空间，如卫星全球定位系统（GPS）为目前的发展顶峰；第二空间为开敞空间，即物流、人流、信息流和货币流等世界；第三空间为图像空间，当前时代屏幕的异常增殖产生出了新的图像王国，也催生出新的图像空间观念；第四空间为地方空间，由一些存在

---

① 胡易容、赵毅衡：《符号学—传媒学词典》，南京大学出版社 2012 年版，第 249 页。

② 毕恒达：《空间就是想象力》，心灵工坊文化事业股份有限公司 2014 年版，第 29 页。

③ 黄鸣奋：《新媒体与西方数码艺术理论》，学林出版社 2009 年版，第 355—381 页。

物的特殊韵律组成，形成日常生活韵律间隙，地方提供资源以及记忆和行为暗示，成为地方空间意识，如声音、表演等引起人对地方的遐想和感情。后现代文化地理学迅速发展，引人入胜之处在于联合这四类空间，进行新求索①，这将成为改变世界的重要推力。文学艺术可以从中发现灵感资源。后现代地理学家们跟数学家们、经济学家们、影视编剧们、文学家们等，不可避免地走到了同一条壕沟。那么，如何吸纳后现代新科技地理学，跨界创造出新的艺术形式？由《地图集》较西化的地图小说延伸开去，我们可以设想，若以中国式天人观、天干地支五行水土来创设新空间小说，将是怎样一番形态？不管如何，旧有文学理论已不能评判这类新文学现象，新的理论范式注定要诞生。后现代空间叙事理论不仅能评判新的文学样式，用于研究已有文学现象也能发掘出新价值。

---

① 萨拉·L. 霍洛韦等编：《当代地理学要义》，黄润华、孙颖译，商务印书馆 2008 年版，第 78—84 页。

第四节　港派跨媒介叙事范式

　　创意需要文化环境的孕育。奈斯比《大趋势》发现，美国发明多集中于五洲，因为这些前驱州的人种组合丰富。中国大唐也因国度开放，生成文化混血新种，气象恢宏。亨廷顿认为，移民较具创造力。20 世纪的香港得天独厚，中西合璧，是典型的移民城市，具有世界主义气质，经济自由，金融地位位居世界前列，这些优势都不经意间营造出创造力爆发的强大气场。香港催生出跨媒介叙事，开辟出自成一体的"港派创意文化"，具有范式意义。

一、港派跨媒介的文化语境

　　港派跨媒介叙事特色的形成，有特定的文化发展根基。

　　第一，香港作为国际都市，较早实现从现代向后现代的转化。每个时代都有独特的符码象征。艾柯善于收集欧洲中世纪的符码细节，如蓝玻璃、巫女、杀人毒药、交感粉末、海鸥剑法、武器膏药等细节，制成万花筒，注入《玫瑰的名字》《傅科摆》和《昨日之岛》等小说中，交织出中世纪魔幻百科。阿洛修·贝特朗的《夜之加斯帕尔》则将中世纪符码建构为：教士、教堂、城堡、金币、炼金术师、巫术、哥特建筑、田园风光等。读该作不下 20 次的波德莱尔创作《巴黎的忧郁》，描画现代性符码：街头艺人、妓女、吸毒、赌博、情妇、香水、富人、穷人、黄昏、海港等。李欧梵《上海摩登》① 凝结 1930—1945 年上海新都市的现代性象征符码：外滩建筑、百货大楼、咖啡馆、舞厅、公园、跑马场、亭子间、游手好闲者……但该书没有论及另一重要的象征符码：火车——高效、冷酷、不等候任何人，被甩下时代火车的人只有发疯或堕落②。显然，符码象征以管窥豹，见微知著，得以把握某时代的整体精神。

如果说，波德莱尔建构的巴黎现代性丑陋颓废，李欧梵描绘的上海现代性华丽浪漫，那么，港人建构的现代性则更为切实入世。内地改革开放伊始，港味"忽如一夜春风来"：喇叭裤、牛仔裤、长头发、蛤蟆镜、粤语、流行曲、录音机、武打电影小说、影视明星照、高楼大厦、街招等。对内地人而言，香港一度是新潮文化生产基地，引领潮流。内地民众被港味文化同化消费而不自觉，现在内地三四十岁者多受港式影视剧、流行曲影响。对美国人而言，港味则多指李小龙、武侠电影等。

香港社会产业结构发生过多次质变：20 世纪五六十年代为半中西、半新旧的转口贸易港，发展纺织、制衣、金属制品、电器、塑胶、玩具等工业；到 70 年代，由劳动密集型转向技术密集型，以金融、保险、地产和服务业、电影电视业等产业为主，发展成工商业；到八九十年代后，发展为以电子信息、创意、网络传媒产业为主的国际化大都市。

20 世纪后半叶，香港比内地，尤其比上海而言，更早完成了从工业时代到电子信息时代的华丽变身，文化艺术发展也更为前卫。香港比内地更早实现互联网化，这引发出文化范式变革：不同于工业化经济现代性范式，互联网经济具有后现代性，既是分布式又是互联性的；既是多元化又是自组织的。后现代文化以图像增殖、全球化、趋零距离为特征，叙事碎片化拼贴，注重空间性，不再强调英雄神话、

---

① 李欧梵：《上海摩登》，英文完稿于 1997 年，简体版由毛尖译，北京大学出版社 2001 年初版。

② 周蕾：《妇女与中国现代性》，麦田出版社 1995 年版，第 149 页。

族群中心主义与欧洲中心主义，扬弃二元对立，舍弃国家霸权的宏大叙事，而强调小地域与小叙事的多元和难以预期。香港文化既具有全球后现代特征，也具有本土特性。

随着香港社会发展，曾被视为摩登（modern）的符码，变得陈旧过时，香港后现代新文化符码粉墨登场：玻璃幕墙、无厘头、街舞、摩尔、步行街、韩日潮物、英美时尚；从铁路公路转为地铁、隧道；从20世纪70年代出生高峰到如今的生育低潮，香港步入少子老龄化社会，轮椅车数远超婴儿车数；从收音机转为唱K、KTV、MTV；从现代式的长发转为后现代式的染发；后现代新人类被冠为"潮"，潮爆香港、潮人潮拜……甚至风俗也因时而变：1996年，西西《飞毡》描述，婆婆中风瘫痪，媳妇为驱赶所碰邪风或所撞小人，扎纸打小人，为正义之师；而到2006年，罗永昌改编西西《哀悼乳房》为电影《天生一对》中，发展出电脑打小人法，痛打恶性竞争同事，环保而酣畅地泄愤。

虽然处于全球化时代，但不同区域之间还是能找寻到独特的元素符码。道格拉斯·凯尔纳选取美国后现代媒介文化的象征符码为：尚武国家的海湾战争、黑人Rap、麦当娜现象、赛博妄言小说等[1]。港城拥挤混杂，既美也丑。潘国灵说，街头充斥影音店、建筑业、运输业的噪声，让人反思是否该给劳工购买另类听觉受损劳工保险。迪士尼成为香港的嘉年华；香港成为内地的"后乐园"；祈福新村、碧桂园等则是香港的"后花园"。[2]香港街上万国人种随处可见，万国商品进驻，充满国际化都市气象。

第二，传统、现代与后现代既尖锐冲突又和谐并存。当代香港既传统又现代。近百年来，香港既受英式教育制度和文化影响，也受岭

---

① 道格拉斯·凯尔纳：《媒体文化：介于现代与后现代之间的文化研究、认同性与政治》，丁宁译，商务印书馆2004年版。

② 潘国灵：《城市学：香港文化笔记》，上海人民出版社2008年版，第220页。

南文化影响，即五岭之南的百越先民，在秦汉后接受中原文化，形成汉文化区域类型；既有感性自然的原生文化，也有兼收并蓄的移民文化；既有以传统章回体和说书体写成的新武侠小说，也有无厘头后现代电影；跨国大公司、警察局敬奉观音佛祖关公财神爷，电视连续剧开工要烧香，古老风水命相馆里有电脑测算。不仅传统特色根深蒂固，而且任由后现代实验纵横驰骋，处于混沌发展进程，边界模糊含混，截然不同的多种质性交织，既分裂游离又纠缠难解："各个对立的层次因差异而产生意义的张力，差距越大，被拉扯开的心理空间越大，激荡出的心理效应或意义指涉幅度也就越广。"①对香港这种游离不定的特性，黄碧云深有体会："大部分生长在香港的人都不属于香港，他们既没有历史，更谈不上承担，擅于随机应变。香港像童话国度，非常脆弱游离，所有一切都可即时完结、毁坏，但又是如此美得灿烂。没有战争，却时常像处于乱世。香港在历史上这微妙的一点，便有值得一写的地方。"②香港耐人寻味。"它们未必能结成共同的完整话语，多是各自修行，结果纷纭不一，但差异能更有效地反思香港文化意义。"③

第三，香港文学多按真实生活肌理捕捉细节，渗透细腻真实感悟，出自肺腑。香港文化少有主题先行习气，不是先有正确的观念，再加以演绎推理生发。虽说香港文化重市场竞争，拜金主义兴盛，但也有优秀艺术家能抵抗诱惑。如西西一辈子甘守贫寒，清醒独立地创作，不计较名利短长。董启章不写专栏，不找快钱，宁愿坚持写作长

---

① 刘纪蕙：《异质符号系统积极的诠释问题》（代序），载《文学与艺术八论——互文·对位·文化诠释》，三民书局股份有限公司 1994 年版，第 2 页。

② 黄碧云：《金戒指的静默：黄碧云创作谈》，《台湾文学选刊》1992 年第 2 期。

③ 朱耀伟：《小城大说：后殖民叙事与香港城市》，载黎活仁、龚鹏程著《方法论与中国小说研究》，香港大学亚洲研究中心 2000 年版，第 403—424 页。

篇巨著。这些作家较少靠稿费养活，而多靠其他职业谋生，创作多率性而为，自由不拘，不受框框套套约束，较少套路模式。过去港英当局对香港中文文学策略，实行"三不政策"，即不提倡、不承认、不给任何资源。[①] 因此少有官方意志、主题先行意念、遵命文学；不强求意识宣传、思想指引。近年香港政府开始给中文创作提供经济资助，不管是文学节、书展讲座，还是项目申报、杂志资助等，明显往跨媒介方向推进，强调文学跨界互动可能性。[②] 其实自 20 世纪 60 年代起，香港已有跨媒介刊物，如《中国学生周报》《大拇指》《越界》《打开》《信报》《经济日报》《新报》等，还有电台电视联合推介，如"数风流人物访谈录"，推介文化名人，如获诺贝尔文学提名奖的诗人蔡炎培等。这些媒介均致力于综合推进书评、影评、艺评、剧评等文化信息和评论发展，孕育出香港的跨界气象。

香港后现代文化气候促成学者研究的转向，呈现出跨媒介趋势。李欧梵转向文化研究，2004 年从哈佛荣休后，到香港中文大学文化及宗教研究系任教，先后出版谈电影、论音乐、评绘画的随笔系列，如《寻回香港文化》（2002）、《音乐的往事追忆》（2002）、《音乐的遐思》（2005）、《交响：音乐札记》（2006）、《音乐札记》（2008）、《自己的空间：我的观影自传》（2007）、《睇色，戒——文学·电影·历史》（2008）、《人文文本》（2009）、《情迷现代主义》（2013）等。

二、港派跨媒介叙事的多元创意

香港已发展成范式城市。笔者认为，香港的范式意义在于跨媒介文化。香港作家多跨行业从职，精通多语，满世界游历，有比较文化

---

① 杨匡汉：《香港十年之文学》，《中华读书报》2007 年 6 月 27 日。

② 朱耀伟：《2005 城市漫游：香港空间回忆与想象》，第七届香港文学节专场上演讲词，2008 年 7 月 5 日，在香港中央图书馆演讲厅演讲。

视野，促成了跨媒介实验。如也斯留美，出身于比较文学专业，能写能评能教能编剧，擅长舞台剧创作。董启章、罗贵祥与之相似。黄碧云留学巴黎，赴西班牙习舞，当过记者、做过律师、在 TVB 编剧、任议员助理。李碧华留日，做过记者、影视编剧、舞剧策划，尤擅将自己的小说改编为影视剧，是成功的触电者。西西曾任英文老师，一生分期研究绘画、电影、音乐、体育和建筑，文学与艺术互相滋养。潘国灵，自称是知识杂食动物，最初学电脑，后转为文化研究硕士，师从李欧梵，当过报刊记者、网站策划、音乐节目策划，写过电影评论，为《解码》杂志写过赛博文化（Cyberculture）专栏，不安于位，游走于不同行业与不同国度之间。罗贵祥认为，"香港作家要么曾在大众消费刊物上撰写专栏及发表连载小说，或从事过电影、电视等大众传播媒介工作，对文化产品的生产过程有更多切身的参与经验，这些思考和经验成为创作中最具体的写作素材。香港作家与大众文化的牵连，也证明香港文学缺乏西方现代文艺所独享的独立自主地位，本地的文学工作者往往要寄生在商业文化体制下，寻找生存的空间与发展的可能，这也是他们在恶劣环境下的一种生存策略"[1]。香港艺术家的媒介可能是委曲求全的权宜策略，他们多跨界任职，因此不把跨界当作多么了不起的事情。但无心插柳柳成荫，跨界产生了文学和艺术变革的动力源泉，他们因此有了意外的收获。

按照麦克卢汉理论来说，香港艺术家不是"非部落化"时代的人，因劳动分工而被分裂切割，认识世界只偏重视觉、文字或线性结构；而多是"重新部落化"时代的整体人，他们不是印刷文化下的市民，而是电子文化下的游牧民：跨越国家疆土、个人知识、日常感情乃至各种无形的边界，在中西文化碰撞中催生出敏锐的跨媒介思维，受现代电影和绘画的影响，切准影视和网络传媒的发展脉搏，在

---

[1] 罗贵祥：《几篇香港小说中表现的大众文化观念》，载张美君、朱耀伟主编《香港文学@文化研究》，牛津大学出版社 2001 年版，第 489—490 页。

话语与图像、空间叙述与曲式、建筑之间发现本同规律，超越语言的表现性能，吸纳视觉艺术的表现状态，以多元符号摧毁传统边界，开创出混杂艺术、相互艺术等新样式。

从文本细节解读入手，提出问题，论证解答，形成体系，最终可以发现，港派跨媒介叙事有新意，突破传统文类和媒介表现的界限，人无我有，人有我新，自辟蹊径，以跨媒介文化革命的范式想象启迪后来者。以跨学科、跨文化、跨媒介视野来研究香港文学新形态，这是由香港文化特性决定的研究方法。本文从四个层面分析了港派跨媒介叙事的各种创意可能、形态特色。

第一，文学与电影在叙事时间、空间、人称和意旨等方面互启互鉴。经百年发展，香港已成为享誉世界的电影王国。香港电影兴起早占先机，根基扎实，历史绵长，扩张迅速。得益于此，香港当代作家观影既多且广，又常参与影视编剧，因此有自觉的影像意识。这不仅指在作品中写及影视，如《拾香记》以 39 部电影、18 部电视、8 个戏院，来隐喻故事情节和人物命运；更指作家们借鉴电影叙事法，开创出脚本式、比兴式、时间变形、空间快切等小说影像叙事；借鉴影视的二维、三维空间方式，创造了同时同地、异时异地、同时异地、异时同地的小说时空新叙事，体现出后现代时空观转型的范式革命。同样，香港电影导演也经常从作家作品中汲取灵感，如以对倒符号作为小说与电影的融合剂，借鉴欧化电影叙事法，开创对倒叙事法①；如书写神鬼想象，借鉴好莱坞电影叙事法，开创轮回式小说电影叙事法。而在小说改编电影中，因作家和导演的性别视角差异，又产生出可叙述和不可叙述、性别身份建构、叙事声音力道、性别思想意旨等诸多差异，多为女性翻案、男性解构。在心理再现方面，后现代小说常用自由间接引语，电影改编对此总不易把握到位。在叙事人称方面，香港电影常借鉴后现代小说的个人型和集体型叙述声音，小说借

---

① 凌逾：《对倒叙事：香港后现代电影和小说的融合剂》，《华南师范大学学报（社会科学版）》2014 年第 1 期。

鉴后现代电影的叙事人称切换法等。总之，作家若有电影创作的思维和观念，更能创作有新意的作品。而电影导演若是电影作者，具有作家式文学叙事原创力、感悟力、思想性，更容易成为电影大师。未来的华人电影如果向心理电影、哲思电影冲刺，或尝试再现山水意境等传统文化电影，必成新气象。

第二，文学空间叙事与后现代文化地理、建筑术、缝制法相辅相成，在跨艺术、跨学科视野中寻求创意。港人时间意识强，追求速度效率，寸时寸金；空间意识也强，地理身份意识敏感，人均居住空间小，寸土寸金。香港当代作家游历中西，视野广阔，兴趣广泛。香港这块独一无二的土壤，赐予他们灵感，既结合香港处境，挖掘多元文化复杂空间意涵；又从后现代城市空间概念出发，自后现代建筑空间、文化地理空间中汲取灵感，挖掘共通的叙事形式，全方位为后现代香港绘像，创造多种后现代空间叙事法。或以香港百年地图为主角，开创地图叙事学；进行空间文化考古探源，建构香港本土第三空间叙事①。以全球饮食为主角，开创味觉地理叙事学，感悟饮食环球流转与后现代香港的复杂互动网络。或以中西游历为主角，对比全球与本土空间叙事，开拓后现代的游牧跨界叙事，既度人也自度②。或以大厦、电梯、微型屋为主角，开拓建筑空间叙事：分层分进地搭建文学空间，对比反思香港史、英国史、人类史；扫视电梯的动静脉生态状况，链接人事，反思现代建筑大厦的人性与反人性的悖逆。或以布偶为主角，串联手工布艺符号与文学符号，创设"缝制体"叙事，书写古今服饰毛熊、猿猴生态布偶，缝制中西文化符码，省思人类生态困境③。香港作家书写城市空间，角度独特多元：香港地图历史空间、现代与后现代交织的建筑空间、离散状态下的流动空间等，既找

---

① 凌逾：《后现代的香港空间叙事》，《文学评论》2009 年第 6 期。

② 凌逾：《味觉地理学的后现代叙事》，《华文文学》2013 年第 2 期。

③ 凌逾：《创设"缝制体"跨媒介叙事：文学与手工符号的联姻》，《暨南学报》2013 年第 6 期。

到了恰切的本土元素，也见出对人类未来空间发展和生存的忧思。这些空间创意有别于传统香港文学的历史叙事，也有别于内地当代文学的史诗叙事模式，而融入后现代解构法、新符号元素，重建想象，为文学空间叙事增添了全新的创意。

第三，在赛博网络时代，开创赛博空间叙事、新符码、新人学、或然叙事、互动叙事。多数作家普遍将网络当成文字容器，成为印刷纸张替代品。但香港新生代作家充分运用网络新元素，化用网络的图像、色彩、声音、互动等优势：设计伊托邦时代的新符码，如苹果符号学、电子卡符号学、未来符号学；创造出压缩人、数字人、异次元人、正直人、扭曲人、拟真人等新人学；建构"电邮体""集邮体"叙事；创造出或然、应然、实然世界的空间化合术，开辟多文本多世界多故事的全新叙事法；在叙事者、受述者、实然人物、或然人物、真实和隐含作者、真实和隐含读者之间，实验横向、纵向、斜向的跨层交错，实现新的互动可能，如人物向作者要自由权。种种多元创意，启迪后来者。

第四，文学与展演艺术在叙事灵感和表现形式方面的跨界整合。香港艺术家们创造出多艺术、多媒介融合的丰富多样可能。舞者与写手集于一身，文舞共振，与文共舞，开辟出独一无二的舞文叙事法①。作家与画家联手，图文相反相成，开辟出对角叙事创意。后现代文学、戏剧、电影跨界整合，港台京三地戏剧家各有绝活。港派麦兜与台派几米在跨媒介艺术和产业整合方面，另辟蹊径。香港流行曲跨界打通：词与曲、歌手与写手、听觉与视觉、生产与传播一体化、一条龙，技高一筹。港派跨媒介创新多元，既有集体创作，也有个人独创。或整合音乐、文字、绘画、戏剧、动漫；或词与像互动，图与文互涉；或交织舞之热烈与文之静默，有形动感舞蹈为捕捉无形波动的文字带来灵感，跨媒介促使人开放视觉、嗅觉、听觉思维、旋律节奏想象，让人惊觉文学原来可以如此表达。

---

① 凌逾：《文拍与舞拍共振的跨界叙事》，《文艺争鸣》2011 年 5 月号。

Janet Ng 钻研香港范式①，探究 2003 年前后香港城市文化，探究政府如何通过空间设计灌输城市美学，特定空间结构生产取决于香港和内地关系、处于世界的位置、政府对全球资本主义的认同，从中见出香港社会轮廓和历史发展。如 1995 年举办工业设计展，定名为"60 年代的香港"，界定香港为资本家的天堂，商业经济引导身份设计；"香港是我家"概念则见于 20 世纪七八十年代的公共沙龙；2003 年"非典"后，香港提出"爱香港就消费"口号，启动首届"购物狂欢节"，为期五个月，鼓励内地客赴港游，个体消费演变为休闲活动、资本流动、政府行为，香港被设计成消费和旅游中心，建构为亚洲世界城市、国际金融都市。空间政治化，还通过文化想象来辨认。如《无间道》《英雄》《PTU》三部影片呈现出不同区域的政治想象与社会焦虑。如博物馆是城市缩影，将日常生活变成快乐的幻想空间，个人日常影响地方。如又一山人创作红白蓝系列摄影艺术，隐喻开放初期港人常带包裹给内地亲属，所用编织袋成为岛与内地的隐性联系，坚韧材料成为忍耐与克服困难的象征，代表香港精神。社会空间会对女性施压，香港女性形象常被标榜为高知、高效、高学历、时髦纤瘦，代表着成功和美感，鼓励香港文化女性改造身体，塑造成理想消费公民，因此美容瘦身工业发达。香港范式意义体现以下三个层面。商品自由流通，行业自由竞争，关税优惠，发展出世界商场的消费文化范式。公共空间蕴含平等的理想观念，如菲佣聚会。公民自觉参政，允许不同利益的群体参与，观点多元多变甚至对立，而政府容忍社会的多元化，也接受舆论监督，香港因此也发展出政治文化范式。21 世纪初，香港经济衰退，失业率激增，SARS 疫症突袭，烟雾酸雨飘荡，港人开始怀疑世界性意义，发觉其悖论：追求全球化，而产生出异乡感；于是再次回归本土文化；同时，创造出第三空间——团结互助的社区主义，社区集体采取世界组织运作方式，以片区和家

---

① Janet Ng：*Paradigm city：space，culture，and capitalism in Hong Kong*，SUNY Press，2009.

庭住宅区或劳动社团为单位，形成以时间为单位的交换项目和互助组织，如给人提供一小时的打扫或保姆等服务后，得到一小时法律服务，组织通过民主算法来确保交换公平性，这种社区空间成为香港的第三种范式。

有别于上述观点，本研究香港的跨媒介文化范式：香港是具有鲜明后现代性的都市，在全球化趋零距离语境中，处于新媒介时代的前沿阵地。香港后现代作家因中西文化碰撞，催生出新思维，如西西、也斯、黄碧云、董启章、潘国灵等先锋作家，执着于小说叙事的千变实验，每一部均谋求新的跨界创意，改写文学格局。他们都善于将科幻、高新科技、后现代符码写进小说，与时俱进，而且，有这种自觉意识的香港作家越来越多，都力求开辟跨媒介叙事的个人王国，逐渐形成了跨媒介文化体系。

三、港派、海派、台派跨媒介叙事比较

若要理解港派跨媒介叙事特色，有必要比较港派、海派、台派文学之间的关系。三者互为因应关系，形成了有趣对照。三地文学有共同点：都勃兴于金融和商业重地，受惠于经济发展对艺术的推动力；都在西学东渐语境中孕育，具有先锋前卫、西化特色，着力描画现代性生存处境。虽说港派文化隶属于岭南文化，后者涵盖珠江系、桂系和海南系，且以珠江系的广府、潮汕和客家文化为主；但是，不可否认，香港早中期的文学与电影也承续了20世纪30年代前后的新感觉派文学与电影。香港作为20世纪的逃生门（emergency exit），接纳晚清遗老、上海帮人物等各路人马，直接延续中华民族文化传统，吸纳新感觉现代派，不同于内地学界的隔代遗传。不必因影响焦虑而否认港派与海派的瓜葛，而有必要厘清，两者之间有哪些传承，有哪些不再接续，断的是什么，发展的是什么，由此才能发现港派文学的独特性、自主性和丰富性。

李今认为，海派小说有几个特色：书写都市意象、唯美颓废的精

神特质、小说电影化、现代新市民群体兴起、适应市民口味的文学观念、日常生活意识和市民哲学等。① 李欧梵挖掘上海现代性建构的两大营地：一是因印刷文化兴盛而催生的《东方杂志》《良友》和《现代杂志》；二是因影视文化萌芽而兴起的上海电影，海派作家的现代想象迷恋色、幻、魔、女性身体、颓废、传奇。笔者认为，港派与海派一脉相承，接续了海派的都市性、日常题材、现代主义风格，继承了海派小说电影化叙事特色。刘以鬯认为文学要向内转，这受新感觉派的心理小说、西方意识流小说影响，其小说结构、心理书写灵感有些受穆时英、施蛰存、刘呐鸥等现代派作家启发；《天堂与地狱》结构类似于电影《压岁钱》。再如，王家卫喜欢拍摄 20 世纪 60 年代香港，意在追溯 30 年代上海的繁华春梦，改编刘以鬯《对倒》的《花样年华》，彰显出老上海情调，不是先有立场观点，而先有印象意象，再摸索形式和意涵，文学性与电影性在高层次上互通。

虽说港派在新感觉派基础上发展，但又多有突破，体现在几个层面：一是香港电影受法国新浪潮等现代电影和后现代电影的影响，发展迅速；香港当代小说叙事也吸纳这些新潮电影的叙事架构，如西西、李碧华开创出脚注体、比兴体、轮回体、欧化体、好莱坞体等影像小说类别，电影化叙事法多样，尤其在时间和空间叙事方面创意迭出。二是海派男作家和导演多对女性进行色欲化、感官化的凝视书写；而港派比海派涌现出更多女性作家和导演，对此有敏感的反叛意识，有意进行颠覆性的改写和解构。三是海派虽以城市书写为主，但也隐含城乡冲突张力，隐藏着政治意识一根弦；而港派文学较少写城乡对立，多以城市书写为主导，再现高强竞争、紧张焦躁的市民心态，疏解高成本社会的高压情绪。四是城市气质不同：过去有人说海派是绅士加流氓气质；现在有人说是海派传统文人加石库门小市民气质；港派没有接续海派的颓废气息，而只接续海派的新锐气、先锋气、商业性、现代性。

---

① 李今：《海派小说与现代都市文化》，安徽教育出版社 2000 年版。

港派文学敏感于世界性与香港性的省思。当代香港与内地文学分属两种不同的路数。内地当代作家如莫言、贾平凹、余华、王安忆等都极善讲故事，情节跌宕起伏，多以生活为根基，书写内地社会历史或个人的苦难史，讲究史诗叙事模式，善用写实主义手法。即便是先锋作家，也要先练就写实素描、讲精彩故事的功夫。内地读者多有惯性思维，往往喜欢看情节跌宕但较低俗粗略的香港通俗文学，却不愿意花精力去赏读香港严肃文学、精英文学，动辄说看不懂而排斥。香港艺术家们可以自由饱览古今中外书籍，自由出入大多数国度，因此视野广阔；且善于以书本作为原料，以文本互涉为根基，成为作家的作家。如果说西西重在读万卷书，善于在静止的空间中感悟漂泊迁徙、感悟空间叙事，虽也热爱旅游，但更像宁静固守的大树枝繁叶茂；那么也斯和黄碧云重在行万里路，善于在世界游历的动感空间中感悟静止安定，感悟生命的意义，仿佛活跃不拘的千里驹永不止步。如果说西西后期开创出了建筑空间流、服饰空间流的中西文化符号混杂叙事，那么黄碧云则开创寻根流、舞蹈流等中西文化交织的叙事，如《媚行者》《血卡门》《后殖民志》等；而也斯则有意尝试开创烦恼流、问题流、餐饮流、爱情流等中西文化叙事。也斯和黄碧云都在国外游历后，受异国文化思想撞击，反而更清晰地感悟出香港文化特质，以网络链条方式建构开敞的空间，空间叙事新意迭出。也斯和黄碧云叙述空间游历，不管脚踏本土，还是面向全球，念兹在兹，无非香港，总有浓郁的香港情结，总在书写中透露神秘的心理状态，强烈而无意识的冲动，一切指向是要参透香港这个独一无二空间的林林总总；文字中总有深刻的悲痛感：游历漂泊，在不同的地理文化空间之间追索，但未必能找寻到安身立命之所、人生答案，谁又能解开生存悖逆之锁呢？

港派文学注重探寻个人性。香港地处边陲，主流、规范、宏大力量鞭长莫及，而西方帝国主义外推进程，又将现代化带进香港。"香港文艺家们尝试在历史与今天、本土与异乡、商业与艺术、伟大与琐碎等种种缝隙之间，说一个自己的香港故事。"① 港派更强调个人的多重感受性，尝试由此碰撞出人类共同经验的传达诠释。有人会觉得香港文学较为纤细，像空中之城的营造。但其实，较内地而言，香港地小人少，正适合于对人心人事进行显微镜式的剖析、对叙事形式进行精雕细刻的打磨。如唐睿小说 *Footnotes*，高扬脚注式文本，舍弃正文式的宏大话语，舍弃飞扬旗帜等传统叙事模式，以天才的笔触，借幻觉建构小说，在水影里重看世界，在幽微复杂的细微美学观照中，反而得到真实入骨的细节，让人感悟似水年华的真切而别样的流淌。也斯和黄碧云都实验过游历空间叙事，但显现出性别差异：雄性的历史宏观叙事，个人逃不开无边时空的驾驭，个人书写是为时代作注的；雌性的个体微观叙事，即便有宏阔的时空叙述，也是为个人作注的。

港派文学有草根性。香港艺术家多向下看，这有别于内地的向前看、台湾的向后看。港派文艺善于再现边缘感、脚注感，喜欢书写特别意象：蚂蚁、灰尘、飞毡、剪纸、浮城、V 城、我城、失城、苹果情缘等。例如，周星驰电影《功夫》讲主人公历经磨难，饱受屈辱，最终得以成才；以夸张离奇、荒诞玩世的无厘头后现代表现手法，隐喻香港历史的曲折历程；而棒棒糖、金莲花飞天的意象，则隐喻港人"天佑我城"的祈福梦想。动漫麦兜系列，再现香港草根阶层的梦想和心事，无法最好，无法拔尖，为立足于世，随缘而不偷安，快乐而不盲目。周星驰式、麦兜式、粤语流行曲式的无厘头，其实并不是一味大俗，而含藏着深刻的哲理。

港派文艺，时时见出快时代的特质，勇于尝新，富有活力，具有敢为人先的先锋性。相比而言，港派文学动词较多，台派文学形容词较泛滥，大陆文学名词较多。台派文艺，处处浸润着慢时代、雅文化的特质，传统历史文化的影响深厚，化用传统元素到位，诗化雅致，温文尔雅，功力醇厚，精品意识强，让人感悟到宁静的力量。台派文

---

　　① 　也斯：《香港文化十论》，浙江大学出版社 2012 年版，第 8 页。

艺将离散与中原意识交织，没落官绅、山地原住民气质糅合，给人以细腻悲悯乃至颓废之感。白先勇在小说梦与昆曲梦之间打造登峰造极的雅意。作家朱天文编剧与侯孝贤导演长期合作，营造诗意慢镜电影。《暗恋桃花源》戏剧与电影跨界；几米诗意文字绘本和改编戏剧；朱德庸"涩女郎"漫画改编为《粉红女郎》《双响炮》《涩女郎》等电视剧。台湾地区成功的跨媒介叙事实验，还有待深入拓展研究。

港派作家锐意实验跨媒介先锋叙事，勇于尝试非线性、多声部、博物志式写作，在叙事文体上有强烈实验感，多有拓展。港派文艺不拘泥于写实主义，广泛尝试现代主义、后设、意识流、零度写作等手法，奇诡连连。不拘泥于某种介质，而将声色文图等多介质交融，心眼手耳贯通互动协调，开创出新的艺术实践，演化出无限可能性。挖掘人的潜意识和心理，并用各种媒介交织呈现，制造抽象世界、镜像、迷宫，不仅体现出工业时代的机械复制的特点，也体现出网络时代的拟象特点。打破真实与虚拟的界限，但不强调真实，也不强调虚拟；并置拼贴，具有驳杂性、即兴性，无预定的框架，创造出意想不到的效果。媒介融合更兼容并包，进行多维度实验，想象力让人惊叹。解构权威与经典，解构逻辑与理性，去中心，不再是单一向度的诠释，而试图在碎片、支离中碰撞出多种意义可能性，追求自由多元，激发读者或观众的互动参与。正是这种不惧边缘感、外围感的特点，使得香港跨媒介叙事这一非主流的表现方式被创造出来，不拘常法，跨媒介实验，所有这些元素，都构成了港派本土的后现代性。港派文学更具有开放性、包容性、多元性；既有异质情调，也有本土性、在地性；既有粤方言口语创作，也有汉语书面语创作，建构出独一无二的"我城"文学和文化。香港为邻近地区的经济和文化发展起到触媒作用。

香港跨媒介叙事研究意义，在于开拓香港文化研究的新视野新思路。在全球化时代，香港处于图像化新媒介时代的前沿，香港文艺家超越文学语言的表现性能，吸纳视觉、听觉、味觉艺术的表现状态，从城市空间概念出发，结合后殖民处境，融入后现代的戏谑、拼贴特色，多元符号体系摧毁了传统的边界，创造出跨媒介叙事。香港文化复杂丰富，值得深度开掘研究。

第二辑　艺术跨界

第五节　图文互涉体

图像文本与文学文本之间具有互文性，由此可以开拓新形式，笔者称之为"图文互涉叙事"。此术语建立于法国学者克里斯蒂娃创造的"Intertextuality"基础上，Intertextuality 汉译为"文本互涉、互文性或文本间性"，最初由巴赫金创造，由克里斯蒂娃正式提出，指文本与文本之间的指涉关系。但是，文本互涉指文学文本之间的承续和联系；而图文互涉研究是文学艺术与绘画艺术如何触类旁通，成为图像与文学相得益彰的佳构。

研究图文互涉，意在思考新时代形势下的文学性问题。图文互涉叙事不仅分析语言文字的画面感，或是小说显现的画意，分析客观模仿现实的技法，也注重探讨图画与文字互涉的关系，研究小说如何受绘画艺术的启发，在小说的叙事特色、文体结构和语言风格上产生了哪些创意，研究"图、形、文"即"言、意、象"三者的关系，或者探究图画如何受文学影响，将小说改编为连环画或者漫画等；或者图文之间如何才能相得益彰，诸如此类的问题。

图文就像双人舞，要思想默契、步伐和谐，才能舞出绝美的舞姿。米歇尔《图像理论》指出："普通符号学告诉我们，在交流、象征性行为、表达和意指的语用学层面，文本和形象之间无本质区别。在符号类型、形式、再现的物质和制度传统的层面，视觉和语言媒介存在重大差别。"[①] 绘画可讲故事，表达抽象思想。词语也可描写静

---

① 米歇尔：《图像理论》，陈永国、胡文征译，北京大学出版社2006年版，第147页。

止空间状态事物，进行视觉的语言再现："语言和绘画可互相介入，因为交流的表现性艺术、叙述、论证、描写、论说和其他言语行为都不是特殊媒介，不是某一特殊媒介所特有的。"[1] 图文相得或相斥，会产生出张力（tension）。艾伦·退特将外延（extension）和内涵（intension）去掉前缀，创设出"张力"一词，指全部外展和内包的有机整体。图文内涵和外延的解说与搭配关系，可紧可松。图文关系往往乍看对立矛盾，互不相容，抗衡冲击，在各极中往返游移；细看图文，总有蛛丝马迹彼此牵引，受多重观念影响，产生出反讽、解构等立体感，形成艺术张力。

时至今日，"图"的范围日益扩大，不再仅仅是画笔画的素描、水墨画、油画、水彩画、工笔画、线条画等，还有沙画、喷画、涂鸦、动画、照片等更多新型种类。当手机拍摄越来越方便快捷，像素越来越高，日益达到与单反相机一样的效果，摄影作品多且精，彩色印刷术日益更新，尤其是微信发文，加插图片轻而易举，图文之间的互证互生、互相增色现象也越来越丰富多元，这为文学也增添了无限可能性。

图文互涉创意丰富，相关的语图关系理论也值得深入挖掘。归纳起来，图文互涉叙事有几种类型。

第一，插图系列。这些插图仿佛给文学作品开了天窗，加装了彩色玻璃，增添出更多的阅读路径。其中又可细分出几种情况。

一是由美术师搭配插图。文主图次，图配小说、诗、散文，较为人熟知。也斯长篇小说《记忆的城市·虚构的城市》的封面和内文插图都是李家升所作，两人是长期合作的艺术伙伴。李家升画作采取拼贴法，如波浪上的巨型双足、高山背脊上叠加的城市方块建筑迷宫、热带雨林枝叶上出现月球和地月系等字眼，画面因采用蒙太奇组装法，生出无穷而难解的意义，跟也斯小说庞杂炫彩的叙事内容正相

---

① 米歇尔：《图像理论》，陈永国、胡文征译，北京大学出版社 2006 年版，第 122 页。

吻合。董启章作品尤其喜欢插画，如小说《贝贝的文字冒险——植物咒语的奥秘》，封面设计和插图为 KONG KEE，漫画风的线条画，植物、城市与人物形象都充满童趣，跟冒险历奇故事、青年创意写作教学的小说内容吻合。董启章《博物志》的插图更为丰富，由梁伟恩绘画，一文一图，图文同等重要。插图为水彩画，画风简洁清丽，画作内容界于写实与超现实之间，如少女发尾为蝎子辫，或少女胸口长出了蝴蝶兰，脚手架竹子竟然长出了竹叶，鸟身人足者用嘴甲翻书……跟全书所写的异地、异人、异物、异事、私事等内容互相应和。

二是作家自画插图。如西西小说《我城》《宇宙奇趣》《依沙布斯的树林》，散文集《旋转木马》《猿猴志》等。这种情况较为少见，张爱玲、沈从文等作家偶尔为之。虽然多为文主图次，但其中又有些差异：如西西《我城》文图平等对话，图画举足轻重，富含深意；贾平凹《秦腔》则是文主图次，图画可有可无。

三是作家选配加插图画。如西西的小说《哀悼乳房》《浮城志异》等，散文集《剪贴册》《画/话本》和《拼图游戏》等，多为文主图次，但是《浮城志异》的图文对等，不分主次。

四是作家选配照片。有些是自拍的照片，如也斯的《香港的故事》，潘国灵的城市论集《第三个纽约》《城市学 2》《城市学》，廖伟棠是摄影发烧友，也经常给自己的诗集配绝妙的摄影作品。有些则是他人拍的。也斯小说诗歌散文总喜欢与画家、摄影师作品图文互涉，其《布拉格的明信片》加添了很多照片，可算是映像小说，多为世界各地的建筑、雕塑，偶尔出现各国人像，跟小说内容不直接相关，但跟环球游牧主旨密切相关。

第二，因文生图，将小说改编为连环画、漫画或者动漫等。这类图像式文字或连环画，以图为主。古代是题诗画、图像诗、回文诗兴盛；现代是小说连环画兴盛；如今则是网络超链接图像诗文时尚。有女漫画家将董启章的小说《小冬校园》改编为漫画，小说《家课册》则由沙沙改编为漫画。

第三，因图生文，看图讲故事。既有看图讲故事并附插图的，如西西《哨鹿》、董启章的《地图集》；也有看图讲故事但未附图画，如西西《鱼之雕塑》《看〈洛神赋图卷〉》《浪子燕青》等。当然，如今有更多人为摄影照片配诗、配文。

第四，作家与画家的图文整合创作，如《对角艺术》。在小说界，作家和画家通力合作，比较少见。在漫画界和动漫界，作家和画家通力合作，比较常见，如麦兜。漫画和动漫后期请写手为图像加配文字比较常见。动漫电影是集体创作，更需要作家参与编剧。

第五，小说呈现画意，具有绘画质感和美感。如唐睿自小习画，获得香港教育学院修读美术教育学士，毕业后留学法国，获得法国文学学士及比较文学硕士学位。早期也写诗，在法国留学时写就长篇小说繁体版 *Footnotes*，简体版为《脚注》。这本写画感觉的大书，获第十届香港中文文学双年奖小说类奖。以画家之笔描画文学世界，图文一体，是唐睿创作的典型思维特征。

这类作品其实很多，潜在的可能性很丰富，需要逐一细细琢磨分析。很多作家都喜欢画画，对美术作品有很高的艺术鉴赏力，甚至不时技痒，忍不住在自己作品中涂鸦几笔，或是在文学创作中省思图文如何跨界打通，互相汲取灵感。

徐岱指出，小说绘画性有四个特点：一是小说可以把心理世界转为物理世界，如鲁迅《记念刘和珍君》的"我将深味这非人间的浓黑的悲凉"。二是小说可以将想象的世界转换成现实世界。画家的苦恼在于即便是世界上最杰出、最伟大的画家，也承认无法画出世界上最美的对象。无论多么美，我们还能够想象出更美的东西。小说的画有间接性，通过主体的审美想象的破译而实现，具有主观性和模糊性。三是小说的图画可以化丑为美。小说家有本事把最不堪入画的东西描绘成有画意的东西。四是小说的语言还同时组成一幅音乐的图画，这不是另一种语言可以翻译出来的。①图文互涉体跨界比小说绘

---

　　① 徐岱：《小说形态学》，杭州大学出版社 1992 年版，第 213 页。

画体情况更为复杂。

一、跨媒介思维激发下小说旨意和标题封面的多义性

因为西西具有跨媒介的创作视野，所以《我城》的创作动机和写作旨意具有多元性。通过对比研究西西的画评和影评以及《我城》的多个版本，我们可以发现，《我城》的创作受美术和电影艺术的启发，立意体现出多样性。

第一，研读《我城》允晨版序言发现，这部小说活泼的文体格调受玛蒂斯、米罗和夏迦尔等现代画家影响，充满了艳丽的繁华以及超现实的想象，也像马尔克斯小说一样具有浓郁地方风情，西西有意识地舍弃了前期创作受萨特、加缪、贝克特和罗伯·格里耶等人影响而形成的冷漠与阴暗格调。

第二，研读《我城》洪范版第17节发现，叙述者自称写作动机的触发点是一条牛仔裤："现在跟以前不一样。天气晴朗，穿牛仔裤的人头发上都是阳光的颜色，红酒也似的脸面如一只只熟透的龙虾。大家已经从苍白憔悴、虚无与存在的黑色大翅下走出来了。""在符号学方法中，各种词语和形象，还有各种物体本身都担当产生意义的能指功能。"① 牛仔裤曾经风靡香港，这个符号构成的意义是青春阳光、自由随意，因此它成为叛逆青年的形象代码。所以，书写牛仔裤符码，即是书写年轻人和年轻城市的故事，反映现代人对老一辈生活模式的反叛；还表明作者反叛传统的写作模式。

第三，研读西西的早期影话发现，《我城》是为了实现她自己设计的电影创意，意在突破框框，拍摄快乐的葬礼，即从一个快乐的、喜剧的角度看待人事。

第四，研读西西的早期画评发现，《我城》是为了完成卡尔维诺未竟的创意。卡尔维诺用中世纪流传下来的泰洛纸牌①，创作了纸牌故事《命运交叉的城堡》和《客店》（1973），他还打算接着写《命运交汇的汽车游客旅店》；还想改用现代漫画版看图讲故事，随意选配报纸的漫画编写故事；但他觉得以重复方式写故事太乏味，最终放弃了尝试。西西接续了卡尔维诺的思路，并加以改造，不用漫画和报纸剪贴，而用西西自绘的原创性画作；其作也不是纸牌故事，而是图文互涉体，进行文体实验。

因此，《我城》写作旨意的关键点在于，对传统叙述的反叛，进行跨媒介叙事实验。因为小说具有多义性，导致画家们设计各版本的封面时也呈现出多义性。《我城》自发表至今已经有六个版本，图文均有增删，成为不同的演出。它最初在香港《快报》连载，从1975年1月30日至1975年6月30日，笔名阿果。每天1000多字，共16万字，嵌图拼贴，自绘插图108幅。之后，有五个单行本出版，封面各异，可以看作是理解《我城》的五条路径，或者说是五种象征符码。

一是1979年3月的素叶版，由香港素叶出版社出版。因为经济原因它被压缩为6万字，配少量插图。蔡浩泉设计封面，巧妙地拼砌西西的插图，选择最有特色的画作，凸显西西画作的价值，注重出童心童趣——红黑格子底色，仿佛蒙特里安画作。而且，特别放大突出"我"的插图——洋葱头人，暗示这是西西所说的洋葱小说，不是苹果小说，即苹果式小说甜，有一个中心；洋葱式小说没有一个中心，一切都是过程，其中只有辣味，如解构主义的"去中心"。

二是1989年3月允晨版，台北允晨文化公司出版了较完整的文

---

① 西西：《画/话本·纸牌》，台北洪范书店1994年版，第8页。

字及插图，12 万字，西西序言质疑"文字警察"，重绘 108 幅插图，附录何福仁评论。允晨版的封面最诡异，极小的一个灰色框，方框拘谨，里面是线条的涂鸦，仿佛是心囚之城。

三是 1996 年素叶增订本，附录何福仁和黄继持论文。封面设计的色彩艳丽，中间为浮在云端的女性，用笔书写的女性，突出想象的飞翔；左上角画一扇门，隐喻突破之门，隐喻小说中提及的"木艺与文艺"的相通。

四是 1999 年洪范版，作者增补万余言，共 13 万字，西西新序，略增绘图，附录何福仁论文两篇。它使用刘掬色的木刻版画，描绘如梦如幻的维多利亚海港，既隐喻对香港本土永远是座不夜城的祈盼，也隐喻对香港未来走向难以预测的担忧。

五是 1993 年英译本，英文版的封面是抽象画，以中国写意山水人物画为底本，山头上幻化出一个个人物，肤色种族各异，既隐喻香港是中国文化语境下的国际化大都市，也隐喻小说人物是西西的"头生"，即是头脑虚构的产物；从最远处山头的小屋里，飞翔出一只展翅的巨鸟，直奔向光明的所在，既隐喻香港的飞翔，也隐喻西西创作的飞翔。英文版本封面恰当传神，既传达出了小说叙述的中国文化根基和国际文化语境、故事内容，也传达出了西西创作的反叛创新和飞翔的志向，多层意思熔于一炉。英译的语言文字无法传神达意；英译本的封面设计却"一画中的"，画作跨越语言的障碍，沟通无碍，这恰恰又是"图文互涉体"能够互补相生的重要证明。

《我城》的创意还体现为具有中国特色的本土叙事：讲述地道的香港本土故事，并巧妙地创造出汉语叙事的新意。如《我城》的题目别有意味，体现出汉语的"一词多义、正反合义、词性不定"等特色。作品的书名、题跋和脚注往往有重要作用。西西书写香港的《我城》与白先勇书写台北的《台北人》，相映成趣，两者都描述漂泊移民的身份归属与自我认同感。白先勇的作品名为"台北人"，实际叙述外来移民故事，体现出主与客身份移位和错置，产生出无奈又讽刺的意绪，形成了张力。扉页所题的"旧时王谢堂前燕，飞入寻常百姓家"，是作品的基调和主题，整个小说作品集实乃为之作注。《我城》叙述异乡客，特别是年轻一代认同香港为"我城"。这题目可以一题多解：一是"我的城"，偏正结构，洋溢主人的骄傲心态，体现出强烈的身份归属感，因此叙述语言也多使用富于地方色彩的粤语，题目的对应词汇为"他城，他者"。二是"我是城"，判断结构，主谓结构，拟人手法，因而城市具有人性化因素，城市会有性别，是他或她或它；城市会有年龄，青年中年或老年；城市会有脾气性情，快乐、愁苦或苍凉；等等。三是"我看城"，主谓结构，主体对客体他者进行观察，或居高临下，或谦卑仰视。四是"我与城"，联合结构，我与城市的关系可以是平等共处，可以是爱或者恨，或者爱恨交加。五是英译本将之翻译为 *My City：A Hong Kong Story*，为了适应西方的语境，将"我城"解读直接为"我的城：香港故事"，无形中失去了中文的多义性。题目的不可译，更显示《我城》作为汉语写作的独特性，这是一部说不尽的作品，具有丰富的意蕴。

二、图像趣味与语言创意的交融

图文互涉叙事有不同的形态。连环画本的图像往往致力于突出故事性、时间性。但是，《我城》不是以图为主的连环画本，而是文字间杂插图，使得两者的功能和旨意交融。西西的自绘插画，从单幅图画来看，属于线条画，展现二维空间的截断面，着力突出趣味性和抽象思想性。显然，西西了悟图像优势——视觉图像的唤起能力优于语言，这跟贡布里希和利奥塔的认识一致："话语相当于弗洛伊德理论的第二级层面，要通过诉诸变形和语词化活动，依据现实原则才能得以间接地实现；文学诉诸抽象的文字符号，要结合对语词的理解、组织、选择，才能唤起相关文学形象，因此更多与理性和反思联系在一起，不可能从中得到直接的快感。而图像相当于弗洛伊德理论的首要层面，本我依据快乐原则行事，图像通过全身心投入感觉记忆，可在无意识层面实现，它直接使人的视觉渴求得到满足。"①

看来，图文互涉的佳境在于，图画有唤起读者潜意识深层情感的能力，且与富有创造力的话语交相辉映。读者展读《我城》时，往往第一眼先看到图画，因而产生好奇心，迫不及待地想从文字叙述中解读画作意涵。例如图65：131仿佛毕加索的和平鸽口衔橄榄枝名画，但这幅图的画意并不仅仅指涉和平，对应文字11：129～136叙述②，原来，图文合义所指竟然是"绣花针引电光"！人的手和闪电接触，如果不出什么意外的话，

图65：131

整个人都会烤焦，西西却说这可以储电。她对生态环保节能还有更神奇的联想——整条街以大量万能胶封好储存雨水或是建"书墙水库"。想象能激发再联想，如禅宗云：尽大地撮来，如粟米大，抛向面前；如《太平广记》的人能藏于鹅笼，并从口中吐出心上人；又如痖弦的诗"你们再笑我／便把大街举起来"，这些叙述都体现出天才的想象。

蟑螂一般不入画，但图13：27不仅画蟑螂，为啥还四腿朝天呢？读者的好奇心被唤起，待读到文3：27叙述才明白，这指涉搬家，小说还将搬家想象为上下集小说，而且"搬家可以减肥，我减了两磅，我的家减了一百五十磅"。人们对搬家往往熟视无

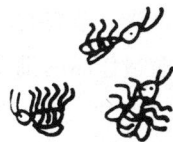

图13：27

---

① 朱国华：《电影：文学的终结者？》，《文学评论》2003年第2期。

② 本书重点研究《我城》的版本为台北洪范书店1999年版。文中序码为笔者所加，前一个为原书图画编号或小说章节，后一个为页码。

睹，但西西却以独到的女性视角，发现如此妙趣横生的细节，家竟然也能减肥。画作中蟑螂尸体活灵活现的尊容，引得受过搬家之累人的会心一笑，体会到人类蚂蚁搬家式的琐碎操劳，以及拿垃圾当宝贝的共通癖好。

读者乍看图80：161，大胖母鸡倒立，以为是印刷错误，而文12：161告诉读者奥妙，有人不小心撞倒了母鸡，鸡主人索取高价赔偿，那人在恳求时，突然看见鸡活转过来，赶忙离开是非之地，留下鸡主人"对母鸡骂了三分钟粗野话，其中，有一分钟骂母鸡自己，一分钟是骂鸡蛋，还有一分钟，骂的是

图80：161

母鸡的母亲"。图文相生，生动地反映了香港的某些欺行霸市现象，故意引诱行人犯错，再敲诈勒索，结果弄巧成拙，出尽了洋相。图文并茂，显示出趣味性。

图96：193画易拉罐头，这是现代工业的象征符号；但对应的文15：193～194进行了创造性改写，罐头成为即冲小说的象征符号，喝过后"脑子里会一幕一幕浮现出小说的情节来，好像看电影"。西西揶揄了时代的急功近利，为顺应

图96：193

快餐文化的潮流，一切强调速溶即冲，即要求文学有高度娱乐性，易接受，节省时间；而忽视了文学精品需要精雕细琢的规律，导致粗制滥造作品的批发生产。

总之，插图不仅能唤起读者兴趣和好奇心，而且能给人留下持久的记忆，这正像卡尔维诺《看不见的城市》指出的，忽必烈大帝最终记住的是马可·波罗最初比画的手势和展示的物件，而不是他后来写的详尽文字报告。其实，要正确理解图像，还需三个变量：代码（code）、文字说明（caption）、语境（context）。卡尔·比勒认为，"语言的功能可以分为表现、唤起和描述，即征象（symptom）、信号（signal）和象征（symbol）。人类比动物高级，在于还发展出语言的

描述功能（descriptive funtion）。语言的抽象难以图解，不抽象的话也不易图解，如英文的 the 特指和 a 泛指"①。确实，精彩的神来之笔无法图绘，如家能减肥，小说可以即冲，这些连类取譬的修辞不管怎么画，也不及文字的幽默效果。所以，读者不仅记住了西西插画，也记住了西西幽默的文笔。语言和绘画之所以能互相介入，因为画家和作家都是魔术师，都富于无中生有的想象才能，把死的东西变活，线条变物体，深具虚构之美。《我城》图画唤起了读者的阅读兴趣，带给读者阅读的轻松快乐感；这与语言的表现和描述功能呼应。文字叙述启发想象，文字和图像媒介协同增加了重造意义的可能性，既能促使读者准确把握文本的题旨和情感，又能激发读者再创造出更丰富的想象，产生出多义性。因此，图文相得益彰，并同时兼纯粹和多元的后现代特性。

三、图像抽象与话语旨意的共生

除了趣味性，插画也可以具有思想性和抽象性，表示事况或意念，因此具有记号式和符号式图像的特点。善于用绘画表达自己思想的诗人，有比利时画家马格列特。他的超现实画作反映潜意识的心理，展现"水与火、海洋与陆地、容纳与拒斥，内与外"等哲学命题。《我城》有些图画也具有超现实色彩。如图 95：

图 95：191

191，玻璃瓶里怎能养花草？待读过文 15：192 恍然大悟，原来这影射人物只求当下而不管明天的隐忧和无奈。玻璃花园，沙上筑塔，这奇特联想还有后续，玩具店举行怪兽大选：去年写的是"你不参加牌戏，你是怪兽"，前年写的是"你不看动物报，你是怪兽"，现在写的是"你写现代诗，你是怪兽"。世俗社会将不愿追名逐利、同流合污的

① 范景中：《贡布里希论设计·视觉图像在信息交流中的地位》(1972)，湖南科学技术出版社 2001 年版，第 106—125 页。

艺术家视为"怪兽",本末倒置,分不清创意与怪异。因此,话语和图像叙述各有创意,互相应和补充,增加了叙述的厚度和广度。

图 52：106

超现实画作再如图 52：106,梯子旁并置两只眼睛,匪夷所思。读文 8：104～105,读者才得知,这是梯上人电工阿果与路人商讨职业志愿,阿果不仅想做邮差、清道夫、消防员、农夫、渔夫,还想做警察。图文合作,意指人各有志,人各有眼界和境界。

图 37：75

西西插画像中国水墨画一样具有写意性,深谙留白艺术,注重冲虚意念。如图 37：75,圆圈里压着两条小毛虫,文字叙述麦快乐因未制止外人在公园非法演说,被上司"炒鱿鱼"。画作意义在于借用现代社会通用的令行禁止的交通标记,传达出深层含义:禁止小毛虫行走,草民无权发言演讲或者集会。这凝结了古往今来政治中的训民政要,可谓经典。

《我城》最具有抽象性和超现实性的图文是第十节 10：121～128,其叙述人称为"你",你可以是读者或叙述者心中的受述者,你一夜醒来,发现四处都是包裹的物件:橙色公园椅、雪糕车、电话亭、浮云、墙的影子、行人。配置的第 60～63 四幅图画,分别指包裹的交通标志柱、绵羊样的浮云、鸽子以及割裂包裹袋。

图 63：127　　　　　　　　　　图 63：128

城市竟然能够打包,这种超现实想象与现代行为艺术有渊源关系。西西介绍过保加利亚克里斯图的包裹艺术①,他从 20 世纪 60 年代开始,包裹过橱窗、芝加哥现代博物馆、喷泉、地板和一里长的海

　　　① 明明(西西):《大包裹》,《大拇指周报》1976 年 4 月 30 日第 27 期。

岸。人类包裹的目的各异，埃及人制木乃伊是期待再生；商品包装为了便携或品牌，圣诞礼物包装为了神秘幻想，服装包装身体是创造新形象。克里斯图的行为艺术像雕塑、设计、建筑，像和物体开玩笑，像替大自然缝新奇衣裳。人包裹城市的缘由则有几种可能：一是防止污染，一是城市搬迁，一是城市变成了垃圾，等待被扔掉。若对包裹再生想象，还可以理解为风俗、礼仪或僵化思想对人的束缚，或者生活重压对人挤压。对于如何去除包裹，小说结尾却指出，即便用剑割开所有的包裹，它也会自动缝合，这是无法完成的工作。这让人想起钽——西西的《飞毡》提到，被众神惩罚的钽，站在齐颈脖的深水中，想喝水，水流去；想吃果子，树枝躲避。钽喝水就像西绪福斯推石头上山一样于事无补。西西写过《西绪福斯》，独辟蹊径地从石头视角诘问，自己无罪，为何陪着他受惩罚。她也写过《肥土镇灰阑记》，质疑包公为什么不让灰阑中的小孩自己指认母亲。如果将《包裹》一节图文仅仅理解为香港"九七"回归，未免视野太窄。它实际表达出存在的荒诞感、形而上的虚无，正如西西采访过的拍摄别样"包裹"土佬①，专拍摄生活的沉郁疲乏——生活和环境把人折磨得就像"茧"越长越厚。西西以快乐眼光看世界之余，并未忘却对人类困境、人的异化和世界的异化的思索，其哲理性和寓言性，具有卡夫卡式的深意。

四、图文的"慧童体"风格融合

《我城》的画作风格独特，有特定的作用和意义。西西早在1960年研究绘画史时就发现，法国现代派画家罗拉、保罗克利都用孩童的画法表现思想②，风格介于童年与成人之间，表现出清的风格、活的

① 西西：《茧——土佬的摄影》，《大拇指周报》1976年6月25日第35期。

② 西西：《风格》，《中国学生周报》1964年12月4日第646期。

人物、简的线条、纯一的趣味，写实而又抽象①。玛蒂斯也号召画家用儿童的眼睛看生活："美术家以观看开始创造……只有像头一次看东西那样，像孩子那样去观察生活，否则，美术家不可能用独创的方式去表现自我。"② 这观点跟中国明代李贽的"童心说"如出一辙："夫童心者，绝假纯真，最初一念之本心也。"其意在去除偏见，以免一叶障目。《我城》的画作虽然只是线条勾勒，画面简洁，用笔稚拙，趣味盎然，但也绝不是儿童画。因儿童画往往既看不到细节，也看不到透视变形，其初步方法是对实物进行抽象和概括，从而产生实物的轮廓。③ 西西画作比儿童画洗练干净，多为物体、状态或动作，像名词、动词、形容词符码，意在表现思想和观念；多近似于强烈讽刺意味的漫画，是需要用心阅读的写意画作，像语言般具有模棱两可的特性，思想智慧跃动其中。显然，西西画作意在以一片童心看世相，她的语言风格亦可作如是观："看到米罗、克利，想到短句子""看到普洛克，想到长句子，面条一般纠缠、啰唆"。西西早期小说《草图》文笔讲究铺陈，语法变化繁富，同期的《象是笨蛋》则刻意平板简单，两者都具有鲜明的文体特色。而《我城》则较少用冗长句式，而采用简洁明快的短句，西西自称这种童趣语言为"顽童体"。但依民众的成见，这个命名有"童化"之嫌。实际上，西西自创的画作和语言体现出儿童和成人视角的交融，这正如其在《浮城志异》创造的新词"慧童"，成人与儿童思维合一。《我城》文风朴拙中有巧思，就像陈平原论述的印度文学，"一方面是神秘的哲理思索，一方面是朦胧的童话色彩，两者和谐统一；稚拙是高级的美，只

---

① 张爱伦（西西）：《罗拉笔下的人像》，《中国学生周报》1960 年 9 月 16 日第 426 期。

② 玛蒂斯：《用儿童的眼睛看生活》，载毕加索编《现代艺术大师论艺术》，常宁生译，中国人民大学出版社 2005 年版。

③ 鲁道夫·阿恩海姆主编《艺术与视知觉》，滕守尧译，四川人民出版社 1998 年版，第 214 页。

有童心未泯的真人，才能创造出这种美"①。因此，我们可以将《我城》的图文风格命名为"慧童体"。

对于西西的"慧童体"而言，李贽的"童心说"、什克洛夫斯基的陌生化（defamiliarization）、现代画论的童眼看世界，这些理论都是同一个理论：去除成见，重新认识世界。董启章认为，西西的《我城》采取"零度经验"手法，"对都市投以好奇热爱的目光，以首次看见一件事物的态度观察事物，呈现既有经验以外的外貌和特性，创造出自成一体的笔法。零度经验不是无中生有，而是去除既有经验，在重构过程中产生新感受。抛开有意义的历史时空坐标，回归童话般的零度经验，在想象的、阅读的空间中创造我城，创造美丽新世界"②。形式主义文论学派指出，好的文体在于偏离规范的语言结构中，文学性要义就是"奇异化"。这与卡尔维诺提倡的"树上的公爵生活"异曲同工。再如《促织》的人变蟋蟀、《变形记》的人变甲虫、张爱玲《封锁》的非常态，都借变形揭示出利害关系背后冷酷的荒诞真相。如冯尼格让一位"前地球居民"担任叙述者，居住在另一星球上，向邻居解释地球的事情。《我城》通过转换视角制造陌生感，如有一个人，对世界上的各类物事的看法，是这样的：可以用来摆设观赏，如兰花、雕刻，五分；挂起一个响当当招牌，如名著、名画，一百分；可以换来一个勋章，如慈善、做大官，一千分；将来可以高价出售，如房屋、股票，三千分③。西西巧妙地透过打分的数字等级，使读者洞悉物欲膨胀者的世俗价值观，了悟到品位与金钱数字价值成反比。若将上述内容改为"有人追名逐利，不懂高雅艺术"，则毫无特色，不能引人思考。美国语言学家乔姆斯基指出，

---

① 陈平原：《陈平原小说史论集》（上），河北人民出版社1997年版，第53页。

② 董启章：《城市的现实经验与文本经验——阅读〈酒徒〉、〈我城〉、〈剪纸〉》，载《香港文学与文化研究》，牛津大学出版社2002年版，第394—407页。

③ 西西：《我城》，台北洪范书店1999年版，第20页。

"同义之间之差异，可称为是文体的差异"①。所以，西西的文体独具匠心。

"慧童体"文体风格的独特性在于图文的趣味和深度。如西西叙述菠萝们开会，讨论把"菠萝"两字拿去注册专利，讨回名字权利，因为在香港土制菠萝即指炸弹，菠萝这名字已经被污染。可是，人类引发战争很凶残，而菠萝却具有强烈的善心和是非观念。配置的插图 77：155 中的菠萝三足鼎立，恰似进行着一场怒发冲冠争讨权利的会议。西西的图文用换位思考法叙

图 77：155

述，既活泼又富于想象力。西西的语言看似简单，但是话里有话，寄寓褒贬。如她的诗歌《可不可以说》："可不可以说／一朵雨伞／一束雪花／一瓶银河／一葫芦宇宙，可不可以说／一位蚂蚁／一名蟑螂／一家猪猡／一窝英雄，可不可以说／一头训导主任／一只七省巡抚／一匹将军／一尾皇帝，可不可以说，龙眼吉祥，龙须糖万岁万岁万万岁。"汉语精于量词的表达，韩语长于拟声词的表达。这首诗有意错误搭配量词，在"显文本"之外形成了"潜文本"："训导主任如一头猫头鹰，七省巡抚如一只巡洋舰。"文字的表层叙述和潜在叙述形成了反差，冒天下之大不韪，将所谓的神圣人物"小化、轻化"，产生了强烈的反讽效果。

"慧童体"融合了在逻辑上无法共存的两个形象，儿童与成人本来非此即彼，或在场或不在场，但《我城》实现了两者的化合。张竹坡认为"《金瓶梅》是市井的文字，《西厢记》是韵笔，是花娇月媚的文字"。叶朗则说"《红楼梦》是市井文字与花娇月媚文字美学风貌的统一"②。而《我城》则创造出全新的"慧童体"，童心语与童心画风格呼应，以全新眼光叙述作者记忆中的香港，折射出个人感

---

① 格拉汉·霍夫：《文体与文体论》，台湾成文出版社有限公司 1979 年版，第 7—8 页。

② 叶朗：《中国小说美学》，北京大学出版社 1982 年版，第 171 页。

知和经验的印迹。它还运用夸张、联想、抽象、隐言和反讽等多种手法，产生"是它偏说不是它"的文学性效果。它用最简洁易懂却难以模仿的语言，反映一代新人的精神，形成了纯真自然的白话汉语书写，开创了新的图文互涉叙事。

西西预见到图文共生的时代走向，"世界正在发展综合艺术，美术和摄影已进入奇丽的天地，而文字也到了该和图联合起来成为更完美更有力媒介的时候。文字和图是彼此延续彼此的同类符号。"① 媒介各有短长，如何突破局限，进行跨媒介的融合，需要智慧，需要不断尝试。对于西西而言，绘画可以讲故事、提出论点、表达抽象的思想；文学也可以描写或体现静止的、空间状态的事物，因此不同艺术媒介可以相辅相成，互相解释演绎。

五、《我城》跨媒介叙事的意义

经过二十多年流变，《我城》六个版本的文体风格、思路和意图都产生了变异。在经历癌症生死浩劫之后，西西修改了洪范版。在更深刻地体悟出万事万物的相反相成之后，洪范版的细节眉目更加清晰，还添加了逆向对话声音，它不再是年轻的城、快乐无忧的城，而是喜忧参半的城，渗透生命苍凉感，多了快乐背后的忧思、悲悯、激愤、讽刺，成为多声部的合奏。西西还说过，"古人虽然多写行路难的诗歌，但也有明代高启的诗歌《寻胡隐君》写道，渡水复渡水，看花还看花，春风江上路，不觉到君家。在旅途中有看花还看花的环境和心情，实在叫人羡慕"。只有不快乐的人才刻意求取快乐，所以，快乐对《我城》而言只是烟幕弹。西西修改后的洪范版，不再仅仅谋求换个快乐的视角书写城市，而更谋求小说的革新、跨媒介叙事的突破。

后期的《我城》版本都增添组接了第十七节"胡说"，使得文体

---

① 西西：《剪贴册·图书》，台北洪范书店1991年版，第148页。

更为特别。它采取后设小说技法，叙述者自曝虚构，与评论家和读者互动呼应，形成了对话关系。它集中了对这部小说评头论足的各种言论，好像影视作品结束后加添的花絮，展示各界对作品的解读。这既是小说连载体例决定的，也是小说二十多年修订过程决定的。西西在洪范版序指出："一部小说有时真像一棵树。经过季节的变换，落些叶子，又滋长一些，劲头到来，天时地时恰好，苗长得自己回过头来也吃了一惊。"在写作和出版过程中，不断出现读者和评论的参与，改变了《我城》的路径。同时也出现了一些断然否定的评论声音，如"压根不知道它在写什么"，或者说"西西散步的拍子离了谱"。西西为了回应这些声音，有意宣称自己的创作为"胡说"。

这篇胡说论是一篇宣言，是西西颠覆解构传统小说法则的犀利宣言。第十七节首先叙述人们发现希腊神庙般的建筑上，女神手持的天秤不见了，这城要把度量改为十进制。住在大厦顶楼上的他，到处寻找理想的尺。这隐喻评论名家寻找理想的文学标准。

《我城》之所以会遭遇持传统中国文论标准者的斥责和训导，因为其小说形式在中国文学史中前所未见。而西方文学理论的各种主义流派、理论术语，同样不足用于评价《我城》。"胡说"一节描述了所遭遇到的后一种评论模式的轰炸，如"字纸里面说许多人长了翅膀飞到月亮上去，这是超现实主义。太空船在天上飞来飞去是科学幻想小说。把一件衣服剪了个洞，是达达主义。把身份证用塑胶袋封起来，不就是新写实主义？讲许多蜜蜂蚂蚁的是自然主义，在海滩上种花是存在主义。他看尺量出来的竟是一大堆主义，不禁摇摇头。尺子们仍然继续说话。如果老说一个茶壶，说茶壶比说人多，这是反小说。这人忽然想起街上一棵树，忽然想起家里一把椅子，这是意识流。可以把许多成语既成品拿到展览会展览。如果张开嘴巴说话，看见言语是七彩缤纷的有花朵的形状，就是魔幻写实了。没头没尾，忽然唱歌，忽然大叫，当然是一幕突发性的戏剧"。显然，西西在这里讽刺了有些学者套用各种西方现代文论肢解作品，对《我城》断章取义评论的不良现象。西西简直像得了鲁迅反叛性的真传，鲁迅当年也犀利夸张地将各种主义嘲讽批评了一遍："作品上多讲自己，是表现主义；多讲别人，是写实主义；见女郎小腿肚作诗，是浪漫主义；见女郎小腿肚不准作诗，是古典主义；天上掉下一颗头，头上站着一头牛，爱呀，海中央的青霹雳呀，是未来主义。"① 鲁迅讽刺有些学者套用各种主义评论作品，难免捉襟见肘，隔靴搔痒，过于机械的类型化评述是可笑的。

对于各种评论和误解，《我城》有段话做了回应，"创造的人和欣赏的人同样重要，这就像讲电话和听电话人之间的关系；音乐会里好的音乐，大家鼓掌；但对于画，对于没有化过妆的木桌子和椅子，没有人鼓掌；对于没有化过妆的写作，更是如此"。对于《我城》这种原创的、独特的小说，不懂欣赏的人往往断言这是不合规范的小说；但善于欣赏的知音则另有见解，如素叶版推介："我城就是我们的城，是现代城市中人类思想行为的一面透视镜。作者的文字充满奇异的想象，布局结构，迥异传统，别开小说创作的新途径。"② 西西对自己的跨媒介叙事实验室信心十足，是不在乎批评的。

西西不仅自己进行跨媒介叙事，对他人作品也常做跨界联想。如她论述德国作家波尔，其小说《河边风景中的女士》适合改编为话剧，对白独白多；《安全网》可以改编成电视片集，由几个人物篇章组成，一人物可拍成一集电视；波尔的《与女士合影的团体照》改编成电影最好，能拍成《战争与和平》效果，不过编剧不容易，不是因为人物事件多，而是因为文本运用了独特的叙述手法。③ 西西的跨媒介叙事影响了后来者，如深入研究过西西的香港作家董启章，于2005 年，将自己的小说改编成话剧《小冬校园与森林之梦》，融戏剧、对白、音乐和诗文于一体。当叙述主人公二十年后青春的梦、热

<hr />

① 鲁迅：《三闲集·扁》，《鲁迅全集·第 4 卷》，人民文学出版社 1996年版，第 87 页。

② 参见《素叶文学》第 6 期，1982 年 2 月。

③ 西西：《画/话本·波尔》，台北洪范书店 1994 年版。

情的梦不再时，在透明纱质的黑幕上缓缓流过白色的诗行字幕，运用跨媒介，将文学作品的思考空间挪至舞台，减缓叙述速度，赢得了叙述纵深度，让人深思回味。

正因为《我城》具有跨媒介的特性，所以它能激发灵感，成为增殖的载体。西西在 1989 版序中预言："再眨一眼，那将是二〇〇四年，城会怎样呢？但愿我能继续描述城的面貌、人的生活，说永不终止的故事。"这触动了他人的灵感。在《我城》诞生 30 周年后的 2005 年，香港艺术中心打造了《i－城志——我城 05 跨界创作》，即 *I－city Festival* 2005。① 编辑组成员甚至没有征得西西的"同意"，就把《我城》变成了开发性的文本，用话剧、绘本（漫画）、《我城 05》小说等形式呈现香港，再次演绎"我城"，成为香港本土有开拓性的集体创作计划，像跨媒介的狂欢盛宴，形成了"小说的、绘画的、动漫、剧场共生的 i－城"，并制作为 DVD 光碟。《我城》跨界独创性的思想刺激，催生了作品和读者的互动增殖，使得"我城"故事永不终止。最值得一提的是，编辑组成员终于找到了"我城"题目的恰切翻译，"I-city"，语法结构乍看不合英文语法，语言的变异费人猜量，却是"信、达、雅"的传神翻译，汉语的"一词多义"特性依靠英语的"误译"传达出来，可谓"歪打正着"。编辑人员在序言中自称，*I－city Festival* 2005 的中文版设计为"i－城志"，别具匠心：i，是现代社会键盘简约主义的反正统英文语法；也是"大我"的反成；它也解读为一个代号；i 城，又可解读为"某某城"的意思。"志"，是"誌"之简体版，反映出文字的一国两制。"i－城志"题目三个字采用三种语言形态，传神地表达出香港这座特殊"我城"的混杂特色。

但是《i－城志》在《我城》基础上增删和生发，作品略逊一筹，这更加证明西西《我城》的不可模仿性。

---

① 香港艺术中心及 Kubrick：《i－城志——我城 05 跨界创作》，香港艺术中心 2005 年版。

第六节　蝉联曲式网结体

继王安忆、陈映真之后，西西于 2005 年凭长篇小说《飞毡》①获得有"华文文学奥斯卡"之誉的"世界华文文学奖"。《飞毡》书写了香港百年史。20 世纪百年史有不同的讲法，传统正史叙述强调头中尾三段架构，多以线性时间为序。格拉斯《我的世纪》（1999）书写了德国百年史，他按年份顺序切分为一百节，并列组接每年有代表性的事件，以反映时代的风云。施叔青的《香港三部曲》叙述了妓女家族的发迹史，以性政治权力隐喻香港百年权力的此消彼长②。他们虽然反叛英雄传奇正史的宏大叙事，但依然采取线性叙述。《飞毡》虽然隐隐约约有叙述主脉——以花家和叶家为首的商家如何成业直至花叶重生、飞毯飞翔，但它不着力于史诗构图，而是着力于挖掘被忽视的知识、风物和史实等。在文体结构上，《飞毡》采取蝉联衔接的增殖手法，具有循环时间和网结编织的女生空间之特点，创造出独特的"网结蝉联想象曲式"，有别于传统线性叙述。

---

① 西西：《飞毡》，台北洪范书店 1996 年版。
② 凌逾：《女性主义建构与殖民都市百年史——论施叔青的长篇小说〈香港三部曲〉》，《世界华文文学论坛》2003 年第 4 期。

一、蝉联衔接与并缝编织

有人认为，《飞毡》的段与段之间没有必然的逻辑关系。其实它的语篇衔接独具匠心，这可从序言中窥见端倪。西西用心辨析了氎与毯的异同："氎"（blanket，氎的异体字为毡）是压成之物，无经无纬，文非织非纻；"毯"（carpet）讲究经纬交织；小说文本的书面语用"毯"，肥土镇居民口述时用"氎"。这并不是马森所说的掉书袋①，而是精益求精于小说的架构策略，即是小说文本表面无经无纬，内质却经纬有致。在传统父系文化中，编织手工常被视为女性符码，是低级艺术，而抽象艺术与纯装饰品才被视为高级艺术。但编织对女性有特殊的意义，如缝制百衲被（quilt art）能够联络感情或治疗心理疗伤。西西以历史上被贬损的编织自况写作，表明她有意进行性别叙述实验。

《飞毡》全书三卷，共204节，各卷分别有67、77、60节，一节一事，搭配以别致的标题，标志着叙述视角的转换。全书的语篇衔接巧借了汉语修辞中的蝉联法。《飞毡》由语言局部的顶真联结，扩展为段落之间的蝉联编织，强调语篇的语义连贯。小说开篇的10节很有代表性，首先叙述"庄周梦蝶"的原意是万物与我为一，也反映了人类抗拒睡眠、渴望飞翔的集体无意识。再联结到法国领事夫妇抵达肥土镇后观看番语剧《庄周蝴蝶梦》，领事夫人观剧后看见飞毯。再联结到天文台台长论述三类飞行原理，分析两种异类飞行（龙卷

---

① 马森：《掉书袋的寓言小说——评西西的〈飞毡〉》，《联合文学》1996年第8期。

风和神话飞毯）；人们编织地衣即地毯，保护自己和大地；肥土镇花顺记一家忙于卖荷兰水，晚上没见飞毯飞行；花顺记冬天把店租给卖地毯的花里耶；花一花二询问花里耶的飞毡是否飞翔；突厥人花里耶说家乡妇女不时成就一幅飞甗，它按自己的个性飞翔。章节内容虚实相间，事件之间没有必然的逻辑因果关系，但西西借用词语接龙的手法，进行了联想接龙，使语义首尾相连。它类似于中国传统音乐的"鱼咬尾"，其主题音调乐句的头尾音都用同度音贯串连接，荡气回肠。《飞毡》的结构不像《一千零一夜》的"故事套盒"，总故事和子故事为层级关系；它也不完全是西西分析略萨《酒吧长谈》的"中国药柜"对话体，"如打开个个小抽屉，冒出许多话语"①。《飞毡》是各节事件和谐平等地并列组接，就像编织中针眼与针眼连接的"并缝"法，也像波斯地毯的编织法，每平方寸打 320 个结，经纬有致地编织成文字飞毯。西西前期创作的"肥土镇系列"与晚期的《飞毡》也形成了蝉联关系，就像马尔克斯笔下的马孔多成为作品不断增殖的重要母题。

　　运用蝉联修辞来扩充话题，这接近于中国语言哲学思维。《飞毡》中意念优势的组接缀段体式，不同于印欧语言讲究形式逻各斯的传统，比中国笔记体小说也更强调联系性，显得环环相扣、结构严密。

二、循环太极中的时间叙述

　　西西的网结蝉联体不同于后经典叙事学家米勒的双线或多线理论②。米勒指出，男性线性叙事以逻各斯中心为基础，这源于亚里士多德的《诗学》，他认为悲剧须合乎逻辑理性。他质疑亚氏的例证，《俄狄浦斯王》实际上无始无终，而且理性也无法揭示事件的真相。米勒因此提出双线和多线条理论，"采用椭圆、双曲线、抛物线表达

---

① 　西西：《拼图游戏·中国套盒》，台北洪范书店 2001 年版。

② 　希利斯·米勒：《解读叙事》，申丹译，北京大学出版社 2002 年版。

第六节　蝉联曲式网结体

97

叙述中部的非连贯性"①。这对于男作者而言，意味着阉割或恐惧；对于女作者而言，意味着颠覆中心化和独白性秩序，引入离心或对话性因素，挑战男作家权威。虽然米勒能从女性角度进行论证，但是，他的选例依然以男作家为主。虽然米勒意在反叛传统的线性叙事理论，但是他却仍然使用线条术语，难逃线性窠臼。

网结蝉联体更贴近于克里斯特瓦《妇女的时间》中的理论：女性的时间是循环时间（cursive time），女性身体的月经周期、妊娠和哺育周期等节奏与自然界循环和万物生长规律相连，使得女性与反复性和永远性相关联。② 而线性时间（linear time）以进步与发展为前提，趋向未来，这是父系的历史时间。西西在《飞毡》出版前两年已经论及循环时间③，还提到中国《易经》和印度佛教都认为否极泰来、盛极必衰；提到拉丁美洲的魔幻写实也呈现出信仰的轮回观念，生死和古今互通。

飞毯符号在《飞毯》中的循环往复出现，整部小说即是一部飞毯寻觅史。开篇从逍遥派始祖庄周梦蝶谈起，这属于中国早期的飞行神话。而飞毯源于阿拉伯神话的波斯地毯，小说为此设置了突厥人花里耶被抢到飞毯岛发明飞毯。他儿子花里巴巴发现肥土镇阁楼里有飞毯，最后，肥土镇人也发现飞毯就在本土。小说结尾营造了梦幻的氛围：秋雨融汇自障叶的花粉，肥土镇变得透明。飞毯神祇能不能否极泰来，又成为另一故事的开头。未来不知如何，结尾并未给读者水落石出的欢悦，而是"缠结和解结合一"。《飞毯》的故事往前追溯，源于寓言故事；往后追溯，其结局是开放的。整部小说是"其卒无尾，其始无首""流之于无止"的"天乐"。

---

① 申丹：《解构主义在美国——评 J. 希利斯·米勒的线条意象》，《外国文学评论》2001 年第 2 期。

② 罗婷：《克里斯特瓦的诗学研究》，中国社会科学出版社 2004 年版。

③ 西西：《时间的话题·怎样开始一个时间的话题》，香港素叶出版社1995 年版。

所以，《飞毡》表现出无始无终的循环太极时间观念①，有意抗拒线性叙事。而且，小说中部的叙述时间也并不按百年线性时间流走。如果按百年发展时间顺序，小说本该先讲花家兄弟跟番人古罗斯的合作并发家，再讲儿子辈花一花二花初三，再讲花叶家联姻；但小说将花家与番人的合作放在第 62 节，而将花叶两家联姻提前到第 35 和 36 节，倒叙与插叙并进。小说还有意淡化叙述时间，如肥土镇首家百货公司开张时出现女售货员，实指 1900 年的香港。《庄子试妻》的女主角应征，实指 1911 年②。这些叙述时间需要读者去揣测、考证，用心体会。

《飞毡》的反线性叙述，还在于不断加插化学、昆虫学、植物学、天文学、考古学、炼金、乐器、文物等知识资料时。如第 11 到第 18 节，花顺记的荷兰水瓶要到红砖房子去补充，那里虫蚁聚居，便于花一花二研究各色昆虫。他们找不到传说的天蚕和自障叶，转而培育不蜇人的蜜蜂；东西方的蜜蜂各有特点和方向感，聪明人拿方向做价值判断。花一花二策划用音乐驯蜂温顺，唱南音《客途秋恨》，放巴洛克的唱碟；让蜜蜂采集阿花花（alfalfa，即紫苜蓿）的花粉，从中提取稀有钽金属，用于发展火箭卫星；花一花二认为只有叶重生才能溶解金属钽。西西借助人物的痴迷科学研究，蝉联串接起香港本土的动植物和文化知识，同时切断了叙述的线性时间，制造了停顿。

西西的片段连缀体来自中国的笔记体小说，也创造性地使用蝉联法，加插知识。钱锺书用"管锥法"联结片段之思，罗兰·巴特书写恋人絮语也是断片集锦。西西的片段神会，更贴近于零碎的民间记忆和妇女"基本中断性"的经验：家务劳动是可侵入的，妇女写作

---

① "太极图"是两条黑白的"阴阳鱼"。白鱼表示阳，黑鱼表示阴。白鱼中间一黑眼睛，黑鱼之中一白眼睛，表示阳中有阴、阴中有阳。有人认为，这指宇宙最初浑然一体的元气。或认为虚无本体为太极，或认为阴阳混合未分为太极，"天地阴阳，古今万物，始终生死之理，太极图尽之"。还有认为"一"为太极，此"一"不是数，而是"无"。

② 关丽珊：《彻底美化了的时空》，《明报月刊》1996 年第 8 期。

也是可中断的，妇女是不断等待的。可是，对于男性经验而言，停滞是最大的恶。男性文学的故事主体情节往往是"探索"，所以男性创作经验不适用于女性①。于是，西西另辟蹊径，加插叙述种种有趣的事件和知识，而不注重对情节的探索。正如略萨和巴特指出的，看小说如跳脱衣舞，要尽可能拖延大白于世的时间。而写小说应该像给裸体添衣，用非凡的想象编织，将无事化小事，将小事化大事。本来，如果按逻各斯理论，完美的叙述应没有插曲。如斯特恩《项狄传》被戏称为"供基督徒行走的线、品德端正的象征"。但西西叙事的趣味正在于节外生枝、突破逻各斯叙述的一个高潮架构，她不断地寻找趣事作为切入口，制造一个又一个叙事高潮，利用悬念调动读者的好奇心，穿插枝节，延长时间，逃避人物的死亡走向，逃避结局。

显然，西西创设了一种女性叙事文体，采用蝉联衔接法，循环往复，使故事具有无限的开放性；而且在小说中不断设置兴趣点，高潮迭起，突破了叙事语法的线性思维模式，编织成网络增殖体。

三、网结编织中的女性空间意识

西西创作《飞毡》的动机之一源于对空间的思考。肥土镇在巨龙国的映衬下小得像一块蹭鞋毡；她至爱的波斯地毯因居室逼仄而展挂不得。所以，飞毡不仅是循环架构的基点，还是空间意识的触媒。莫里斯把社会冲突的本质原因归于生存空间的拥挤，利益争夺和思想对立只是借口。历史是从事财富位移的搬家公司；成功感是空间比量后的心理幻觉②。女性主义理论认为，人的物理空间或心理空间都典型地体现出空间的性别化。伍尔夫强调，经济、空间与女性的自由密切相关。《飞毡·自己的房间》中提到，"明日的建筑"分设男女主人工

---

① 约瑟芬·多诺万：《迈向妇女诗学》，陈晓兰译，《文艺理论研究》1995 年第 3 期。

② 德斯蒙德·莫里斯：《人类动物园》，文汇出版社 2002 年版。

作室，这引发了家庭的内在革命。所以，对西西而言，肥土镇空间的边缘化、女性生存空间和写作空间的狭窄化，这三个问题具有同质性。

但不少人没有细察西西的意图，仍然按照线性模式去总结人物关系图，把花顺记掌柜置于金字塔尖，再依次为花家第二代和第三代。

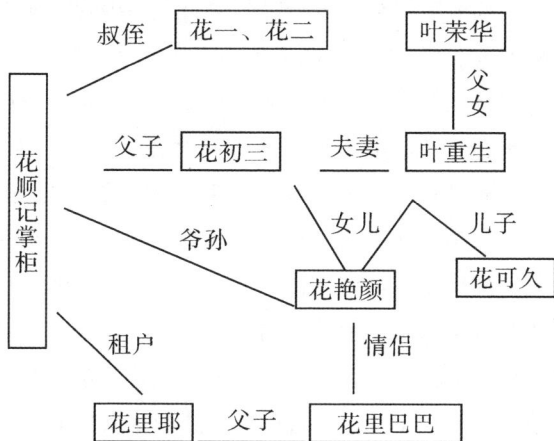

这种关系图反映出根深蒂固的、男性占据重要空间的男性血脉家谱模式，它与《飞毡》的网状编织结构本意不合。小说起首以问句推出一人：世上哪种水最厉害？众水之王不是硝酸、盐酸加氯化铵加硝酸，而是叶重生。小说以之为中心，从男性中心的历史空间转入女性空间，在经纬上裁毛结扣，借助叶重生的出嫁串起血缘系列，讲述本土商人的发展变迁史、战乱移民生活以及政治经济、考古生化、建筑和教育等知识。小说借助她的人际交往串接起非血缘网络，借突厥租户花里耶和花里巴巴讲述肥土镇的文化混血，借陈家莲心铺子讲述本土的传统文化，借虾仔讲述新潮的西式文化；以及房地产、海盗、公务员、义工等世相趣事。吉利根（Carol Giligan）认为，等级和网状意象分别反映出男女认知方式的差异。① 在冲突的责任中，妇女思

① 卡罗尔·吉利根：《不同的声音：心理学理论与妇女发展》，肖巍译，中央编译出版社1999年版。

维是语境的、叙述的，少考虑抽象的权利平衡；男性的权力道德强调"分离而不是联系"，先考虑具体个人而不是关系。西西的网结体，表现出维护联系的关联感。

《飞毡》采用加针法，扩展了女性的编织幅度，赋予女性腾挪施展的空间。花家的成败兴衰系于叶重生一身。她少女时期不幸看见碎尸，成了阁楼疯女，消防员花初三在火灾中救美，两人因此相爱成婚。但他们并不是从此过上幸福生活，而是历经磨难。花初三因无意中违背誓言而逃跑，叶重生为唤回他，三次烧毁了花家的店铺房屋，剪碎了他的照片放进百格子床。但善于理财的叶重生日后逐渐成为建设家园的主力。花顺记从卖荷兰水到卖蜂蜜再到卖果汁小麦草，卖品的颜色从冰水色到琥珀色再到绿色，色彩逐渐鲜艳明朗，花叶两家终于得以重生。叶重生这个水做的骨肉活出了自我，融化了男人这块坚冰和社会对女性的成见，成为"众水之王"。《飞毡》也书写了普通女性，如乳娘、用人和主妇，通过她们口述带出女性的发展史。

《飞毡》同时采用减针法，缩窄了男性的编织幅度，设计了三个男人的匿影藏形：第63节花顺风出家当和尚后杳无音信；卷一《影画戏》花初三出逃，直到卷二《这个这个》才解密，原来花初三去了德国留学；第75节花里耶失踪，直到卷三才解密，原来他被俘房去制造飞毯。

《飞毡》的加减针法与《木兰诗》的繁笔简笔迥然不同。后者的繁笔落在木兰织布、奔忙备装、难舍父母、重着红装等情节，极力渲染女儿的情态；而木兰的沙场英勇、功勋伟业则简略带过。西西在1983年分析《木兰诗》的七篇文章，虽未明确提到繁简运笔，但她发现了诗歌叙述人称频频转换，"安能辨我是雌雄"。西西隐约体会到，它对女性的叙述是不当的，所以《飞毡》有意采取反向透视，重点讲述女性故事和经验，频用女生视角，重在拓展女性的生存空间和写作空间。

与西西的蝉联网结和循环时间等女性意识相配合，《飞毡》的空

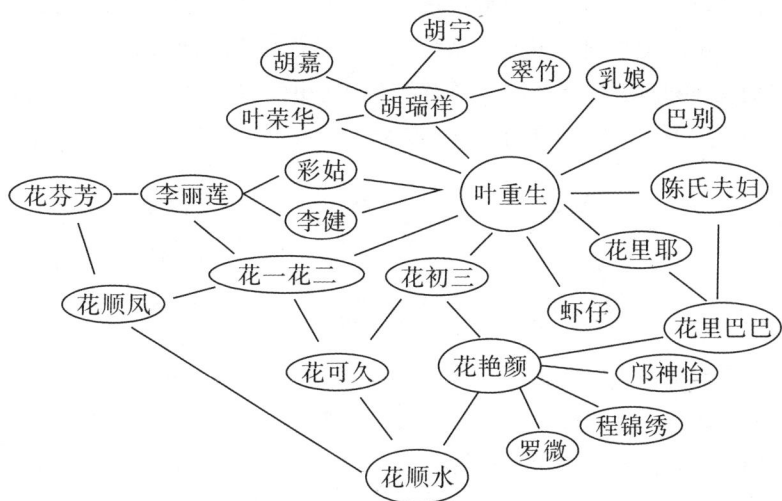

间架构使用了"圆阵和鱼丽之阵"。西西 1981 年论兵法布阵①，谈及"鱼丽之阵，先偏后伍，伍承弥缝"，即战车布列在前，步卒分散配置于战车两侧及后方，形成步车协调、攻防自如的整体，从而使中国古代车阵战法趋向严密、灵活。西西将之化为小说布阵，女性故事为战车主阵，蝉联编织的车缝为鱼罶，其他故事和知识叙述为兵卒之伍，伍承弥缝。同时，小说以飞毡始，以飞毡终，正好完成了循环太极，编织了"圆阵"。这应和了杨义所指出的中国文化中整体先于部分的整体观②。中国"年、月、日"时间记述有别于西方的"日、月、年"，中国话本、章回小说等都是开首先总结全文。《飞毡》所编织的叙述网，类于小城的"造网师园"③。它不像传统小说那样有固定的叙述视点，而是借人物的挪移来转换空间，不断地转换叙述视

---

① 西西：《耳目书·阵说》，台北洪范书店 1991 年版。

② 杨义：《中国叙事学》，人民出版社 1997 年版。

③ 西西在《旋转木马》后记说："例如圆明园、颐和园，占地广阔，可以建许多亭台楼阁，又可堆土成山，引水成湖；但如果在狭窄的小城镇中，那也只能造网师园，甚至很小的曲园、听枫园了。"西西的小说自然和谐地孕育长于香港南方城市，于细微处凸显全景的时空观。

角，进行时空互动，从肥水街花家、染布街叶家、半山区胡家豪宅、飞土区金融中心到南田区跑马场等地，多角度多侧面透视时移境迁，它把现在和过去压缩在同一平面，不同历史的空间并置，拼贴人世百衲图，反映出严密和灵活的空间架构。

王安忆认为西西获奖的理由是："西西是香港说梦人，以抗拒睡眠方式进行，连梦都是虚构的，她替充满行动的香港做梦，给这个太过结实的地方添些虚无的魅影。"① 《飞毡》叙述了不少魔幻想象细节，如陈家莲心茶铺阁楼时有狐仙饮宴，飞毯就在阁楼，乌托邦就在肥土镇。西西自绘的三幅插图也显示出梦幻特色：卷一插图是蝴蝶，典出"庄周梦蝶"，隐喻中国古人的飞翔理想和文化的博大精深；卷二插图是地毯上倒挂的突厥大猫，隐喻外来文化的渗透；卷三插图是海上贸易的舶来品波斯飞毡，隐喻中西方人共同的心愿是寻找理想的家园以及和平安乐的空间。西西对故事空间的界定，并不直言"香港"，而是说"浮城、飞土、肥土镇"。究其原因，一是像马森说的寓言化、魔幻化；二是将它当成异己、他者和审视的对象；三是表明小说志不在书写一时一地的小世界，而是意在幻化成无始无终的大世界。西西创造"飞毯"世界，与福柯创造的"异托邦"（Heterotopias）② 心意相通。异托邦指反映社会又对抗社会的真实空间，而乌托邦则是虚构的、非真实的。异托邦偏离正常的场所，同时又穿行于其中。它

---

① 思宁：《华文文学世界的奥斯卡》，《文学报》2006 年 1 月 26 日。

② 米歇尔·福柯：《不同空间的正文与上下文》，陈志梧译，载包亚明主编《后现代性与地理学的政治》，上海教育出版社 2001 年版，第 18－28 页。

向四方渗透，又使自己保持孤立①。福柯还说，波斯地毯包含了整个世界的完美象征，地毯是流动的花园，可以放在不同的房间或空间里。花园相当于世界最小的分子，但又是世界的整体；花园是世界上最古老的、给人以幸福感并透视全宇宙的"异托邦"。西西的书写像福柯的"异托邦"一样，抵抗以时间为线条、以一元论精神为线索的哲学史。

西西创造的飞毯世界，既隐喻肥土镇腾飞，也隐喻女性书写的自由飞翔。《飞毡》的关键词汇"飞"粤语体系中与"花"谐音相关，即"花——发——飞"，谐音隐喻花家的发达飞翔。《飞毡》结尾第204节只有两句话："你要我告诉你，关于肥土镇的故事。我想，我已经把我知道的、你想知道的，都告诉你了，花阿眉。"小说突然冒出讲故事人，与听故事人之间呈现出对话的关系，这不同于《一千零一夜》的山鲁佐德在死亡威胁之下以故事感化苏丹，听者与讲者之间的权力主次关系俨然。吉伯特和古芭认为，女性书写缺乏文学之母，充满了作家的焦虑，不同于布鲁姆所说的男作家传统的影响焦虑。其实，女性书写的源泉多来自母辈，汤亭亭和沃克（Walker）都认同这一点。《飞毡》的讲述者显然是女性长者，是口传文学的代言人。从命名习惯看，听者"花阿眉"应是年轻女性。因此，它属于口传和书写合一的、平等对话的女性文本。《飞毡》运用飞翔神话，表明写作意旨不仅在于地方史志，更在于探寻人类的无意识精神，抗拒睡眠，渴望飞翔；不仅是寻找曾经繁荣的空间和精彩的时间，更是谋求语言的飞翔，把握时间和空间的互动，穿越于真实和虚幻之间，从而反叛叙述套路，促进小说新变。

西西将文学书写看作编织文字的飞毡。英文的"text"，在汉语中常被翻译为"语篇或文本"，从词源上看，它是拉丁语动词 textere（编织）的比喻用法，意指从结构上和语义上"编织"起来的一系列

---

① 尚杰：《空间的哲学：福柯的"异托邦"概念》，《同济大学学报（社会科学版）》2005 年第 3 期。

语句。与 text 同词根的 texture，字面意思正是"织物中的丝线安排"①。"编织"这一词源的意义，在西西的文体实验中复活起来。博尔赫斯指出，"书本不但延展记忆，同时启发想象"，"词语间的互相联系可以想象并可以无限推延下去，因而读者对文本的解释与该文本身的构成形式互相影响，又同读者阅读的其他文本互相影响，它们又同另外的文本互相影响，如此互相牵扯下去，以至无穷。由此，传统的文本独立受到了削弱"②。西西的编织特色在于，不仅能在文学文本之间进行想象编织，还善于在各种类型媒介物之间进行想象编织。西西创造跨媒介想象和增殖曲式，在有限的文学之中切近无限的时间，接近于不绝如缕的音乐本质，因而形成了新的文体范式。

西西开创了想象增殖曲式的多种手法。从章节内部而言，有语句蝉联、人物蝉联、结构蝉联、想象蝉联等类型，在字句和事件之间进行细节的衍生。从小说整体而言，拓展为两种独具特色的曲式类型：一是读者与作者互动的想象增殖曲式，如短篇小说《永不终止的大故事》，生成新的互动空间。二是反线性的网结增殖曲式，如《飞毡》并缝编织，蝉联增殖，形成了开放的结构，体现出女性的循环时间之特点。同时，它架构起网状空间，拓展女性生存和写作空间，创造了网结增殖体。西西的蝉联想象增殖曲式，在文体结构上挑战传统线性叙述，发扬汉语的意念优势特点，采取了蝉联衔接的增殖手法，形成了具有女性循环时间、网结编织空间的特点，创造出具有中国本土特色的叙述方式。

---

① 有时文学批评家用它来指代具有暗示性的语言和意象，即通过语言感觉（phonaesthetic）和联觉（synaesthetic）手法对跟五种感官有关的现象进行的图像性处理。

② 胡壮麟、刘世生主编：《西方文体学辞典》，清华大学出版社 2004，第 322 页。

第七节　后现代电影和小说的对倒叙事

　　小说和电影有何关系？如何融合？可以说，两者呈对倒关系，互鉴互启。对倒，是触发两者化学反应的催化剂。"对倒"一词，源自法语 Tête-Bêche，本是邮票学符号，指两张相同邮票，一正一反双连拼贴（pertaining to a pair of stamps that have been printed with one stamp inverted）。对倒，源于 19 世纪法国，受背靠背启发而生。对倒，正反倒转，双向倒转（head-to-tail，head-to-head），即水中倒影，镜花水月。由对倒意念，可设计出新图像、摄影、造型、装置艺术等。如杂志一分为二，前半正着读，后半反着读，前后各设一个封面。与对倒相似的典型符码是太极图，阴阳相生、首尾相错、乾坤颠倒等，由此意念可设计出 S 形连体椅子等。对倒常复古，隔段时间卷土重来，因而能激发艺术家的灵光一闪，生成别出心裁的创意符码。

　　对倒跟对比有不同之处。对比是性质的对立；对倒是方向相反，将同类物反向并置。"对比"，类于中文的"比"；英文的 contrast，comparison，指把具有明显差异、矛盾和对立的双方并置对照，两事物截然对立、矛盾背反。文学多用对比叙事，如诗歌"朱门酒肉臭，路有冻死骨"；如歌舞剧中的白毛女与黄世仁，贫富对比；如西西长篇《哨鹿》中的君民对比。对比，恰似爱森斯坦的革命话语式蒙太奇，两物冲突、撞击、对抗，但其背后仍然有相对统一的图像和共识，具有现代启蒙意味，理性逻辑俨然。"对倒"，类于中文的"兴"，随意起兴，偶合粘连，产生出非理性、超逻辑的况味。如西西《浮城志异》的超现实主义图文和意念。对倒近于英文的 inverse， double scene，镜像倒影双生。其属于新式蒙太奇，片段 AB 或图像 AB，按惯常思维，本不可能并置；但偶因一着错的错置串接，出人意表，匪夷所思，不同空间、时间、人事杂糅，不同结构的异质片段并立，更能激发出多重意义。这接近于欧洲心理意念蒙太奇，具有后现代意味。

但是，对倒又包含对比，就像"无"不全是"有"的对立项，并非一无所有，并非简单否定，而是超脱于有、无的真空，亦即真空不空、妙有非有。相反相成的对倒思维，不同于剑拔弩张的二元对立，提供了别样的思考路径。聪明的作家和导演，善于将对倒构图意念跨界转化，巧用于小说和电影叙事，突破常规思想的框框。对倒叙事，怎样为香港的后现代小说与电影开创出新的格局？如何给小说电影的跨界提供新的理论？

一、镜像时间的后现代对倒花样

化用时间，能创造出哪些对倒叙事？海德格尔论述时间的重要性："存在是借时间性而站出、显现和在场的。"[①] 王家卫是香港典型的作者导演，善于自编自导自创，尤擅拿捏揉搓时间，幻化出多彩对倒花样，一如魔镜、万花筒。

一刻客观时间与永在主观时间的对倒。王家卫将凝固定格的时间零作为电影《阿飞正传》的叙事扳机。一开场，阿飞旭仔勾引苏丽珍，自有绝技，不与人同。他不送物质之礼，十克拉钻戒鸽子蛋之类，而送出个"时间零"："在 1960 年 4 月 16 日下午 3 点前一分钟，我们曾经在一起，我会记得这一分钟，我们就是这一分钟的朋友，这是你无法否认的事实，因为已经过去了，过去的事你是无法否认的。"阿飞竟无师自通地懂得时间玄妙，一刻转化为永在。客观时间，记载物体运动标志的周期变化，可用钟表度量。主观时间，实是人类

---

　　① 　吴国盛：《时间的观念》，中国社会出版社 1996 年版，第 244 页。

意识的流逝感。伯格森的《创造进化论》创设"绵延（durée）"概念，即只有通过直觉体验到的心理时间，才是真正的时间，其像河水川流不息，互相渗透，交汇成永远处在变化中的运动过程。阿飞将一分钟绵延刻写于苏丽珍心中，彻底地击中、诱惑了她。谁想这一分钟并不永在。当今，爱情早已变成液态，流动变幻不定；再没有固态的爱情，固若金汤，天长地久。不想结婚成为阿飞一年后分手的借口。阿飞一分钟的液态爱情，彻底毁灭了苏丽珍的固态爱情的崇高感。经过长久的伤痛恢复，直到片中，她终于能下决心，从这一分钟起，遗忘绝情的阿飞。有意思的是，片尾拼贴了看似无关的一分钟作为续集宣传。谁想歪打正着，梁朝伟演无名赌徒出门，极具表现力，这一分钟反客为主，成为主戏，其意义至今仍像悬案，引无数观众竞猜。无名阿飞死去，自有其他无名者粉墨登场，取而代之。后来，该无名氏化身为电影《花样年华》和《2046》的作家周慕云，扮演者梁朝伟也由低谷走向辉煌的演艺人生，进入与王家卫合璧的黄金期。一分钟贯串全片：片头，铭记一分钟；片中，忘却一分钟；片尾，错接一分钟。实在与虚无一刻互为倒影，为全片印下了深刻的忧伤，就像被养母和生母抛弃的阿飞，自认作无脚鸟："我听别人说这世界上有一种鸟是没有脚的，它只能够一直地飞呀飞呀，飞累了就在风里面睡觉，这种鸟一辈子只能下地一次，那一次就是它死亡的时候。"永在的无脚鸟只属于天空。当有立锥之地时，即是死亡的一刻。其实所有人都像无脚鸟，必须无时无刻在飞翔，挣扎求存。时间的一分钟意象、空间的无脚鸟意象，成为《阿飞正传》的最佳标记，被观众铭记。王家卫成功地将客观与主观时间对倒并置，将客观时空主观化，呈现的心理时空别具一格。

　　铭记与忘记、保鲜与过期的对倒交错。港人生活节奏快速，进取时要恪守时间，赚取时间；失意时又宁愿模糊时间，忘记时间。铭记或忘记，构成多样对倒。王家卫电影既通过准确数字来铭记，又模糊时间来忘却；应忘记的，刻意铭记；要铭记的，选择忘记；越想抹去回忆，越回到过去。《东邪西毒》云：人的烦恼太多，是因为记忆太好。《重庆森林》以"保鲜与过期"贯串主线："不知道从什么时候开始，在什么东西上面都有个日期，秋刀鱼会过期，肉罐头会过期，连保鲜纸都会过期，我开始怀疑，在这个世界上，还有什么东西是不会过期的？"警察 223 何志武在女友阿 May 提出分手后，期望用数字保鲜："从分手的那一天开始，我每天买一罐 5 月 1 日到期的凤梨罐头。因为凤梨是阿美最爱吃的东西。我告诉我自己，当我买满 30 罐的时候，她如果还不回来，这段感情就会过期。"223 刻意记住时间，来证明对爱情的坚守。结果，赌博失败，终于明白，"在阿 May 的心中，我和这个凤梨罐头没有什么分别"。爱情，被解构为如凤梨罐头一般的物事。失意的 223，想在日出时让恋爱终结，寄情于另一场时间博弈："由这一分钟开始，第一个进入酒吧的女人，我就会喜欢她。"结果，警察碰上了毒枭女人。女人贩的毒被一伙印度人骗走，感到挫败的她只能依赖外物来记取时间："罐头上的日期告诉我，我剩的日子不多，如果找不到那班印度人，我就会有麻烦……"结果，她失败了，只能选择忘却时间，堕落中弥漫着颓废的美。偶遇，让时间的博弈对倒生出匪夷所思的力量。失恋，让人对保鲜与过期有刻骨的体验。其实，保鲜的唯一办法是永远得不到。保鲜属于时间零的时刻，过期则为时段，让时刻去追求时段，人注定要绝望。后现代的爱情，也许是气态的，趋于消失。因为每个人都足够强大，不需要别人的支撑，就足以生存；心灵也足够强大，能忍受绝对的孤独；生育科技也足够发达，不需要男欢女爱就能传宗接代，机器帮助人类完成了一切。

中国皇历与西洋历法的对倒互衬。王家卫电影多以洋历记事，如影片取名《2046》；宁说"57 个小时"，而不说"两天半"；用"4600 秒"而非"一个多小时"，用"155 个星期"而非"近三年"，用个体认知来代替大众认知，体现出后现代人的疏离与自闭。与个体时间的刻意对倒相比，社会时间呈现则随意。如《春光乍泄》电视播报邓小平逝世、《花样年华》播放 1966 年戴高乐总统访问柬埔寨的影像作为背景，简笔带过，涂抹点时光颜色，打上点历史烙印。《东邪西毒》却只用中国皇历作为场景转换的关节点:"十五日,晴,有风,地官降下,定人间善恶,有血光,忌远行,宜诵经解灾""皇历上写着失星当值,大利北方"。以皇历术语印证命相,一旦人物有违禁忌,必出现麻烦。"孤星入命""尤忌七数,是以命终",仿佛人被神谕操纵一生。不管是西毒还是东邪、洪七、慕容嫣,都错失了所爱,并让爱自己的人悲痛欲绝。影片切割多个人物独语,多线交错,成为错失忏悔的内心独白群像,形成了多重对倒。王家卫以西洋历法记事刻心,以中国皇历记位刻命,营造对倒镜像。

过去与未来的对倒错织。影片《2046》以时间为题,思考香港回归50年后会变成什么样,成为叙事触机。2046是时间概念,在通往2046的火车上,1224与1225的接口处是最冷的,需要两人在一起互相取暖;1224与1225隐喻平安夜和圣诞节,周慕云与每个女人的纠葛都发生于此际。时空在此交会,向过去和未来扩散。2046也是空间概念。周慕云死守2046房间,因其承载了回忆,就像注定无法逃离的监狱:它是《花样年华》周慕云和苏丽珍的幽会之所,也是《2046》白玲的栖身之地,周的旧相识露露命丧于此。《2046》是"阿飞三部曲"的第三部。此周慕云既有《阿飞正传》旭仔的放荡不羁、轻狂任性,也有《花样年华》周慕云的拘谨怕事、死要面子,实是前两者的集合,一体三面。《2046》也是周慕云所写的小说。王老板女儿反复问周慕云:"这个世界是否有永远不变的东西?"为答此问,写成小说。2046还隐喻冥府,它是开往未来火车的神秘终点站:"每个去2046的人都只有一个目的,就是找回他们失去的记忆,因为在2046这个地方,一切事物永不改变,没有人知道是不是真的,因为没有人从那里回来过。"如果说,鲁迅《狂人日记》的狂人非狂,刘以鬯《酒徒》的醉汉非醉,意在反叛现实困境;那么,王家卫电影《2046》则思考生死对倒,反省人类向死而生的苦况。王家卫仅仅用数字2046,就黏合了过去与未来,不仅铭刻周慕云和女人们纠缠的过去时空,也想象2046年后的未来科幻时空,打破自然顺序的时空流变,机智地再现混沌的心理时空。

二、镜像空间的后现代对倒

王家卫电影不仅开拓时间对倒创意，人事反向交错，回忆与期待对接，也开拓空间对倒式样，光线与色彩、声音与画面等电影语言对倒交错①。上下场镜头蝉联错接，对倒镜像同时呈现于细节局部和整体空间建构之中，其空间蒙太奇与其说呈现出连续性，毋宁说是同时性。

被表现空间与未展示空间的对倒。未展示空间，使缺席的空间变成在场，"未展示空间会获得几乎与被表现空间同样大的重要性"②。《花样年华》③ 讲述两家租客比邻而居，因有一对出轨，导致另一对同病相怜。出轨故事早已被讲烂。王家卫将出轨男女逐出屏幕之外，不给正脸，或置于取景框外，成为外场景，私情被遮掩，为最小化再现，挑起了观众的好奇心。该片重点再现未曾出轨的双方，对周慕云与苏丽珍之间似有若无的意绪，进行最大化再现，成为在场空间。上半场，反复拍摄周苏的对倒：各自搬家具、上下楼，每天的相逢就是错过，欲说还休。他们的配偶只有背影和声音。下半场周苏开始接触，互扮角色，试图弄清那潜在的外场景真相。配偶们连背影和声音都不再出现。周苏企图穿越空间，使缺席的变成在场，却只能是徒劳。于是，他们转向关注自身情感真相。他们力避陷入像别人影子般的偷情旋涡，以"发乎情、止乎礼"告终。出墙与不出墙，构成两对男女情爱纠葛的对倒分水岭。全片运用在场与缺席的对倒镜头，在

---

① 刘以鬯：《对倒》，作家出版社2001年版，第210—211页。

② 安德烈·戈德罗等：《什么是电影叙事学》，刘云舟译，商务印书馆2005年版，第111、112页。

③ 《花样年华》揽获了不少奖项：第53届戛纳国际电影节最佳男主角，第37届台湾电影金马奖最佳女主角、最佳摄影、最佳造型设计奖，第20届香港电影金像奖最佳男主角、最佳女主角、最佳剪辑、最佳美术指导、最佳服装设计等奖项。

电影内外形成了虚实、有无的倒影。

遮蔽空间与留白空间的对倒。遮蔽镜头是王家卫的招牌风格。他喜用前景物体或者黑幕部分，遮去近三分之二的画面，让观众专注于那三分之一的画面：高跟鞋行走、纤足水影、杏眼传情、毛巾滴泪等等，并促使观众积极想象被遮蔽的画面。《2046》仰拍宾馆外的阳台，天空总被霓虹灯招牌霸占切割，广告牌像鲨鱼嘴一样，吞噬掉角落的女主人公，隐喻其不过是阁楼上的女人，向往自由而不得，男女主人公试图沟通亦不可得。王家卫电影场景的狭小空间感，隐喻后现代港岛中的斗室意境。再现出生活空间的局促与压抑。王家卫还喜用空镜头缓缓摇过街角的面摊、陡峭幽暗的狭长楼梯、墙角医治哮喘的街招，拍出戴望舒"雨巷"幽深哀怨的韵味。他用中国写意山水画的留白法再现意境。留白凝镜适合于表达欲说还休、扑朔迷离、缠绵悱恻，以虚代实，无形代有形。正如中国古典旗袍符码意蕴，既是淑雅与风情，也是戒尺与规范。李安《色·戒》运用情爱、旗袍甚至谍变等符码，重塑旧上海，在含藏与直露、疏与密处理方面，可谓取法于王家卫。

稠密外景与荒漠斗室对倒。王家卫电影空间两极分明，外景多为人流涌动的香港社区空间：酒吧、快餐店、车站、地下通道、地铁、电梯、街道……具有流动性、阴晦而缺少阳光。内景多为独处的私密空间，封闭、狭小，让人直不起腰。人物多租屋而居，如周慕云、《堕落天使》的杀手和经纪人。租住，是暂时借来的空间，让人产生无归属感、不安全感，难以找到存在感、意义感，隐喻港人的移民特性——国际都市的人心沙漠，就如《东邪西毒》苍茫无垠的荒漠。与王家卫电影并置的内外空间场景，也多为了再现喧嚣中的孤独。如《重庆森林》的经典虚实对倒镜头：前景聚焦于主角，背景是如织的行人，晃动虚像，匆匆而过，像条影像的河；人来人去，各有轨道，无法交集，密集的空间却让人备感孤独。王家卫塑造心理文化空间对倒，真实再现出后现代城市的空间感悟。

失语空间与聒噪空间对倒。王家卫电影人物语言形成有趣的对照，或沉默少言，失语哑巴；或絮絮叨叨，说个不停。《堕落天使》运用对倒法，让失语者和唠叨者相遇，碰撞出故事。金城武饰演的哑巴阿飞自称5岁时吃了过期的凤梨罐头，再不能发声；实际上，其内心一直聒噪不已。他半夜3点到别人店铺里做生意，给死猪捶背、按摩，上蹿下跳，上演着哑剧；但是旁白声音却格外饶舌，自称做老板，为夜取职业行径辩护得像模像样。杨采妮饰演的陌生女人因为男朋友和司徒惠玲结婚而备受打击，感到彻底的悲痛孤独；内心变得空空荡荡，而语言上却表现得唠唠叨叨。她四处出击，歇斯底里，一路扰攘，寻找"金毛玲"，报复泄愤。有意思的是，她竟然能读懂阿飞的无语手势，视之为知音。两人同仇敌忾，发明出各种泄愤之道，结果陷入一片混战之中。王家卫再现失语者和唠叨者，这些对倒人物有本质相通点：内心孤绝，与外界交流障碍，明明渴望与人沟通，却无法将内心展现出来。影片《2046》中王菲饰演的王老板女儿，初遇日本男友，急切为之回答问路，粤语语速快，口齿何等伶俐。后来，父亲反对其与日本人恋爱，她自知前途无望，面对男友的询问，始终无语，只能以眉目传情，无法言传。后来，日本男友回国离去，她却咿咿呀呀地讲着日语，自言自语，变成了聒噪者，与之前的绝对寂寞对倒映衬，打动人心。言说、失语、错语之间，形成了精彩的多重对倒。

画面与光影的对倒。《花样年华》的对倒画面，在于反复拍摄镜子、影子，甚至营造多重镜像，重重叠叠，互为倒影。除此之外，其他画面也有意营造光影对倒。如苏周在各自居所，靠墙而坐，收音机播放着影片《长相思》里周璇演绎的插曲《花样年华》，这是陈先生去日本公干给太太苏丽珍点歌祝生日快乐。镜头从右至左，摇移的节奏平稳而连贯，透视男女主角含混的表情、绝望的肢体语言。两人均为侧面受光，黑白色彩，仿佛剪影，再现人物汹涌澎湃的感情的压抑状态，暗示出两人只能相背而离的无望爱情结局。洛枫①和郑

---

① 潘国灵、李照兴等编著：《王家卫的映画世界》，百花文艺出版社2005年版，第145—146页。

迦文①都分析过这经典画面。还有错置的声画对接。苏苦苦追问男人是否在外面有女人了，男画外音否认，后经不起追问，招供；女扇耳光，男音却说"你怎么可以打得这么轻"，令人愕然。镜头移动，揭开谜底——苏周这对伤心人在预演揭穿真相的时刻，寻求对策，各自疗伤。错置对倒，出人意表，震颤观众心灵。

声色对倒。《花样年华》以色衬心：蓝色调大多在户外，隐喻落寞沉寂；红色调大多在酒吧、餐厅和厨房，旗袍频换，色彩斑斓、卧室壁纸杂花色、旅馆走廊窗帘艳红，色彩华丽饱满，隐喻躁动不安。②《发条橙》也善于用色：前半部分暖色——橘色、粉红、红色，映衬主角的性和暴力；后半部分冷色——蓝灰，映衬主角成为牺牲品；橘色象征人性，蓝暗示机械。《花样年华》以曲衬心：当男女主人公情绪波澜起伏或落寞孤寂时，*Yumeiji's theme* 响起，旋律骤至高潮又迅速滑落，展现饰演者梁朝伟和张曼玉优雅华尔兹式的肢体语言，让人感到悲凉孤绝。这种缓慢、孤寂的优雅韵味，在快节奏时代，已经被速度谋杀殆尽。王家卫表达错失拒避的意绪，再现百无聊赖的孤独角色，总伴随着哀怨缠绵的音乐。③《重庆森林》播放歌曲《梦中人》，不仅出现在王菲所演女主角的视线穿透了快镜中的人群，而定点聚焦、凝视 663 喝咖啡之时；也出现在其偷闯 663 居屋，梦游般独自打扫并吟唱该曲之际，663 是她的梦中人，她自己也是梦中人，如歌曲 *California Dreaming*④，摇滚式的音乐叙事跟当代港人的心境吻合。导演和配乐大师绝配，基耶斯洛夫斯基和普列斯纳 Preisner 堪称经典。罗展凤指出："普列斯纳的音乐以沉重、哀怨见称，带着强烈的宗教色彩，隐含超脱尘世捆绑的升华欲望，隐含形而上的哲思

---

① 郑迦文：《香港文化空间的镜像建构——从小说〈对倒〉到电影〈花样年华〉》，《贵州社会科学》2007 年第 12 期。

② 张立宪编：《家卫森林》，现代出版社 2001 年版，第 16 页。

③ 罗展凤：《电影×音乐》，生活·读书·新知三联书店 2005 年版，第 117 页。

④ 同上书，第 120 页。

意味，这和基耶斯洛夫斯基的电影哲学不谋而合。"① 刘婉俐以跨媒介角度论述："听 Preisner 的音乐，感觉很像看画，里面有很多的留白与呼吸，用休止符与各个声部的对应来呈现，需要驻足仔细聆赏，如同看画时要不时调整步距，来观看光影的浓淡分布……"② 因为失语，所以音乐。音乐为电影语言增色，正如文学与电影融合，为人类表情达意的可能性增添新的一笔。

三、难以言明的错失——小说与电影的心理意念对倒

虽说后现代电影整合了多种媒介优势，实现了时空叙事创意，但操弄镜像的导演，也有难以叙事的焦虑。无以名状，难以言说，言不尽意，这是古往今来舞文弄墨者的普遍困惑。在更深层的思想叙事层面，小说和电影如何对倒借鉴？小说叙事用笔头，电影叙事用镜头。用电影语言叙事的思想家，最好摆脱小说的思维模式和叙事套路，发挥电影逻辑的最大美学价值。和戈达尔、希区柯克、杜鲁福、马丁·西科塞斯等一样，王家卫是当之无愧的电影作者：电影虽是集体创作，但本质上是导演产品，呈现导演个性，作品主题风格具有连贯性。自 1988 年至 2007 年间，王家卫拍制了十部电影③，《花样年华》和《2046》，灵感分别来自刘以鬯的长篇小说《对倒》和《酒徒》。刘以鬯，香港文学的教父，比王家卫足足年长 40 岁。虽说上海与香

① 罗展凤：《电影×音乐》，生活·读书·新知三联书店 2005 年版，第 291 页。

② 刘婉俐：《影乐·月影——电影配乐文录》，台北扬智文化事业公司2000 年版，第 8 页。

③ 王家卫十部电影：《旺角卡门》（*As tears go by*），《阿飞正传》（*Days of being wild*），《重庆森林》（*Chung King express*），《东邪西毒》（*Ashes of time*），《堕落天使》（*Fallen angels*），30/05/1997《春光乍泄》（*Happy together*），《花样年华》（*In the mood for love*），《2046》，《爱神》（*Eros*），《蓝莓之夜》（*My Blueberry Nights*）。

港都是他们人生和创作的双城记，但如何跨越年龄和媒介的鸿沟，实现小说与电影的跨界？

一个符号可以成为创意的种子。刘以鬯由对倒邮票构图符号，顿悟出小说"对倒术"，写成《对倒》，独辟蹊径，首开对倒叙事述情的创意：人物情节平行发展，并行不悖。其开创的"对倒叙事"有多重意蕴。

对倒是偶合式关联。刘以鬯拼贴叙述移民老者淳于白、本土少女亚杏，之所以并置这年龄层次和人生方向迥异的老少，不因血缘、朋友关系，不因人生际遇的因果关联，也不因对比（既无本质差异，也无阶级对立），而是因为偶遇：在某时间点上，两人命运交叉，到了卡尔维诺所说的"命运交叉的城堡"，且只有片刻关联，再无交集。两人在旺角、弥敦道、西洋菜街，分别听到路人谈论金铺劫匪；前后碰到穿"真适意"牛仔裤的瘦高靓仔；先后遇到瘦子训斥男童，不许吃雪糕，不许要阿妈；同时看到一出车祸。刘以鬯以偶遇作为小说的建筑空间结构。全文 64 节，被拦腰截为两段。前半部分共 16 节，单节讲男，双节述女。直到第 17 节，两人不期然地在电影院相邻而坐。少女因老人见婚礼而发笑，斥之为老色狼；实际上，老人嘲笑人们把结婚当作幸福开始。从第 19 节起，两人各奔南北，再次陌路，各自反刍白日所思，夜有所梦，单节讲女，双节述男。《对倒》并置路人甲、路人乙，不靠逻辑关系组接，而靠"偶合"——两实体相互依赖于对方，只有少许偶然性。

对倒是叙述视角的正反对接、意识流动的交叉聚焦。在老者视角中，追忆为主：上海与香港、港币与美元、旧楼与新楼，偶遇的美丽不再美丽……满腔怀旧心，对倒纷呈；在少女视角中，幻想为主，满怀未来梦，梦想成明星，嫁高富帅，多为无定向思绪，敏感于嗅觉与视觉。两人游踪同向而行，意识逆向而思，接受信息不一，被叙述者将醋置于一处，曝光亮相，奏响不和谐和弦。小说交叉讲述老人的三次冷笑——看到妇人皮鞋被黑狗尿淋湿、望着被男子敲诈的女子背影、见到银幕的婚礼。据对倒原则，小说也叙述少女三次热笑——

幻想自己穿上婚纱、上了银幕、录了唱片。小说分别讲述亚杏三次照镜。幻想自己美如天仙，比明星陈宝珠姚苏蓉更美，凝视自身裸像，甚至与镜我热吻。而淳于白三次凝镜，回忆旧事，发觉自己皱纹加深、白发增加，镜我仿佛他者，惨不忍睹，让人惆怅。两人自怜、赞誉贬损，真实自我与想象自我均难。相比而言，老者的心理透视比少女的翔实真切。刘以鬯创作该作时，年过半百，拟为颠沛流离的老者立此存照；然内容庞杂，虽有千万笔而难描其一。于是，借少女的没心没肺盲目乐观凸显老者复杂难言的感慨系之，将之照了个透亮，心有戚戚，弥漫悲凉，言说方式以少胜多。镜子与寂寞关联，如刘以鬯短篇《镜子里的镜子》云："忽然感到无比的寂寞，仿佛四壁皆是镜子，见到的只是自己。"① 对倒如对镜倒影，互相了了。

对倒是起兴、蝉联的蒙太奇连缀并置。运用"比兴"法营造对倒意象。两只麻雀向东、向西飞去；素不相识的胖瘦路人，就金铺被抢发了通感慨后，各奔南北。小说每处细节均有深意。母亲拿剪刀剪虾，隐喻剪梦，让幻觉中的亚杏回归现实，也隐喻剪入下一场景。有时则用一句话，顶针蝉联，串接上下场景，如"救护车来到，使这出现实生活中的戏剧接近尾声"。整部小说有人物而无故事，作者采取不介入叙述态度，不用讲述法，而用展示法，冷眼看生死，串联人生碎片。

《对倒》与其他小说也形成对倒呼应。1972 年在《星岛晚报》长篇连载，1975 年改成短篇。该作还与刘以鬯 1962 年的《酒徒》② 对倒，这部现代意识流小说早有对倒萌芽：叙述自我的一体两面，醒者与醉者对倒，意识与潜意识对倒。酒徒作家总半醉半醒：清醒之时，指点文坛，高谈文学的现状与困境酒醉之时，梦境连连，自甘堕落，大写庸俗小说。对倒思维贯穿刘以鬯一生创作，如其《黑色里的白

---

① 刘以鬯：《刘以鬯小说自选集》，百花文艺出版社 2001 年版，第 332、334 页。

② 凌逾：《试论〈酒徒〉的实验特色》，《华文文学》2001 年第 2 期。

色　白色里的黑色》《白得像雪　黑得像墨》《大眼妹和大眼妹》《他的梦和他的梦》。2000 年，短篇《我与我的对话》，他从姚雪垠和徐速都写过一男三女故事而畅销，想到要写一女三男故事，如萧红与萧军、端木蕻良、骆宾基。《酒徒》叙述自我对倒，两者的因果联系较为明显，酒醉是酒醒的反照镜像；发展到《对倒》，更强调非理性、非逻辑联系的对倒式镜像叙事，生出后现代小说况味。

电影改编有三种对倒方式：忠实改编（faithful adaptation）、无修饰改编（literal adaptation）、松散改编（loose adaptation）。[①] 王家卫改编从不照搬原著。《花样年华》只汲取原著的对倒精髓，选取三段选文，置于头、中、尾。开幕出现竖排诗行，定格 9 秒："那是种难堪的相对，她一直羞着头，给他一个接近的机会。他没有勇气接近。她掉转身子，走了。"[②] 这像诗意的桃花源入口，是电影发展的核动力。原文出自第九节，老者以回忆做燃料，忆及 20 世纪 30 年代的上海，那红衣的初中女生让人眩晕的微笑，自己情怯的撤退、错失的追悔莫及。后两段选文均出自第七节，这节独幕戏发生在南洋味的餐厅，老人观各色人等上演故事：父子斗气，女人谈炒楼，阿飞与飞女扭作摔跤姿势，两中年男子谈论公交车上的劫匪，以布袋求捐款。老人看到墙上的巴刹油画和奎笼稻草画，想到新加坡和马来；听到姚苏蓉的歌曲，想到在上海舞厅听吴莺莺唱《明月千里寄相思》："这靡靡之音，像一把刷子，刷掉了从雾都带回来的朴素与严肃。"[③] 往事不可追，但小说和电影却明知不可为而为之。刘以鬯笔下的老少两代，追忆逝去的昨天，幻想美好的明天，无法直面现实，因严峻社会带给人无奈绝望而心生逃避感；王家卫的电影人物，在过去和未来穿梭，都对现实感到压抑而无法接受，成为现实的受害者。两者均让人感同身受。

① Louis Giannetti：《认识电影》，焦雄屏等译，（台北）远流 2002 年版，第 386—387 页。

② 刘以鬯：《对倒》，作家出版社 2001 年版，第 96 页。

③ 同上书，第 72 页。

　　王家卫善于呈现偶遇错失的对倒意念。《花样年华》以对倒意念为主线，精于难言意绪的细腻把握，铺排情爱的潜滋暗长、坚守抗拒、进退失据、柔肠百转、天人交战的过程，丝丝入扣，营造出若即若离的氛围。最终两人不堪情的重负，擦身而过，解构了传统小说和影片的大团圆结局。不期而遇，"暗里回眸深属意""昨夜星辰昨夜风，画楼西畔桂堂东。身无彩凤双飞翼，心有灵犀一点通"。《诗经》咏叹邂逅："野有蔓草，零露漙兮。有美一人，清扬婉兮。邂逅相遇，适我愿兮。"文字透着欣喜、愉悦、坚贞的简单信念。施蛰存的《梅雨之夕》（1933）叙述男子对邂逅的绮想遐思，一厢情愿，一见钟情。张爱玲的《封锁》（1943）设置非常态处境，为男女主角制造邂逅机缘，将之解构为爱情的滑稽模仿剧。王鼎钧形容："错过是可以美丽的，过尽千帆皆不是，斜晖脉脉水悠悠。"（《错误都不美丽》）王家卫则告诉我们："爱情这东西，时间很关键，认识得太早或太晚，都不行。"（《2046》）"在我最美好的时候，我最喜欢的人都不在我身边，如果能重新开始那该多好啊！花什么时候开是有季节的，马贼什么时候到却没有人知道。"（《东邪西毒》）"所有的记忆都是潮湿的。"（《2046》）偶遇错过，失之交臂，这是人所共有的集体无意识，最容易拨动观众的心弦。

　　王家卫善于创造掠肩之缘的对倒意念。影片《重庆森林》采取拼盘式结构，开创出新空间结构形式。警察223与663本不相干，拼贴两者，只因一句衔接："阿武想追求的女人，却喜欢了另一个男警察。"该片反复叙述偶然和必然对倒："每天你都会有机会与人擦肩而过"；"我们最接近的时候，我跟她之间的距离只有0.01厘米，57个小时之后，我爱上了这个女人"，但这女人另有所爱。《重庆森林》金城武扮演的警察说，"人与人之间也许近得只有十分之一厘米的距离，但他们仍然无法了解"。《堕落天使》金城武扮演的阿飞说："绝不放弃任何和人摩擦的机会，虽然擦得衣服都破了，也没有擦出火花。"人潮汹涌，近在咫尺，心若天涯。靠得越近，心灵越远。人际缺乏沟通，无法相知，情感只能单向交流：梁朝伟对着毛巾自言，金城武对罐头独语，流泻无法言说的意绪。"重庆"和"森林"，两个空间乍看毫无关联，其实隐喻在人群的肉身森林中，我们失语；在建筑的钢筋水泥森林中，我们无根。这些后现代社会象征，扣准了时代的命脉。

很多人都说，一流的小说很难改编拍出一流的电影。1987年，香港小说家族系列改编电视《对倒》，叙述老少偶遇，也采用老少平行交错蒙太奇，再现底层草根苦况，挣扎求生存求出路，呈现杂乱的世相，但太过写实、直白，少了回味。2011年，黄国兆费尽心力，将《酒徒》几乎原样搬上银幕，可惜未能像《花样年华》般引起轰动。① 王家卫从一流小说中取骨而非取肉，取神而非取形，化成一流电影。《花样年华》巧得对倒神髓，将"镜花水月一场空"的喟叹拍得一咏三叹，淋漓尽致。刘以鬯和王家卫都擅长诗化、心理叙事，将语言与镜像发挥到极致。王家卫将对倒法发扬得淋漓尽致，在时间营造、镜像空间、心理意念等层面加以拓展。除借用作家的诗化文字、精彩的灵感意念构成多彩画面，还借用音乐营造氛围，构成声色电影语言，将导演未曾拍摄出的韵味呈现出来，丰富电影质感。"王家卫的成功在于想象、象征、隐喻、情绪和氛围。"② 他巧妙地破除了电影与文学改编的魔咒法则，创造出介于叙事艺术和叙事思想之间的电影。刘小枫教授在《沉重的肉身》中指出，叙事家大致有三种："一是流俗的叙事家，只能感受生活表层中浮动的嘈杂、大众化地运用语言，不乏讲故事的才能；二是叙事艺术家，能够在隐喻层面感受生活，运用个体化的语言把感受编织成故事叙述出来；三是叙事思想家，不仅在生活的隐喻层面感受生活，并在其中思想，用寓意的语言把感觉的思想表达出来。例如，基耶斯洛夫斯基是用电影语言思考的

---

① 黄国兆：《〈酒徒〉——从小说到电影》，香港文学评论出版社有限公司2010年版。

② 鼐康：《暧昧的品味——王家卫的电影世界》，金城出版社2008年版，第45页。

大思想家，用感觉思想，用身体思想，而不是用理论或学说，对时代生活带着艰苦思索的感受力，像一线恻隐的阳光，穿透潮湿迷蒙的迷雾，极具感性的语言，带有只属于他自己的紫色的在体裂伤。"①王家卫是思考的哲人，其电影母题是邂逅、错失、拒避，执迷于言说无以名状的体验，琢磨人与人的失之交臂、错过与错位，追逐逝去的时间、挽留逝去的美，表白未曾说出的心底话，掌握没法掌握、言说难以言说、叙述不可叙述。其创造对倒叙事，演绎平行交错蒙太奇，营造如梦的想象世界，谋求从叙事艺术家向叙事思想家的蝶变。

四、难以言说的镜像——王家卫与欧洲电影的对倒叙事

王家卫电影的对倒叙事，也深得欧洲意识流、心理电影的精髓。他多次提及心仪"新浪潮"导演杜鲁福、波兰导演基耶斯洛夫斯基，还有安德烈·塔可夫斯基。后者以晦涩、抽象、深奥而又神秘的特质著称，无论在意大利还是瑞典，都在拍魂牵梦绕、无以名状的乡愁。王家卫电影与欧洲现代电影形成了对倒关系，有所继承但在后现代性和东方诗性方面有所超越，形成了新气象。

"新浪潮"电影反对好莱坞电影的戏剧性效果、因果叙事的故事化倾向，而用无逻辑的事件组合打乱情节结构，题材日常化，场景真实，拍摄手法随心所欲，故事不求有序，男女主角表演生活化、颓废无拘，剪辑节奏快速、自由。②法国"新浪潮"之父安德烈·巴赞认为，电影应该"力求在银幕上充分展示现实生活"，生活不是戏剧性的环环相扣，按照起承转合的规律安排，而是由一些松散的、分不清轻重主次的事件串联起来。王家卫像"新浪潮"导演般敢于突破片

---

① 刘小枫：《沉重的肉身——现代性伦理的叙事纬语》，华夏出版社2004年版，第206页。

② 张献民：《浪潮依旧——法国"新浪潮"40周年随笔》，《当代电影》1999年第6期。

种的界限，综合各片种风格，建立有个人风格的类型：《重庆森林》警匪片和爱情轻喜剧合一，《春光乍泄》同性恋电影与时代政治症候、爱情悲剧杂糅。王家卫有意发展"新浪潮"电影的"散文风格"，在叙事结构上呈断裂状态，对倒连接，反传统的情节结构、混杂拼贴，色彩画面和背景音乐的精心设计，展现非线性的时间观念，模糊物理意义的心理空间，呈现感性的人生和主观情感。王家卫的《重庆森林》被誉为"法国新浪潮在东方的最成功典范"①。该片采用快速切割镜头、摇镜头、用手提摄影机拍摄的运动镜头的方法，镜头虚实结合，画面晃动，霓虹灯光影迷离，如醉酒般晕眩，仿佛疯狂的摇滚节拍，呈现高速、混杂、草根的香港城市世相。在人物选择和处理上，王家卫与"新浪潮"导演都擅长再现都市边缘人，着眼于现代个人的无根性，孤独、漂泊。这些无脚鸟、失魂者，多是反英雄式的悲剧人物，不同于好莱坞电影英雄式的人物。"新浪潮"代表作《筋疲力尽》中米歇尔一路逃亡，到最后再也无心逃命，临死只说了句："真讨厌！"王家卫多拍草根人物，如失业者、烂仔、妓女、警察、作家等。他总能让梁朝伟、金城武、王菲、张曼玉、张国荣等演员的表演发挥到极致，其电影人物个性鲜明，让人难忘。如强迫人洗头、吃冰淇淋的阿飞，其实是孝子，母亲被卖冰淇淋的车撞死后，与父亲相依为命，淘气地将老爸锁于厕所，逗他开心；不断拍摄老爸炒菜做事等；老爸死后，反复回放追忆。他是失语者、堕落者，也是天使，多个自我互为对倒。再如，失恋男人自己不哭，让毛巾哭、让肥皂减肥。再如苏丽珍，反复出现，前世、今生、来世，不断演绎，仿佛誓死不忘的标志。《阿飞正传》主人公一生寻母寻根寻家国怀抱，最终只得到失望与落空。

从"新浪潮"起，电影既写实也表意，再现心理感受乃至潜意识。基耶斯洛夫斯基认为，迷信、算命、预感、直觉、梦，这些内心

---

① 大卫·波德威尔：《香港电影的秘密：娱乐的艺术》，何慧玲译，海南出版社2003年版，第10页。

生活最为难拍。但这些神秘主义的抽象境界，被基耶斯洛夫斯基、塔可夫斯基、英格玛·伯格曼三大"电影哲学家"拍得出神入化。那么，在世界杰出电影中，对倒叙事有哪些样态？

假设人有分身，怎样创造对倒创意？基耶斯洛夫斯基的《两生花》，假想人世若有名字、外表、天赋、疾病相同的人，将有怎样的命运和故事。① 女主角维罗妮卡总觉得，自己既在这里，又在那里。她的分身在波兰和法国，都有歌唱天赋，不幸身体抱恙，天赋成为生命的在世负担。两者对生命取舍不同，导致了迥异结局。波兰的她做女高音歌唱家，结果，在表演中心脏病发毙命。法国的她在小学教音乐课，过平凡生活。两者对倒交集，有幕精彩镜头："波兰维罗妮卡下葬，泥土下落的干涩沙沙声，与法国维罗妮卡和男友肌肤之欢的呻吟声，交错切换，两个主观镜头充满质感地切入同一个身体对自身的死亡感。下葬与做爱连接的是死与生、死感与性感的迎面相撞，两个生存的本然对手迎面相逢。"② 在基氏电影里，对与错、是与非之间存在吊诡性，存在着灰色地带，正如刘以鬯小说的老少、过去未来之间的空茫。岩井俊二的《情书》则有男女分身：渡边博子与藤井树两女子之所以偶遇交集，对倒关联，因为她们长得很像，更因死去的男子藤井树。博子怀念未婚夫藤井树，写信给其初中家址，结果信寄给了女子藤井树。两女子开始通信，追忆对男子藤井树的美好记忆。博子经历这趟感伤的情书之旅，彻悟自己不过是未婚夫暗恋的同名女生的替身，因此放下此情，另求新生。而女子藤井树经追忆重述、返校寻根，也彻悟同名男生留给自己的不是难堪尴尬，而是彼此的深情暗恋。可惜，两人失之交臂，天人两隔，只留下生者追悔莫及。王家卫影片《东邪西毒》中也有分身。慕容嫣假扮在自编的"慕容燕"

---

① 罗展凤：《电影×音乐》，生活·读书·新知三联书店2005年版，第36—47页。

② 刘小枫：《沉重的肉身——现代性伦理的叙事纬语》，华夏出版社2004年版，第119页。

哥哥面具后疗伤。她离开沙漠后，看着自己的水影，不可遏止地爱上了她，同时也不可遏止地对她充满了恨意，从此跟水影练剑。其实，我们每个人都自我分裂对倒，最终练成大侠"独孤求败"。

活人与死神如何对倒？伯格曼的灵魂电影《第七封印》，开篇就弥漫着阴森恐怖气息，呈现出哥特式特色：14世纪中叶，欧洲百年黑死病蔓延，世界末日谣言四起，人们处于颓废、堕落、残忍、忧郁、禁欲的氛围中。骑士布洛克从十字军东征回家，在这趟精神远征中，与种种凄凉苦难偶遇：瘟疫倒毙者、忏悔自戕者、女巫火刑等，经历痛苦的心路历程。骑士与死神对弈较量，以求得生存之机，并帮助偶遇的杂耍演员约夫一家躲避死神追逐。骑士苦苦追索人生真谛，直到弥留之际才醒觉约夫一家单纯的生活，正是理想所在。信仰，即是赤子之心、善良易感、热爱生命。这不需要反复拷问，只要顺其自然，坦然面对劫难，就能获救。导演采用反向对倒法，并置人与死神相遇的境况，思考生命与死亡的碰撞对倒。伯格曼自有答案，俨然上帝。

如何实现三色混拌、对倒叙事？基耶斯洛夫斯基的《红》《白》《蓝》三部曲，叙述伦理困境，探讨生命和存在的意义。《蓝》探讨自由伦理的欠缺，个人在遭遇偶然的生存裂伤后，如何继续生活，生与死的自由欲望为何不能实现。《白》思考平等，没有利害权衡的纯爱如何可能。《红》思考博爱，考察圆满的两情相爱怎么可能。这三部电影之间无因果关联，只设置了偶然关联。如对佝偻老者，三片的男女主角各有反应：或自顾不暇，或暗自庆幸，或出手相帮、成为天使。在《红》的结尾，女主角乘海轮度假，发生海难，仅几人获救，而获救的正是三部电影中的男女主角。不论他们经历怎样的不幸，犯过怎样的罪行，他们都象征性地获救并重生。"基氏电影人物总是遭遇车祸、空难、海难等令人哆嗦的隐喻，无常对个体生命有绝对支配权，像湿润的雪花沾在身上。"① 偶在的个体命运是片随风的树叶，

---

① 刘小枫：《沉重的肉身——现代性伦理的叙事纬语》，华夏出版社2004年版，第209页。

不能决定自己飘落在哪里、如何落地。人受机遇主宰，有些事非做不可，不经意就成了某类人。基耶斯洛夫斯基一生都在探究人生难以言明的不测、神秘的联系和命运的奇幻。

王家卫电影呈现出现代与后现代的交织对倒。20 世纪 60 年代是激变的现代主义时代：法国新浪潮电影兴起，1968 年的"五月革命"，性启蒙和性革命、摇滚文化、新衣着等时尚符号出现，推引着叛逆的年轻人……时间性和存在主义，是现代主义的主题。王家卫在这股风潮中成长，并成为现代主义时间的悼亡者，在谱写现代时间的葬礼中感悟后现代主义。"后现代社会系统理解历史只存在纯粹的形象和幻影"①，"历史感消失，渐渐丧失保留它本身的过去的能力，生存在永恒的当下和永恒的转变之中。当时间的连续性打断了，对当下的感受便变得很明晰实在。世界以强烈的程度和压抑的情感点燃着幻觉的魔力"②。王家卫将深切怀旧的个人情绪转变成永远现在时的欣快和精神分裂的生活，如其电影《东邪西毒》，以西毒为中心人物，现在时叙事，由此出发不断离心，牵扯出盘根错节的过去，让人不辨时间，如幻影魔方。王家卫电影关注个体生存，省思生活的隐喻层面，探索命定与偶然、拒绝与错失的悖逆，不同于内地主流电影宏大的历史叙事。如果说李安擅长同性恋、虐恋、留学生题材，多受好莱坞电影的影响；那么王家卫擅长心理分析，多得"新浪潮"电影写意性、抒情性真传，有意叙述不连贯来展现生活的偶然性、情感的随意性。杰出的小说叙事和镜像叙事一样，都尝试言说难言的思想，思索不可言说的模糊性和多义性。王家卫执着于思索根脉、身份、流徙等问题，沉浸于倾听内心声音，研究无理性的聚合如何改变人的命运，开创对倒叙事。

对倒叙事，是中国式的起兴法，属于偶合的粘连、非理性的聚

---

① 詹明信：《晚期资本主义的文化逻辑》，陈清桥等译，生活·读书·新知三联书店 1997 年版，第 290—291 页。

② 同上书，第 411 页。

合。对倒，不是悲壮的对比、绝对的是非；不关乎道德，而关乎不可道。对倒是昆德拉式的轻与重，关乎生命情调取向。对倒是参差对照，外形是葱绿配桃红，内核是灰色地带，像张爱玲的"苍凉手势"，蕴藏忧伤凄美的苍凉情怀。机智者善于在对倒式的形式叙事与思想叙事间找到圆融无间之道，道与技融合，在小说与电影之间互相借鉴，穿透现代性和后现代性。文学言不尽意，求助电影。电影需要寻找思想的穿透力，反过来求助文学。文学从电影新技法中挖掘新叙事可能；电影从文学中寻找灵感闪念、结构形式创意，化为电影的叙事意念，增加思想深度。刘以鬯小说和王家卫电影心有灵犀，都意在构筑港岛都市森林的情感符码，挖掘新时代的症候，再现难言的现代和后现代的新体验。王家卫对非理性、无厘头的聚合、后现代式对倒叙事情有独钟，难怪石竹青将其电影特质概括为"在后现代时空中速写个体人生"[1]。

在镜像对倒的创意方面，王家卫将东方式的诗意与西方式的后现代交错，将人的闪念意绪拍得雅致和唯美，渗透着个体内在性的感觉，创造出形而上的镜像世界，成为新的文艺片。李欧梵认为，中国电影没有诗电影的传统，但《小城之春》（1948）是个例外，有散文韵味。[2] 其实，王家卫电影深得东方国学文化的意境神髓，其对倒叙事具有当代诗电影神韵。台湾导演侯孝贤也擅长诗意化镜头营造，其招牌镜头是空镜头的自然山水意境，是长镜头的萦绕怀想空间，组合为天人合一、广袤无边的写意山水画面。如《恋恋风尘》《悲情城市》反映转型时期台湾人的惶惑、悲情，找不到根的彷徨，运用静态的场面调度，实现反戏剧化的冷静抽离，舒缓的慢节奏与沉思的色彩，恰似如歌的行板。侯孝贤为节约成本，减少胶片损耗，无意中生

---

① 石竹青：《流年光影：香港电影："七九新浪潮"之后》，中国传媒大学出版社 2006 年版，第 162 页。

② 李欧梵：《文学改编电影》，（香港）三联书店有限公司 2010 年版，第 240 页。

成了诗意风格。王家卫不计较 30∶1 的耗片比，用胶片打草稿，精益求精，也形成了个人风格。但是，中国诗电影还可以拓展，可以从写意山水画如吴冠中的江南水乡画中获取灵感，将吴氏绘画法化入电影，点线面融合，轮廓渐趋隐淡，点线萦绕，色彩泼洒，既具抽象表现主义风格又具传统水墨的情意。跳离西方电影逻辑和美学观念，不采用蒙太奇剪辑的断点式、跳跃式的镜像，而将中国手卷式的移步换景，行云流水般化入电影，如此秀美绝伦的中国诗化电影尚有待拍摄。

假以时日，王家卫不再仅仅聚焦于年轻男女之间的错失和错位，而转向拍中老年人，转向更广阔的人类处境，省思伦理的困境、人生的两难、人心的多变，在对倒叙事层面继续开创出更新的创意和深意，那可能就是王家卫作为叙事思想家排众而出之时。中国内地电影向来有强大的写实主义叙事传统，视叙事话语为权力运作。而香港电影的现代、后现代、诗性艺术、多义性、心理和思想叙事等趋向，为华语电影开创出新的气象。小说写实主义的功效不如照相机、DV 摄录机等。小说因而逐渐转向意识流心理小说。刘以鬯早期现代小说已经向内转，电影紧随其后，也转向内心。其后，刘以鬯后现代式的小说对倒叙事给王家卫带来了电影叙事灵感；而王家卫电影开拓的种种对倒创意势必也能给文学叙事带来新的景观，这有待小说家们借鉴拓展。总而言之，对倒创意更为小说电影的跨界提供了新的灵感可能和新的理论基石。

第八节　文舞双全的叙述符号创意

舞与文怎样实现艺术符码的双向跨界可能性？一种可能是，舞向文借力。自 20 世纪 80 年代起，香港实验此类跨媒介。如改编多种文学作品的《舞文》：梅卓燕饰演双角，既是《边城》的翠翠，也是《游园惊梦》的蓝田玉；尾声改编也斯诗《诗游》，白布覆盖大地，舞者们随着俄国现代音乐走过白布。也斯认为，改编名著的舞剧，或过分拘泥原著，或自说自话，既能体会原著又有所创新者不多。① 20 世纪 90 年代，现代和后现代实验舞蹈创意不断。香港城市当代舞蹈团黎海宁被林怀民誉为"李清照式的编舞家、最厉害的华人编舞家"。1991 年，黎海宁以舞演绎屈原《九歌》；1993 年，林怀民的云门舞集改编为祭典舞剧《九歌》，两者可以对读。1995 年，黎海宁将卡尔维诺《看不见的城市》改编为现代舞剧《隐形城市》。2001 年，梅卓燕《花葬》脱胎自《红楼梦》。2007 年，黎海宁《女书》以"女书"为灵感起点，即湖南江永一带女人们在纸扇和红布上自创文字，秘密与其他妇女互诉愁苦；舞段标题"我、你、她（他）"，则恰似黄碧云小说《烈女图》的结构；该舞还取灵感于西西小说《解体》，抽丝剥茧般呈现女性层层包裹的细腻内心，同时再现古老的扇语、歌堂哭嫁、缠足等女性民俗文化，借此致敬为自由和幸福而奋斗的女性。其他艺术家的舞剧实验也有不少：用舞蹈"问禅"；在轮椅

---

① 也斯：《也斯的香港》，（香港）三联书店有限公司 2005 年版，第 119 页。

上演绎"脚的文法";组接六种迥异的舞为《惊鸿六瞥》;将经典芭蕾舞戏仿为港味十足的《糊涂爆竹贺新年》;在美学上混合东西方文化、传统和现代,化为舞蹈《二形唤影》,左昆曲右歌剧,中间三舞者,半面具半水袖折扇,皮影、魔术穿插,中国诗词朗诵和康康舞以屏风间隔,梦与醒辩证,体现出现代舞与多种艺术媒介跨界融合的可能性。自 1991 年起,卢伟力应曹诚渊创办《越界》之约写舞评,十年后结集为《舞蹈文字》(2010),以诗的方式记录舞蹈意象,对舞蹈情感进行审美判断,共论述了 30 多场舞剧,透析香港舞蹈繁荣史、中外舞蹈交流、舞蹈与文学密切关系。

另一种可能是,文取舞神髓,增加活力,赋予读者以新的想象和感知。此法较少人实验。黄碧云是其中典范,以作家身份名世,但有执着的舞蹈情结:1986 年演出单人舞《一个女子的论述》,1987 年出版《扬眉女子》,其在艺术界的出场,先以鹤姿亮相。之后,黄碧云出版了近十部文学作品。2000 年在香港演出小剧场《媚行者》,之后去西班牙的西维尔学费兰明高舞(Flamenco)①,出版《无爱记》《血卡门》。2003 年出版《后殖民志》后,再度到西班牙学舞。

文舞双全者,善于整合舞与字,打通舞符号与字符号两种系统,文拍与舞拍合一,踢踏出新艺术样式。黄碧云指出:"所有事情都一样,要做得好,最基本又是最终的,就是精确程度……舞不是舞蹈,舞是语言系统,由舞蹈、音乐、空间组成,从细微处,才能把握到舞。"② 舞有四种元素:Compass(节奏旋律);Stretching(拉伸,延展,拉开);Zapateado(踢踏跺脚);Choreography(舞蹈编排设计,就像文学的段落组合,电影的蒙太奇)。以舞的组成元素符号作为框

---

① 费兰明高,又译作佛拉明哥,今通译作弗拉明戈。

② 莫霭琳:《舞之媚,字之微——黄碧云对舞与字的理解》,《文学世纪》2003 年 2 月。

架，可以更加深入地分析文的创作元素。

一、节奏旋律：文拍与舞拍共振

黄碧云用心感悟费兰明高舞的节拍、姿态、旋律，活用于小说形式创新，《血卡门》成为文字飞扬的舞台。舞和字的节奏旋律（compass）作为整体单位，包括踢踏跺脚、歌曲节拍、切分节拍等。

一是舞拍与诗行的踢踏共振。费兰明高舞的节奏拍子奇特。一般舞蹈音乐拍子以三拍、四拍、六拍、八拍为一小节，如三拍子：1' 23 2' 23 3' 23 4' 23，重音在第一拍、四拍、七拍、十拍；而费兰明高舞以十二拍、八拍（第八拍休止）、四拍、三短拍二长拍为一小节，123 123 12 12 12，也可表述为 123' 456' 78' 910' 1112'，尤为特别的是重音不规则，重音在第三拍、六拍、八拍、十拍、十二拍。[1]《血卡门》的舞拍与诗行共振，不断出现舞拍叙述。舞蹈的开场姿势（posture）很重要，很细，很短暂，像文章首句。小说序曲写："舞还未开始的时候，舞者等出场。他弹奏，唱者拍掌，如果是费兰明高索理亚或爱来纪亚的曲子，会是十二拍。等待出场的时候，舞者凝着身体，胸膛提高，脸扬起，心神专注无所谓快乐也不快乐，第十二拍！开始。"[2]再如第一章《萝达》叙述："不是太轻。就是太重。—— l o —— l o — l o — l o — l ……芭芭说这是一个对拍步，七，踏，八，踏，九，踏，与十拍齐步——如果我一生——我们总以为我们可以决定自己的一生——如果说才华——一个跳舞女子——到底我有也没有？"[3]诗歌最有节奏感，诗的节拍与舞的节拍最易融合打通。配合舞的节拍，《血卡门》句子大多两三字成句，不时出现诗行、短句、叠句、

---

① 许金仙女（Flor de Loto）：《谈佛拉明哥》，《西班牙阳光学刊》1989年10月22日。

② 黄碧云：《血卡门》，明窗出版社有限公司2002年版，第3页。

③ 同上书，第8页。

单行，营造出强烈节奏感与明快曲调，文字含蓄有张力。舞姿的紧张与书写的沉重交织。费兰明高舞蹈扬裙、转体、脚击，动作偶尔舒缓，果决为主。《血卡门》句子短促，欲说还休；人物叙述如剪影、舞影，时而温柔转身亮相、时而果决而去。

　　费兰明高舞注重四种脚法训练：Planta（前半脚掌）、Tacon（脚跟）、Punta（脚尖）、Golpe（全脚掌）。每支舞都有段踩脚舞（escobilla）。三十二分之一拍是鼓手的追求，也是舞者挑战手脚节拍的极致，粗犷激越、昂扬愤激。但判断费兰明高舞的功夫高，不以踩脚速度为标准，而是音色要扎实清脆，音质干净利落，音感准确，音拍同时呈现于脚上、手上、肩部、腰部、头部、裙子、衣服、响板，各处都有韵律。舞者、吉他手、拍掌者三者一心，内心有共同的拍子，音准在同一点上。[1]　三人同心，其利断金。三人同心，同一节拍，才有上佳艺术。费兰明高立体感的灵魂是切分音，即正副拍（contratiempo），指旋律中音符的强拍和弱拍变化，本该是弱拍位置出现了重音，音在弱拍时开始，而且延续到后面强音的地方，打破正常的强弱规律。费兰明高的切分音层出不穷，舞者常与自己、吉他手、拍掌者做切分音，若三者无法掌握共同的音拍，切分音就没了着落。脚上的切分音，扮演最重要的角色。黄碧云用诗歌体写《脚》："媚行者问到底要走多远你才回到原来的地方。她时常寻求那个已经腐烂、经历蛆虫与烈火的子宫。媚行者说无论我多么想扬弃。总是如影随形。言语。她说。"[2] 艺术家总喜欢日子过得像切分音般节奏分明。我们可以设想，小说强弱变化的切分音叙述，起句不必如撞钟，而是先抑后扬；中间重音，或结尾重音高潮。

　　该舞也注重手势，没有片刻静态，借腕部转动，手指一根一根向外、向内撩转，连带着运行双臂，配合身体姿态，辅佐表达内在情感

---

　　① 　许金仙女（Flor de Loto）：《谈佛拉明哥》，《西班牙阳光学刊》1989年 10 月 22 日。

　　② 　黄碧云：《血卡门》，明窗出版社有限公司 2002 年版，第 134 页。

流露。舞者有时手拿响板（castañuelas），在交响乐里，称 Crotalos；费兰明高称之为 Palillos，打击乐器挂于大拇指：左边声音低沉，中指打拍子，右边声音高，小指、无名指、中指、食指打四连音，其板面像鼓面，每点打出不同音色，靠手指寻找音色。响板舞多是 Sevillanas 和 Fandongos de Huelva 舞。① 在黄碧云笔下，《手》也是诗歌体："沉默女子的手：粗糙、疲乏、有力。从头顶降沉，压缩空气，想象密度是水。或者提升。海豚跃向蓝天。"② 诗意语言与手腕弧线的肢体语言合拍，隐喻心的飞扬与焦灼、激烈与疲乏。诗歌是内敛的，而舞蹈是张扬的；诗与舞交织，充满张力。

二是舞美与诗语的复调叙述。舞蹈具有空间的延展性和时间的次序性。时空给舞以生以死的生命力量感，具有诗画两媒介的性能。费兰明高舞有诗的旋律，《血卡门》也有诗的韵味。作为写舞蹈的小说，如果只是描述舞蹈动作，转体多少度，多柔韧，手脚多灵活，是笨拙的写法；而黄碧云巧妙地用诗歌语言，间接含蓄地写，反而赋予人更丰富的想象。如嘉蜜美拉赏读安东尼奥的舞："大鸟飞翔。山开而盈风。暴雨之中的瀑布。婴儿冲破子宫而生。最热烈的想念。五十年的甜蔗糖酒；都没有他舞的时候专注迷人。"③ 舞美与诗语绝配。再如，《卡门》一章写 K 垂死："——被拒绝。她会不会觉得有一点难过？她伏在他的胸前，犹如鸟之垂死。但垂死的到底是他还是她呢？哦如今相照垂危。"④ 肉体败坏时，灵魂才得以自由。再如，《嘉蜜美拉，山茶花》一章写舞后临死：摸索着，"走这最后一步。我想，光着脚没有脓疮。她将死亡的脚仍然精致敏感。她想碰一碰，碰一碰，冰冷的瓷砖地面，彻骨冰凉真是好。她可以感到脚步的温柔、

---

① 许金仙女（Flor de Loto）：《谈佛拉明哥》，《西班牙阳光学刊》1989年10月22日。

② 黄碧云：《血卡门》，明窗出版社有限公司2002年版，第130页。

③ 同上书，第56页。

④ 同上书，第168页。

转接、停顿，……她着着实实地触了良久，脚底细细的龟裂，清陷，稍微的流散沙石。"① 舞后独自前往家乡山洞这原初之地，先用紧密长句，隐喻初到洞中急切、激动的复杂情感；然后细描人生最后的温柔舞步，一两字成句，用空格相间，表示舞步节拍，最长的空白表示停顿、休止，仿佛舞后回首往事逐渐平复下来的心情。生生死死，复调不已，作者将费兰明高舞拍引入文字，以诗行节拍表达细腻感情。

黄碧云将肢体语言转化为对偶的诗性语言，舞与文情爱跃动。如第二章："她舞。他唱。……她的舞不为诱惑他。但她舞是为了诱惑。如樱桃之六月、如烈日之静。黑暗并不是为了埋葬。但她的舞就多了一重意思。弹吉他的璜感觉到歌与舞之间压抑的张力：爱内思度唱得特别怨，卢特斯等待的时候，饱含力量。"② 舞者卢特斯和歌手爱内思度，无须语言交流，而情感潜滋暗长。可是，卢特斯不知道意大利女子妮歌正爱恋地看着爱内思度；爱内思度也不知道卡路斯正迷恋地看着卢特斯的小腿和鞋子；而吉他手璜对这些多角单相思却尽收眼底，了如指掌。后来，卢特斯和爱内思度又有几次合作："她一个晚上跳得慢了，她倦，他就唱得婉转些。她激烈的时候，他粗暴。她狐媚的时候，他挑逗。"③ 而她再见到他，"已经是橙花盛开的季节，河上有鸳鸯绿鸭，日色渐亮"④。最后，她与滥情的他决绝："卢特斯的脚尖有狐，她提起了双手，双手就已经是费兰明高。"⑤ 费兰明高舞分 cante（歌）、toque（琴）、baile（舞）三部分，吉他手弹奏、歌者拍掌、舞者跳动合拍，彼此极易产生灵魂互动和共鸣，于是三角恋悲剧不断上演。恋情与歌舞共振，如诗如乐，欲仙欲死。

三是营造文学修辞的节奏感。例如，"如此……如此……，

---

① 黄碧云：《血卡门》，明窗出版社有限公司 2002 年版，第 77 页。
② 同上书，第 17 页。
③ 同上书，第 19 页。
④ 同上书，第 20 页。
⑤ 同上书，第 24 页。

像……的……，又恰似……的……"第四章写山茶花嘉蜜美拉：

> 如果　　　舞
> 　　我和　我
> 　　　曾经记得的日子
> 如果　　　是
> 　　我和我的死
> 如果　　　在某一个黯淡的清晨
> 　　　　一个马栗树叶跌落的季节
> 　　　　我给自己写一封从来未开始的信
> 可　　曾
> 是　　否
> 或　　几时①

　　此诗竖排，间隔距离迥异于常，错落有致像鼓点，用多个"如果"点缀。若要朗诵，前面的"如果"弱起节拍，要轻轻朗诵，后面的"舞"为重音节拍。这恰恰与费兰明高舞蹈的切分音节拍呼应。整个诗句形成节拍，像是句不成篇，别有韵味：隐喻嘉蜜美拉不识字，好像字就是音乐，而音乐无声。她清跳，她的舞就是音乐，脚就是敲击乐，身体就是节奏。最简单的就是最有力的，她凭清跳而赢得好评："一代费兰明高舞后，吉卜赛跳舞精灵。"舞拍有快拍与慢拍、行板与快板；《血卡门》有长诗与短诗错接，《手》《脚》两章最短，只有几句诗行，占四分之一页，像快板；《血婚》《卡门》两章内藏长诗，《舞后山茶花》《卡门》两章最长，30页左右，长度像行板，但内容却像斗牛般冷冽，千军万马，狂风暴雨，写尽极致的爱恨。《血卡门》是讲跳舞的书，但不是跳舞；文拍与舞拍的节奏张力对照，不必去证明某段叙事与哪个曲调如何严丝合缝地对应；文拍与舞

---

① 黄碧云：《血卡门》，明窗出版社有限公司2002年版，第60页。

拍未必需要完全吻合；重点在于文从舞的节奏旋律中寻找诗意节拍，将纷繁的女舞者故事打散于各章节，痴恋舞蹈的深情揉碎在字里行间，文字韵律与舞蹈节拍共振，开拓出叙事的节奏感、韵律感创意。

二、拉开：舞脉与文脉相生

从细处着眼，文拍与舞拍共振；从大处着眼，文脉与舞脉相生。黄碧云《血卡门》像其前期作品《烈女图》一样，采取女性集体叙述法，共振鸣和，讲述女舞者群体故事，14 章像十四行诗：第 1～4 章，讲述多个费兰明高女郎；第 5～8 章，借舞曲、红舞鞋、血绿、明黄等画魂舞魂，来讲述舞者群体；第 9～12 章，叙述脸、手、脚、背等肢体符号；第 13～14 章，将女子惨烈爱情经典舞剧《血婚》和《卡门》，改写为男人 K 的故事，将传统舞剧与现实生活悲剧合二为一，文本互涉。小说搭建像编舞设计，形成了和谐的整体大结构。黄碧云从"拉开"这一舞蹈术语中理解文脉："你开始理解你身体的限制，知道自己哪里痛，有哪些地方自己从来没有碰过。舞的时候可以拉开，人毫不畏惧地张开，那种感觉真好……那么，字的拉开呢？将旧的内容重新整理，拉开拉远，将某部作品的人物情节拉伸到其他作品里；夏目漱石《其后》《明暗》《草枕》的淡静是我没有的东西，于是仿写了《其后》，但也不够淡静；还有语言运用的拉开，《七种静默》在七个故事中尝试不同的语言，以后想用啰唆的语言写出懒惰的感觉。从《媚行者》开始多用诗，那种停顿（punctuation），有诗的空间与语言感觉，还用歌词、神话如《山海经》……把细的结构放大，就可以成为整体的结构，《血卡门》先有六个故事，再有三种颜色，有收割影子的神话，再有《卡门》的典故，还有《血婚》，西班牙人的通俗典故，最后用了卡夫卡的人物 K 典故。"[1] 因为拉开，

① 莫霭琳：《舞之媚，字之微——黄碧云对舞与字的理解》，《文学世纪》2003 年 2 月。

黄碧云笔下反复出现同名人物的不同故事。由拉开术语，我们还可再深入挖掘。

《血卡门》舞脉与文脉相通，在于跳跃动感合拍。舞蹈是流动的雕塑。慕羽认为，动作是舞蹈的根本，有设计、力度、节奏和动机四要素，动作要适合性格、价值和情境。① 费兰明高舞以动为基础，动感向舞者要求力量：蓬勃的力度、高亢的热情，快速的节奏，紧张强烈，充满暴力、痛楚、哀怨和贲张。《血卡门》也体现出这种节奏感，在背反叙述中领悟生命："手肘要扬起，肩膀却要压下，因对抗，身体就有了张力，有了美。升高与下坠的对抗。身体升高，脚要下坠。上身不动，脚在急速跳跃。脸容与痛。脸带微笑，虽然舞急速激烈。因对抗而存在，而得到空间。"② 费兰明高舞蹈透过肢体跃动，传达欣喜激昂、悲苦愁困等深刻情绪，重情感内蕴，又不拘泥形式。这契合于黄碧云之梦，其正亟待摆脱传统书写的既定框限，往新的方向挥洒。乍看《血卡门》，感觉文字断裂、结构断裂、意念断裂，难以串接。其实，该书有意切割故事和意念，让字里行间的忧伤如水不断；行文的各种跳跃叙事与舞蹈动感如影随形，创意不同常规。

一是交错跃动的重奏声部。第五章《索里亚·索里亚》借舞之旋律行文，有意模仿二重奏（duet），两两列阵，每两句合一段；每段有大量自语、对话；对白都没引号，自由直接引语和自由间接引语交织；对白跳跃，问答在遥远之处回应；不标明各段叙述者，人物指称不明，有意设置阅读障碍，让读者慢慢悟出，这是两女子的口述双声部交错："我"既是眉，也是知荣子；她们自说自话，倾吐怨曲；偶尔对话，也多是有问无答、有答无问；叙述语句很特别：

　　我第一次见到知荣子，大吃一惊：这么丑。

---

① 慕羽：《中外舞蹈作品赏析·外国流行舞蹈作品赏析（第四卷）》，上海音乐出版社 2004 年版。

② 黄碧云：《血卡门》，明窗出版社有限公司 2002 年版，第 45 页。

她是个令人难忘的女子，这么丑。①

为何要换个人称再讲一次？意在制造强烈的视觉效果，强化读者印象，丑是日本女子知荣子最大的悲哀："知荣子在跳索里亚，索里亚是费兰明高的怨曲""她的脸无处不尖，跳舞的时候抿着嘴，像巫婆"②。不幸，她爱上了吉他手善树；而东京来的富家美女未央跳舞时，也老拿眼瞟着善树。知荣子遇上了强有力的竞争对手。即便丑女，也能因舞生色："如果你旋转、小跳、扬腿、换步、脚踏，如果你因此而得着美丽""好像音符缱恋小提琴的弦、手风琴的探戈、午夜在大教堂的祈祷"③。在费兰明高同学派对上，未央站起来，跳一支宝来利亚。知荣子将发盘起，迎上去，扬手。恍如蜘蛛吐丝，未央和知荣子舞如斗蛇。生死对决，绷紧张力，挑衅舞蹈，丑女撼美女，蚂蚁撼大树。然而，知荣子最终看到未央拖着善树的手出门："登！登登登！的登的登的登！"④ 读者仿佛能听到知荣子的脚击与心跳：怎样勇敢的爱？如果勇敢与尊严相违背？眉爱恋小 10 岁的宁静，两人有 10 年同性情；而宁静与男人们滥情，伤害了眉；宁静与明生，生下了小静；宁静不知道，明生爱恋眉；但这也无法化解眉的伤痛，眉只有远走异国，而宁静与明生也以分手告终。眉看着知荣子因丑而无人爱，一爱恋即失恋，在他者的惨烈苦痛前，眉渐渐淡忘了自己的痛。全章第一、第三人称交错，两个同居一室的好友，三角恋剧情呼应，哀怨相通，不分彼此，同病相怜，互相疗伤。两对三角恋形成了另一种二重奏：知荣子、善树、未央——眉、宁静、明生。异性恋明写，同性恋暗写，作者有意不明说处，往往别有深意；同性恋与异性恋交织，已是第三层次的二重奏。因此，全章建构出二重奏的三

---

① 黄碧云：《血卡门》，明窗出版社有限公司 2002 年版，第 82 页。
② 同上书，第 82 页。
③ 同上书，第 84 页。
④ 同上书，第 88 页。

重奏。

二是腾挪闪移的叙事时空。《血卡门》不按线性逻辑行走，而呈现记忆切片，不以情节叙述为支撑点。第一章《萝达》很有代表性。开篇就是"萝达的牙齿有一点缺"；撑腰、扬手、转脸，在舞室角落里看到跌落的牙齿。萝达跟着芭芭拉学舞，总把握不到轻重节拍；常体验到生命的破洞感，有点黑，有点缺，不美丽的女子；又总被人叫作卢特斯；父母错时上下班，难得一见，如果有爱，掉了个空；大学考了三次，有点笨。她想起父亲的话"普通比较好，生活简单就是好"。父亲做精神科护士，讲过很多疯子故事："哈维艾在等一封信。沉默不语，焦躁莫名，他在等一封信。从来没有人寄信给他""法兰度出院了。他不会再自杀。人生是那么无聊，何必自杀那么认真。法兰度不再自杀，他最后明白，做人不必那么认真。或许他根本没这样想，他是吃药吃呆了，什么都不想，自然连自杀都不想"①，父亲的话全部用引号注明。对黄碧云而言，全书引号内的话往往冲击心灵。接着，又叙述芭芭拉教舞：快乐并不难，要承担世上所有的哀伤，犹如以一个躬身的姿势；很重很重，你要很强壮很强壮，有很强壮的肌肉。速度不难，缓慢才难。缓慢承担所有。萝达由此想到，极慢的死亡，温柔地进入。萝达外祖母缓慢而死，对生存本身早已不耐烦。缺牙的女子，连死亡也不会热烈。萝达不再跳舞。全章叙事时空跳跃，重在描述舞者生命历程的心理感悟，再现舞者的幻灭之感。舞蹈在缓慢或跳跃中蓄满力量，文字在有言中夹杂空白，在断裂的无言中渗出伤痛。

三是纷繁多变的叙述人称。全书第一、第二、第三人称交错，讲述舞者的切肤感悟，多用全知叙述，如第 1~5 章。有时以非舞者"我"视角叙述，如第 6~8 章。长诗里则反复出现"你"。小说还不时人称跨界：如第一章以全知全能视角叙述舞者萝达，展示其内心幽深角落；但结尾时突然冒出"我"："我后来就再没有见到萝达。她

① 黄碧云：《血卡门》，明窗出版社有限公司 2002 年版，第 9 页。

没有再来上课，可能不再跳了。芭芭拉说，是吗。跳舞是一场斗争，失败放弃的人，多得很。"就这章而言，叙述人称很不搭调；但对于全书而言，"我"是偶尔亮相的写者、舞者，是串连所有舞者的灵魂人物。此处人称错置隐喻：即便拥有全知书写权者"我"，也不能全然进入萝达内心。黄碧云并不严格遵循传统小说铁律，不时有出位之思，溢出文学。如学习舞台表演的多角度观赏法，创造多重的视角，以弥合单一人称叙事的盲点。人称有意指称不明，拉伸小说叙述学的可塑度，缓慢行文。

四是跳跃交错的故事板块。《血卡门》以拼贴法组接舞者，每章相对独立地讲述舞者，但又各自被拉开，不同程度地穿插于其他篇章；分合式内容拼贴和形式断裂，形成了交错跳跃的独特文本。如专章讲述舞者卢特斯，又拉开到其他章提及。《萝达》这章说"我叫萝达不叫卢特斯"；《两个德国女子》的安妮亚想"卢特斯跳得那么好，她还不过在跳小剧场小酒吧"；而到《绿，如你所喜欢的绿》，"我"作为舞衣店售货员，认识西维尔城的很多费兰明高女郎，萝达、卢特斯等纷纷出场，又给她们来了次速写。表面看来，费兰明高舞者是互不相干的个体，但她们隶属于舞蹈心灵团，都在费兰明高舞中寻求避难所。

全文将故事拆散、揉碎、拼贴，时空变幻、结构跳跃、事件迷宫、视角叠合、角色连环、语言断裂，不同层面交织错位、拉开混同，解构讲求情节与性格的现实主义文学传统，体现出无中心、零散化等后现代征兆；各种场景和对话组合，多不为刻意突出人物性格，而是加深感觉和印象，让读者感受到忧郁厌世、冷漠孤独的游魂，体验到不写实、去常规、不稳定、难理解。《血卡门》恰似一支费兰明高舞，以无法写有法，采用跳跃、抽离法，感情因压抑而更深入；寻求表达情感内蕴的深刻性，让读者体会到文脉与舞脉中饱含的张力。

三、西方与东方：文化符号的交融

费兰明高舞体现出东方与西方的文化符号融合。其前世今生颇为复杂，起于何时，没有确切记载。据说 Flamenco 词源于阿拉伯文，本为"逃亡的农民"，据西班牙文发音演变而成。14 世纪起已有费兰明高舞蹈与音乐。有人说，费兰明高是吉卜赛人的舞蹈，源于安达卢西亚，最初意在再现吉卜赛人贫穷、悲惨的命运和处境。安达卢西亚曾经为阿拉伯人统治，东西方文化渗透其中。1942 年，伊莎贝拉女皇统一西班牙，赶走统治西班牙 800 年的阿拉伯人，驱逐滞留的犹太人，排挤新进的吉卜赛人，这些人被迫充军、做海上水手、船员，或充当矿工，于是借着费兰明高舞抒发心底的爱恨，沉醉在自我的世界。吉卜赛人的根来自何处？有人从语言考古和基因分析中，发现他们来自印度南部。所以，费兰明高舞蹈天生就具有东西方文化混血的特质。直到 18 世纪末，费兰明高的曲调、唱词、舞蹈术、舞台意识又融合多种族的音乐与舞蹈文化，涵盖印度、阿拉伯、犹太、吉卜赛、西班牙民族，逐渐成形、兴盛。当代费兰明高舞蹈还融入阿根廷探戈、匈牙利吉卜赛罗马尼舞的神髓，初以民歌为主，20 世纪 50 年代应外国游客需求，更注重舞蹈表演。这种综合性艺术融舞蹈、歌唱、器乐于一体，过去流行在西班牙南部，现在已扩展到西班牙广大地区。

如今，费兰明高和斗牛被视为西班牙人国粹、国家艺术。费兰明高舞蹈表现出西班牙式的热情：手的孔雀舞姿，腰肢的扭摆，脚步鼓点式的踢踏，全身旋转，每个动作无不洋溢着热情和力量，将禁锢在身躯里的内在情感凝聚后，以瞬间爆发的力量亮相，刚劲有力，偶尔带柔，情感跳跃灿烂。舞者身着纺纱贴身衣裳，红黑色彩对比强烈，伴随着甩动超大荷叶边裙摆的动作，透过重重的跺步声，抛洒心中所有的怨愤与苦痛。女舞者横眉冷对，又绕指柔情，冰炭张力震彻观赏者的心灵，撩动起人潜藏于心的七情六欲，感到边缘的快感。费兰明

141

高像斗牛，行走于命运操控的生死界限，演示生存之愤懑激越、奋斗与呼号，显现出嘉年华式的魅力。成为费兰明高舞蹈家，先要苦练三年，能进入门槛，已经算快；之后意境是否高深圆熟，视个人天分和人生历练而定；费兰明高舞是情绪舞蹈，焦点在于感觉情绪，悲伤喜乐、傲视骄狠、热情冷漠、诙谐戏谑等诸形于外。

费兰明高舞动感外向，动作离心、星射，两臂与双脚向外伸长，形如从躯干分离而去，舞者的肉体乃至灵魂都是膨胀、扩大的，姿态变化靠外开而达到，以自由而腾跃的奔放动作表现对天国的憧憬。古典芭蕾重开、绷、直。中国古典舞蹈重圆、曲、含。而日本舞蹈则以稳为基础：一是取角，即围着舞台转；二是折脚，即脚不离地面行走；三是反闪，即是跺脚，并用脚打拍子，表现无限眷恋大地之情。歌颂风土之美："东方舞蹈动作的特质是向心性的、集中性的，两臂挥拂曲线来包缠躯干，一切都是集中的，动向于一点。"① 然而，费兰明高舞蹈则忌讳软绵绵的步伐节奏、慢节奏的舞曲，失却其韵味；偶尔，舞者内敛，也是蓄势，是为了更剧烈的动。

《卡门》《血婚》和《魔恋》，并称为费兰明高舞剧三部曲。一直以来，"卡门"意象代表着面对命运不屈与挣扎的精神，其舞蹈与歌声向法律、军纪、牢狱、命运提出挑战。卡门口咬鲜花成为桥段，"疯女"胡安娜、阿拉贡凯瑟琳公主姐妹花也被反复再现，她们从一而终、至死不渝的爱情、不幸的婚姻、疯狂的举动为世人称道。1983年，卡洛斯·绍拉（Carlos Saura）拍电影《卡门》（*Carmen*），将现代舞蹈演员的真实故事与《卡门》舞剧交叉重叠，成叙事套盒，将爱与死的歌剧版主题放大到现实生活，模糊戏剧与现实的界限，配上热烈的费兰明高节奏，营造浓烈的戏剧冲突，娱乐性强，迎合大众观影趣味。

黄碧云将西方经典进行东方式改写。所有女主角都改为香港男性

---

① 于平：《中外舞蹈思想概论》，人民音乐出版社 2002 年版，第 646 页。

K。改写《血婚》，新娘比娜在婚礼上流血，孩子就在祭坛之前出生，而新郎不是父亲。几年后小孩死去，比娜离婚，改名为娜拉，另嫁他人。K正是抛弃了怀孕比娜的男人。K另娶他人，有两三个孩子，他无法记清众多女子的脸孔，也不愿意知道孩子："孩子是女子的事情。只有她们觉得孩子与爱情有关。"① K的心有个洞，是时候洞就会打开。K偶然经过教堂，在别人的婚礼上晕倒。K临死时，想起了男子阿两，两人同去香港深水湾游泳，他给临死的阿两剪指甲。最后，读者才知道K为什么总是伤害女人。黄碧云改写《卡门》——K生命里有两个女子："卡门和卡门。卡门苦如蜜。卡门甜如胆。卡门是母女。"K与母亲苟且，又与女儿鬼混。卡门亲做血淋淋的牛排，说是为了纪念肠子流出死去的斗牛士。K总是给女子弄得头破血流；小学同学罗卡度笑他，总有一天你会死在女人手上。结果，却是罗卡度卷走了K的巨额遗产。K不再谈恋爱，改为嫖妓，最后被劫匪枪击。K死前有各种回想，香港的妹妹生了儿子，打电话来报喜，却哭泣不止，因为明白了，你好像要为自己或其他人的痛苦负责任一样。K有女巫给他写信。女巫写的K，写之亡魂共舞，并且交欢。受魔鬼诱惑的K，一生乌烟瘴气。K的死姿，像极了费兰明高舞姿。黄碧云的K故事表明，在刚烈卡门女子背后，常有各式男子K，给女子制造各样的苦难。酷烈的费兰明高不仅开解卡门式女子，也埋葬K式男子。黄碧云写男人群体K，以卡门、血婚的方式，向卡夫卡致敬。

黄碧云的艺术创意在于中西文化符号整合，文与舞诗意时空的整合，传统与现代叙事的整合；喜欢满世界游历，像尤利西斯，像也斯，常在方向转换途中，经历迥异于一般人；有意跳离中国文化，避免古老文化对想象力的约束。《血卡门》穿越国度区域，时空快速切换，讲述舞蹈与生死、生存的困惑与无奈，在不同人的故事里宿命般轮回上演，时间往复。人物都有复杂的身世：萝达来自俄罗斯；莱泛爱拉、安妮亚来自德国；安妮亚在西班牙学舞，后又去了芬兰，还想

---

① 黄碧云：《血卡门》，明窗出版社有限公司2002年版，第151页。

去土耳其；还有乔治亚的意大利、施维亚的哥伦比亚、卡地亚的芬兰、坦尼亚的俄罗斯、知荣子的日本，她们都到了西班牙，与费兰明高结缘。《血卡门》书写外国人形象，不是殖民地式的仰视，也不是大国子民般的怒目，而是从平等人的角度切入，习舞者众生平等。这不仅添加了异域色彩，也试验中西文化符号融合的各种可能性。在自我放逐中追寻自我，在各国文化比照中认识香港，在地理文化空间对照中省思书写，关注整体人类的处境。

黄碧云小说人物行旅频繁，浮游于国界、种族、性别、语言、历史之上，这与其自身的行旅人生息息相关。《媚行者》比《血卡门》早写两年，是其漂泊游历故事的集合体。用众声喧哗的口述史手法，则如早写一年的《烈女图》。《媚行者》六章采取多线交错叙事法：丧父者"我"一方面远赴南美洲旅行，一方面又回到兴梅地区寻根问祖，同时夹杂各类事情：采访科索沃战争，了解塞尔维亚人、阿尔巴尼亚人互相仇视的真相；访查女革命者坦尼亚的多重身份、献身革命事迹，以复杂多元的建筑空间结构，表述难以言传的种种痛苦人生体验。黄碧云天生具有不安分的漂泊灵魂，身上流淌着客家人的血液，其在吉卜赛文化，而不是犹太文化中，发现了共鸣点；发现吉卜赛人、香港人与客家人都有家族迁徙历史，而流徙、放逐并不意味着自由。移民、浪子、过客常有强烈的寻根问祖情结；在客家山歌、吉卜赛传说中，都有女子被牺牲奉献故事，从此吉卜赛人和客家人相互点头，看见了彼此共同的命运。在命运的道路上，盲的能够看见，张眼的就灭亡。以为自己选择了命运的道路，原来他们走的路，是遗忘。

东方人为什么习西方舞蹈？如果一个人出身于养尊处优的贵族世家，大概只会跟芭蕾舞、华尔兹共鸣；芭蕾，足尖之舞，优雅的浪漫主义舞蹈，如柳絮柔风，精致高贵。费兰明高，顿足如击鼓，踢踏传恨，激愤的现实主义舞蹈。只有历经沧桑、饱尝痛苦者，才会像《血卡门》的莱泛爱拉，见到费兰明高的激烈，说"这就是了"。人到中年，黄碧云终于发现费兰明高跟自己的血性和灵魂相契。那共鸣的刹那，她肯定感到身心的震颤。

四、书者与舞者难以言说的痛感符号

为什么习舞？为什么从语言的国度逃亡？显然，文字无法帮助黄碧云宣泄内心强烈的感受，必须找到激烈奔放的费兰明高舞蹈媒质，才能找到纾解躁动心灵的路径："流汗与脚痛是那么实在，语言不过是幻觉"[①]；"语言充满谬误"[②]。一位俄国舞蹈家，面对"这舞有什么意思"的质疑，她答："要是三言两语就能解释清楚，我就不用花那么多时间去跳了。"[③] 语言无力，因痛苦难以言说。

那么，黄碧云生命中有哪些难以言说的痛？生于 1961 年，成长于太平盛世的香港，但心灵却刻有大痛无法根除。黄碧云 7 岁母亲离世，父亲是警察、驯犬师，性情古怪。她常梦到死去的父亲，还扬言要打死她，而她对自己说："他都八十几岁了，我拿个榴梿都可以砸死他。"她自小心灵敏感叛逆，短暂就读于台湾景美女高。1984 年毕业于香港中文大学新闻系，从事了六年新闻工作，多次踏足越南、泰北、孟加拉国、老挝，见证战争暴虐，体验人世困苦。1995 年毕业于香港大学社会系犯罪学研究院，1998 年获香港大学法律文凭，2003 年取得执业事务律师资格。曾在巴黎第一大学修读法文，当过议员助理、实习人权律师，开过服饰店。到西班牙学舞，用此前所学的现代舞、芭蕾舞，弥补费兰明高舞不足。其并不出身于文学专业，但一生书写不已；丰富的从业经历和艺术兴趣，使其能轻易跨越媒介和学科的鸿沟，为心灵之痛慢慢消毒。

"洞、痛、血"，是《血卡门》的关键词。借助费兰明高舞，黄

---

① 黄碧云：《媚行者》，天地图书有限公司 2000 年版，第 2 页。

② 同上书，第 32 页。

③ 卢玮銮、熊志勤：《文学与影像比读》，（香港）三联书店有限公司 2007 年版，第 126 页。

碧云不仅纾解个人之痛，也感悟他者之痛："为人所能有的委屈与希望而写"，一如她在《怀乡》篇末所云。女性背后深藏着难以言说的灵魂惨痛，这在传统文学中是被忽视书写的一块黑暗大陆。黄碧云将女舞者们的痛感体验写得刻骨铭心，一如己出。《血卡门》前半部分，节奏舒缓，叙述舞者的郁结心绪。萝达不紧不慢地活，愿意等，一直等，让身边的所有慢慢地流失，她对生命持无所谓态度："在重复、遗忘、错置、失误中，萝达理解时间。"卢特斯是痛楚专家：14岁明白痛经，学费兰明高舞，知道脚痛这入门痛，拍掌裂绝而湿痛，血红血红，深刻之事总与受伤有关。她饱受一波三折的情爱之痛：与爱内思度因歌舞和谐，而情愫暗生；但他身边有黑发意大利女子妮歌，又换过栗发的马德里女郎、红发女子、读诗女子等。她再次见到他，离初识刚好三年，细密、尖锐、灼热、陌生、长久、隐秘，超越身体超越记忆的极痛，她颤抖，将酒杯摔碎，从此不再发抖。她对爱内思度的爱表面看平静如水，其实强烈且自尊，爱他但无法忍受他的各色女人，爱他不得不放他走，在坚忍中感悟激烈，体会深刻缠绵，体验刻骨铭心的痛。痛与舞都抽象，且以身体呈现；疼痛、经历、秘密融入舞蹈，韵味才能尽出，才能跳出费兰明高舞的灵魂。德国女子莱泛爱拉从小就太自立、太犀利，以致单身母亲带她去看精神科医生。医生劝她从事艺术创作，治疗异常行为。她专注练舞，以理性和节制去理解时间，相信"我从来都是自己的主人"，拒绝同性乔治亚的诱惑；而在乔治亚另有他人时，莱泛爱拉体会到寂寞无奈。另一德国女子安妮亚很高，扬起手碰到天，低下头看见全人类。其弟有易装癖，被性袭击后，才得知"原来做女人那么惨"，再不易装，考进军校，当职业军人。而她像男人，去美国读大学，去伦敦当研究员，跟三个都叫米高的男人谈恋爱。她等巴士，突然忘记要去哪里，生活突然失去重心，亟待转向。在方向转变的途中，需要一个姿势，于是，来西班牙学费兰明高。舞，帮她寻求存在的价值；但难以练就小女孩般跳跶的美感，因而选择去芬兰，高不再显眼，她不再自卑。舞后嘉蜜美拉，人称山茶花，出身于舞蹈世家，但不识只字；迷恋安东尼奥的舞步，但被他遗弃；谢绝佛罗伦萨首富乔治奥·弗鲁奇的追求，只爱舞艺，不爱钱郎，成为传奇；跳改编《卡门》，恶评如潮，服食大麻解忧；演出《血婚》后，告别大型演出；后来遇上乡村歌手爱拔度，他因喉癌而断喉，失去了声音；她失去了舞蹈精灵，两人相依。当她得知自己患肿瘤后，回到出生地，独自赴死，绚烂而逝。

《血卡门》后半部分，节奏激烈，呈现张扬惨烈的卡门、血婚故事，讲述传奇男女情爱。《红舞鞋》一章如侦探故事，追索"我"祖父店里只有一只的红舞鞋的秘密：问母亲，问鞋匠师傅父子，只得知玛莉·露薏莎之名；后看舞会时，一老女子突然远离"我"而去；问卡门，才得知她本是费兰明高舞者，与男子恋爱，发现他另有他人，大吵一顿后，转身被车碾去一条腿；而始乱终弃者，正是祖父。《绿，如你所喜欢的绿》的尤喜莉亚，巴斯克女子，被组织训练成恐怖分子，成为通缉犯，像很多随便买东西的不快乐女子一样，这位暴烈女子买了像绿火般燃烧的费兰明高裙子；最后，她被子弹射穿，倒在绿色的血泊中。这些宁为玉碎不为瓦全的人，都是卡门式费兰明高女子。

费兰明高节奏难以捉摸且多变，舞者以夸张的肢体语言与表情变化，来演绎内心无以名状的情感意绪。《血卡门》对内心的细腻剖析蕴藏力度，写人生苦楚多用大调笔法，甚少出现明丽欢快的调子；叙述主调为血色的激烈、黑色的哀恸，忧伤基调渗入每个字里；细描爱情，但没有甜蜜只有苦涩；在爱恨叙述中穿插探讨死亡、疾病与人性，以无爱来写爱，写出爱的虚无与幻灭。

希望女子、灵魂收割者，是黄碧云创造的两个意象符号，对应于费兰明高舞者的实存苦痛，虚与实，仿佛幻影舞蹈：身体舞蹈的尽情释放与内心精神的深度内省并存。因为哀绝，所以寄希望于希望女子："人忘记的，希望女子就承担。她承担生命所有的失望。并且沉重地在大地上游走，以为媚行"[1]；"如果没有了脸，就没有眼泪"[2]；

---

① 黄碧云：《媚行者》，天地图书有限公司 2000 年版，第 120 页。
② 同上书，第 118 页。

"没有希望就没有眼泪"①；"是否肉体败坏的时候，灵魂才得以最终的自由"②。希望女子像大慈大悲观世音，像圣女圣母女神，给人带来心灵慰藉；希望从不存于现世，只存在于想象与膜拜里。人人都盼着希望女子光临，可她来时，却被冷待或忽视；矛盾斗争像作用力与反作用力，紧紧相吸，不离不弃，相生相依。

俗语说，画物难画狗，画树难画柳，画人难画手，还要加句：画舞难画影。黄碧云却建构出灵魂收割者形象，他收集石墙、橙树、灯柱、垃圾桶、路过女子、侍应的影子，但无法收集水的影子、舞的影子："前前后后的射灯将女子的舞影分割重叠，每一个舞影都火速移动，互相吞噬又分开，影子有愤怒、安静、飞扬、愉悦、挑逗、低回、迷茫、痛苦、辗转、迸发，收割者不知如何承载。"③ 喑噁的舞者变成脚与裙的影子，难以捉摸："美丽热烈只是几分钟的事情，原来舞台是这样虚幻的事情，比影子还要虚幻，是影子的影子的影子，层层叠叠，变成黑暗。"④ 影子就是灵魂。但不是所有东西都有灵魂，有些灵魂不值钱，无法购买啤酒。那些无价值者的影子，虽可收割，却无意义。而不可收割的，舞台光影，影子本身即舞魂舞魄：舞，情绪灵魂就在其中，传达人世百态，收割者无法否定其意义。舞若无意义，即是死亡："他收集影子如同收集死亡，放在袋子里沉甸甸地拖着。黑暗里无所谓影子，正如没有脸就没有眼泪。"⑤ 灵魂收割者正是作者化身，追寻存在意义。若因舞与文而存在，则无须追逐，获得自由。

黄碧云习舞也习文，省悟出身体表达与文字表达既相斥又相通的互补力量："我尝试以身体去认识动作，以开展去认识空间，因为接触而知道接近的艰难，因寻求而知道困""肉体只跟自己接近，肉体从来不接近他人"。这些富含哲理的顿悟话语直逼生命本质。舞蹈是

---

① 黄碧云：《媚行者》，天地图书有限公司 2000 年版，第 127 页。
② 同上书，第 142 页。
③ 同上书，第 141 页。
④⑤ 同上书，第 138 页。

身体的艺术。法国思想家西苏指出，女性要通过自己的身体来写作，进而找到自己的语言。① 黄碧云运用舞蹈身体和文学语言的力量，借助两者而达至自我纾解，沟通大众。这正如卡西尔所言，艺术家把所有痛苦和凌辱、残忍与暴行都转化为自我解放的手段，给人以任何其他方式都不可能得到的内在自由。费兰明高是媚之舞，奋发出生命的飞翔光彩；同时也含藏残暴哀伤——《血卡门》写缺牙的少女、枯萎的小提琴、鬼魅的独脚红舞鞋、沉溺性爱的斗牛士、为血所染的婚礼；舞者妖娆邪魅，说不清个人来路。与费兰明高舞有关的男女都特别惨烈、传奇。不管是普通舞者，还是舞后，都感觉到生命的残缺，每个身体都有血洞，找不到灵魂安所，于是偶然又必然地，走向费兰明高舞，产生心灵共鸣。

　　黄碧云体会到生活的激烈，几乎与快乐无关；只有在幻灭中，才能体会到极致快乐。《血卡门》结束于第 11 首诗歌，"那一年我被遗弃以后，就来到了南美洲……我想去跳一个舞，就是那么多……拍子，时间舞步的割切……如果我还有灵魂 碎片一定互相刺伤 我亦无法解释 某天我就做了决定　但我这么的一个老女子 岂能轻言幻灭……"隐喻对生命热切的追求和死亡对生命的威吓，彰显出温柔与暴烈的张力，在快要幻灭时，找到生存的刹那快感和光辉。幻灭与舞蹈、舞与写、思念与遗忘，既互相依存又违背，最后为幻灭包容。黄碧云无法止息追逐理想的脚步，正如穿上红舞鞋的童话女孩，再不能停止舞蹈，直到力竭那一刻。上扬的头颅，是自尊自信、不甘屈服的符码。温柔与暴烈、水与火，在黄碧云生命中同时绽放，撕扯并存。读者只有经历过深切的痛感体验，才能进入黄碧云的世界。

　　费兰明高舞用狂放、专注、力量诠释生命；小说用暴烈、隐晦、破碎诠释生命。《血卡门》书写舞蹈，感悟生命节拍旋律，既展现女性舞者的情爱苦痛、身体痛楚；也再现其在迷乱与幻灭的边缘状态，

---

　　① 范铭如：《横眉冷对 绕指柔情——〈血卡门〉评介》，《联合报·开卷版》2002 年 3 月 11 日开卷版。

叩问生命意蕴。谁都可以跳费兰明高舞，而好舞者的身体，非常中性。费兰明高舞，是女性自杀者的良药，满腔的热血和愤懑在舞蹈中挥洒，赋予遭遇生存困境的女子以力量，女性得以疗伤，独立自得。费兰明高舞恰似女性宣言，开出了女性独立生存的制剂。

舞为文带来新的风格。黄碧云小说风格在转变途中。早期，暴烈地说、血腥地说，笔下不乏血腥、疯狂、暴力或死亡场景，具有审丑的力度和深度。其习舞后明白：暴烈容易，淡静困难；在苦难世界，激烈不难，而坚忍才难；流动需要力量，静止也需要力量："费兰明高最难就是慢。双手慢慢提升，身体慢慢蜷缩再打开。因为慢全身肌肉都非常痛非常紧张。慢的张力最大。"① 媚行，蛇的诱惑，控制很重要。放松，尝试诱惑。从舞中学习文的魅惑之道。近期，沉默地说，欲说还休地说，如费兰明高舞奔放热烈，实则隐忍克制。暴烈不一定见血，无血而有痛，千百年来就存在。《血卡门》不再像早期作品般张扬，而更多压抑内敛、平静隐忍，并不轻易点破，有意用欲言又止的语言，在不动声色中反弹出更大的空间，刚中带柔，看似冷峻如冰，实则热切专注。未来，黄碧云的中篇《沉默咒诅》，专门实验用语言讲沉默。创作有很多选择，不停挑拣，总结出准确的一种。

好舞者是座活雕塑。象征舞蹈属于舞蹈的最高形式。阿恩海姆把"不具任何轮廓线的具有动力性质的身体形象"称为"动觉阿米巴"。心物同构、心舞同构，是决定舞蹈表现性的基础；这也是文字叙述表现的基础，黄碧云将两者巧妙融合，即舞与写，都渗透着背反的风格：激烈与幻灭、真实与虚幻、动作与静止、张扬与内敛。痛感越深刻，舞越好，文越好。与文共舞，达到极致时，能通向共同的人生秘道，进入玄妙的天堂，进入真相世界——无底洞的那个底。黄碧云挖掘人生的无底感，力透纸背。文向舞迈，舞向文学，不仅体现在文字与肢体叙事的题材选取、意蕴表达，也体现在结构风格的交融、中西文化的渗透。黄碧云作为舞者与写者，首创舞文交融法，让人重新认识文字的诱惑力，开辟出新路径，创造出跨媒介叙事的新可能。

---

　　① 　黄碧云：《媚行者》，天地图书有限公司 2000 年版，第 36 页。

第三辑　跨域多维

第九节　新古韵小说拓展

当前长篇小说有种新的发展趋势，开拓"新古韵小说"，即汲取古典文学的雅致神韵，深得中国国学精华，渗透传统文化哲学，弘扬传统文化精髓。即便描画沉郁历史，意境思想皆讲究文气，笔墨抒情，文风古朴宁谧厚重，仿佛管弦丝竹，空灵飘远，悠扬悲情，力求打通史传与诗骚文化传统。新古韵小说的复古不是关键，而重在熔铸当下文化，强调深度层次的新变，在文本哲思意蕴、符号叙事形式、文化转型省思等层面的突破。当代散文古雅化成功的较多见，如钱锺书、董桥、余光中等人的作品，但此类长篇小说较少见。

葛亮锐意开辟新古韵小说。居港写作以来，得中西之风濡染，融汇于文，自成一家。每写长篇均斩获大奖："南北书"（《朱雀》与《北鸢》）分获 2009 年及 2016 年《亚洲周刊》"年度华文十大小说"。如果说，《朱雀》描画 20 世纪南京史，书写三代家族，是历史小说；那么，《北鸢》① 则描画 20 世纪上半叶民国史，借家史写国史。新古韵小说如何渗透古风神韵，弘扬传统叙事，在复古中求新变，在传统性中注入新元素，成就新小说格局？本文重点分析新古韵小说在符号学、叙事学、文化学层面的新变。

---

① 葛亮：《北鸢》，人民文学出版社 2015 年版。

一、传统符号的复兴化合

新古韵小说善于化用中国传统符号，链接情节，传情达意，含蓄蕴藉。罗兰·巴特《符号帝国》认为，东方文化普遍重视符号、形式、过程，表达个人情致和灵魂，以达到理想的无言之境。《北鸢》善用中国特色符号，对京剧、茶艺、纸鸢、书法、绘画、金石、服饰、饮食甚至武功等传统文化均有考究，此种风雅韵致在中国当代小说中罕见。该书以民国时期襄城的民族资本家卢氏与士绅家族冯家的联姻为主线，刻写卢文笙的成长史，借家族史，书写近现代史的家国兴衰。风筝符号不仅是书名，而且是全书串珠，一路旖旎而来，不可或缺；且用大量典故，涉及"扎、糊、绘、放"四艺。不像明清人情小说只是以"珍珠衫、百宝箱"等为重要道具，《北鸢》的风筝符号隐喻丰富，带出主旨寓意，不可小觑，有结构串针、情感隐喻、哲理寓意等重叙事功能。风筝结构抒情串针。全书以说书写法开局，先有篇首的楔子，开宗明义，为正文做铺垫，设置悬念，吸引读者，如《白蛇传》的神话引子与《红楼梦》的神话楔子。虚无的主调。《北鸢》用风筝楔子法，先讲卢文笙和冯仁桢两位老者，依照惯例，到四声坊取风筝"难得响晴的天，耳朵都听得见亮畅"。[1] 通感手法，美好响晴开局。尾声写："暮色中，他们望见了一只风筝，飘在对岸某幢建筑的上空，孤零零的……看了许久，直到这只风筝远远飘起，越来越高，渐消弭于他们的视线。"[2] 肃杀悲凉作结。男女主角人生道路是苦尽甘来，迈向迟暮；小说路线却是先亮后暗，洋溢悲情。

《北鸢》每次写风筝，都选取独特的抒情时刻，见出独特的抒情自我。如写卢文笙与毛克俞谈画，引用徐渭的《墨荷图》款识："拂

---

① 葛亮：《北鸢》，人民文学出版社 2015 年版，第 2 页。

② 同上书，第 490 页。

拂红香满镜湖，采莲人静月明孤。"① 论画谈文格调颇高，足可见葛亮艺术造诣，状物写景具画意美感；李欧梵认为，中国抒情从诗画传统演化而来，其特点在于抓取一个瞬间，将之变成比较永恒的境界和视野 。② 全书的抒情笔墨像写意画作，诗画中国与血肉中国并叙，诗情与苦情同抒，叙述婉转，文辞优美，实与虚，意与境，相谐。

风筝符号紧连亲情。正文开篇很吸引人，民国十五年，即 1926 年 11 月，婴儿啼哭声锥了昭如的心，贵妇因恻隐之心，出手救下贫妇欲卖的稚儿，改写了婴儿文笙的命运，从此生母故事淡出，养母故事出场，开始荣辱共生的传奇。开篇就悬念丛生。卢家睦给儿子卢文笙送第一个生日礼物，就是虎头风筝，因儿子肖虎。后来，父亲意外死于疫病，但每年的风筝却依然送来。卢文笙的首个本命年生日，被龙师傅请到四声坊，看扎风筝，手艺人边做边讲故事：父为每年送子一风筝，帮手艺人盘下了店面。如今儿子连父亲相貌都无从想象，但父爱如山却长存于风筝之中。

风筝符号关联爱情。偶遇，自古就是男女相恋的绝妙途径，充满浪漫色彩，如《诗经》云："邂逅相遇，适我愿兮。"古小说常写公子佳人捡到某物，立即成就佳缘。但《北鸢》叙述不会如此轻省、巧合。第二章十二节"青衣"，讲卢文笙与冯仁桢孩童时初相见，因随家人去看京剧，各自在容声大舞台包厢，同看言秋凰的戏，远远瞥见对方。第三章十三节"风筝"写再相见，因风筝：仁桢放学回家见到放风筝的文笙，说"我认得你"。直到第七章"归来"，他们才又在容声偶遇，已相隔十年。后来在戏院散场、遭遇封锁中，她带他绕过了封锁，约他教放风筝："当年你肯收我做徒弟，我现在已经是个高人了。"③ 全书止笔时间是文笙和仁桢结缘，抱养了双亡好友的

① 葛亮：《北鸢》，人民文学出版社 2015 年版，第 276 页。

② 李欧梵：《中国文化传统的六个面向》，香港中文大学出版社 2016 年版，第 132 页。

③ 葛亮：《北鸢》，人民文学出版社 2015 年版，第 404 页。

新生孤儿，头尾均写婴儿出场。《北鸢》写相遇和选择，情缘与亲缘一体。

风筝符号关联历史民间，隐喻人生哲理。卢文笙在老师毛克俞的指引下，图绘风筝，题名为"命悬一线"，学生们建议为"扶摇直上"，毛老师定名为"一线生机"。① 而昭德遗物一盒金条救了一批革命伤员，宝盒外层所刻梵文，被叶师娘认出为"归命"。② 雅各人生哲学，顺势而为，自称源于卢文笙当年所教的放风筝学问。全书时刻见着生命之思。五四文学反传统，反的是套路、老朽、空洞、铺排。新古韵小说不是套用传统符号，散发陈腐之气，而是活用符号，化出新意，在谋篇布局、内容意蕴、哲学理念、文风格调等层面均巧妙运用，独具匠心。

二、家族小说的述真与虚构叙事

新古韵小说要得古典文化精髓，将中国传统叙事学神韵发扬光大，要考虑古典思想的现代移植，处理历史与机遇嫁接中虚实不和的麻烦。《北鸢》以作家自身家世为本，还原历史本面，如在目前，招魂有术；时运变异，人力的可控与不可控，命运的起承转合才是关键。让人感慨王德威论中国抒情传统："人生变化和矛盾是常态，惟转化为文字、为形象、为音符、为节奏，可望将生命某一种形式、某一种状态，凝固下来，形成生命另外一种存在和延续，通过长长的时间，通过遥远的空间，让另外一时一地生存的人，彼此生命流住，无有阻隔。"③这正是文学的意义。

新古韵小说对作家提出更高的要求。高远之思从祖辈传袭而来，

---

① 葛亮：《北鸢》，人民文学出版社 2015 年版，第 289 页。

② 同上书，第 220 页。

③ 王德威：《抒情传统与中国现代性：在北大的八堂课》，生活·读书·新知三联书店 2010 年版，121—124 页。

难得的古典文人气息渗入年轻作家的心魂。《北鸢》首次追溯祖辈身世，自序《时间煮海》指出，祖父葛康俞评郭熙《早春图》："动静一源，往复无际。"引自《华严经》，多半为自喻，那时代的空阔与丰盛有很大的包容，于个人的动静之辨，则如飞鸟击空、断水无痕。《北鸢》实为家族小说，卢文笙见出外公影子；毛克俞见出祖父的影子。安徽安庆陈氏、邓氏、葛氏三大家族关系错综。陈独秀父亲陈衍中生二女：长适吴向荣，次适邑庠事姜超。姜超之婿是葛康俞。即是说，葛亮的太舅公是陈独秀，叔公是邓稼先。

出身于如此家学渊深的家族，古雅成为葛亮与生俱来的东西，深入骨髓。葛亮自谓祖父是自己的人生坐标："独立于时代之外做自己的事，是很不容易的。"《北鸢》为何专写民国？因民国保留了很多传统风物，却日见凋零，旧时风物与谁说？早慧的葛亮以丰盈想象力，以才气毅力，追宗问祖，心怀景仰，在第三个本命年，写就了第二部长篇巨著。

新古韵小说虽是虚构，却要见出非虚构的笔力，古意与新意互见。葛亮在古韵小说中浸透、悟透，方才执笔。而且，因所写不是亲历故事，须借重案头工作，以训诂、考据、文献学的学问功夫，打桩立柱，夯实根基，再以小说笔法出之，学者作家化，作家学者化，既有学者考证功夫，也有小说家对技法、趣味、意境的关注，文字背后有深厚的功夫。葛亮迷恋历史掌故，迷恋和历史、文人传统息息相关的旧事物，自称"喜欢《世说新语》节制的叙事方式、经典的叙事态度，寥寥数语就勾勒出人性和事物最本质、最内核的部分"；"喜读笔记文学《东京梦华录》《阅微草堂笔记》等，得两大影响：一是对人物的勾勒，二是在写作涉及历史背景的小说时，重视掌故感"①。

新古韵小说不仅要复古，也要出新。中国小说传统多为线性叙事法，《北鸢》超越于此，用双声道并置的叙事法，谋篇布局匠心独运，时空跨度广阔，描写委曲，次序井然，显示出纷繁复杂的时空多

----

① 　唐不遇：《葛亮：从南京到香港》，《南都周刊》2013 年第 41 期。

线叙事驾驭手段。全书八章，分三十七节，加楔子和尾声，共三十九节。单章写卢家，双章写冯家，交错铺叙。全书不仅梳理亲缘家族谱系，也细描师生友人等非亲缘谱系，这是对传统家庭模式的新演绎。

叙事时间纵向跨度波澜壮阔，注重历时事件，叙述时间与故事时间齐头并进，刻写几大事件。单章每节写卢文笙一个阶段的成长史。第一章写婴幼年家变，这章以婴儿出场起笔，父女仙逝作结。特别的是，昭如为偿夫遗愿，安排卢秀娥与秦中英冥婚，后来秦家远房侄子秦世雄前来投奔，结果，天赐得力亲戚。写昭德与昭如心知自己的男人死去，皆因男人的贴身跟班独自回家来，让人惊心。第三章写少年逃难：日本入侵，举家跑反，大姨为救全家而牺牲，受伤的一群人流落到教会医院，文笙结识国外神职人员叶师娘、叶伊莎、雅各等。第五章写青年求学：借住天津舅舅家，认识老师毛克俞、同学凌佐等。第七章写参加革命，与韩喆主任、浦生等人共同战斗，凌佐牺牲。第八章写成家立业，文笙被母亲从战场中强行召回，跟着商人姚永安，去上海学经商。

叙事时间横向跨度错综复杂，全书双线交错，几个家族、几个人物共时涌现；恰似口技模仿火灾，考的是全身并用；万箭齐发，逐一扫落，考的是眼疾手快；千人千事，齐集共鸣，考的是铺排有序。《北鸢》写家族网络，井然有序。卢家睦与孟昭如有子卢文笙，卢家睦有原配与女儿秀娥，还有兄弟老六、媳妇荣芝。孟昭如长姐孟昭德，嫁与石玉璞；兄长孟盛浔，原配张氏生女温仪，嫁与查理，后离异，侧室崔氏生女可滢。四爷冯明焕与左慧容有三女，长女冯仁涓，嫁与姨妈左慧月之子叶若鹤，二女冯仁珏，三女冯仁桢。第八章才渐渐写及文笙与仁桢恋爱、结亲；两人一动一静，相映成趣。家与国不可分，在成长史主线之余，《北鸢》也写诸多历史人物、社会风貌。葛亮外公少时曾随母亲住在天津的姨丈褚玉璞家中，姨丈时任直隶省长兼军务督办，是直鲁联军的统领之一，亦是颇具争议的人物。鸳鸯蝴蝶派秦瘦鸥《秋海棠》的军阀袁宝藩以其为原型。《北鸢》之石玉璞也以其为原型，借之写奉系、直鲁联军和北伐军的错综关系。因外公母子寓居天津意租界，做"寓公"，于是又借海纳百川的租界，横向综写遗老贵族、下野军阀官僚、失势外国公使等前朝故事，写得切实从容。

新古韵小说从传统的线性时间叙事，转向时空并置的多线叙事。《北鸢》写天津、上海、北京、大连等真实城市，但最重要的叙事空间——位于中国南北交界处的襄城，则为虚构。实验空间架空叙事，跨度宽广：襄城商铺，天津意租界，日本人入侵，城里人往乡下跑反逃难，边区抗日革命根据地，上海租界生意场……纵向、横向、斜向错接，有条不紊。此书既有家史的真实基础，也有虚化的空间和时间场景，虚实默契，多头并进。不时插入老年仁桢的回忆，仿佛显现构思过程的后设叙事。林语堂《京华烟云》也写民国家族史，但更倚重情爱线索，主要为以今观今的聚焦视角，而《北鸢》不仅以古鉴今，更是以今视古，叙事视角更为宏阔多元。

符号学述真，并不鉴定某事真假，而关注讲述过程的真实性。格雷马斯述真方阵指出，真，既是又似；假，既非是又非似；保密，是但非似，幻觉表演，非是但似。赵毅衡《符号学原理与推演》从发送者、文本、接收者入手分析述真，接收者愿意接受有四类：1. 诚意正解型＝诚意意图＋可信文本；2. 欺骗成功型＝不诚信意图＋可信文本；3. 反讽理解型＝诚信意图＋不可信文本，如网络段子手的夸张搞笑，不可靠叙事的疯子傻子；4. 表演—幻觉型＝作伪意图＋不可信文本。[①]《北鸢》属于典型的诚意正解文本，读者与作者莫逆相视。该书本虚构，但因有逼真性，表演—幻觉演绎成功，读者阅读时会拒绝人格分裂，选择信以为真。马格列特画一只烟斗，却标明它不是烟斗，寓指要区分经验世界与虚构世界的真实，虚构真实只能在虚构内部判断。当今读者并无直接的民国经验，间接了解都来自彼时文人书写。《北鸢》述真，难能可贵之处在于对讲述过程极为用心，

---

① 赵毅衡：《符号学原理与推演》，南京大学出版社 2011 年版，第260—281 页。

力图还原当时人的风俗、爱好，力图模仿当时的语言风格，还原当时的情味，做到自己的叙事风格与民国作家一致，或者说，与读者心中的民国味一致。许多家族小说用今人口吻写先辈故事，葛亮用祖辈所处时代的讲述方式讲述他们的故事，更具逼真性。

三、传统文化复兴的港式变异

有学者将新古韵小说界定为"新古典主义"。18 世纪中叶，庞贝城发掘，德国温克尔曼的美学传播，激发英国的古典主义复兴，被称为新古典主义，崇尚古希腊的理想美、古典形式的完整、雕刻般的造型，追求典雅、庄重、和谐，认为艺术家须从理性出发，克制感情，发展温文尔雅、充满灵性的知识阶层文艺，使作品喜闻乐见，富于教义。中唐韩愈提倡古文运动，所复为秦汉之古。中西文化复兴，都要回溯至德国雅斯贝斯所指的"轴心时代"，可以说，新古韵小说是新古典主义在东方语境下的回归与重建。

新古韵小说复古，化用传统文化思想精髓，关键还在于求新，谋求建构适应新时代语境的新文化、新气象。如果说，《红楼梦》有老庄道家气象，厌恶经济禄蠹、经世济国，看穿一切，最终落得白茫茫大地一片真干净；那么，《北鸢》更有儒释道三合一的气象。主角卢文笙的人格就融合了儒释道三风：抓周抓空，被高人解为无欲则刚、目无俗物，日后定有乾坤定夺之量；自幼寡言少语、木讷憨厚，有隐士风范；年岁渐长，习文弄墨，善良温情，但不是只会死读书的腐儒，当遭遇家国危难时，积极入世，参加革命，经商立业，传承儒商家风；及至看周围至亲好友的诸种人生变故，尾声时，出世的佛家气象渐显。文笙的人格气质正是葛亮心中理想的中国人形象。但全书的儒风更盛，刻画有情有义的百姓群像，不刻写皇帝将相、统治阶层、英雄侠客、才子佳人的滥调，有意演绎现代的新儒风。小说有意设置人名为"孟盛浔、孟昭如、孟昭德"等，均为山东亚圣孟家后代，而不是孔家。笔者此后方知，昭如的原型为葛亮的外曾祖母（太奶奶）昭儒，的确是孟氏嫡传。《北鸢》写得入心入肺，兼具温度与热度，皆因渊源有自。

新古韵小说上承儒家传统文化。孟子不讲霸业，而讲王道；劝止君主征战，而让民众安居乐业，并与民同乐；不讲利，而讲仁义，主张法先王、行仁政，民贵君轻①。全书不断反思男人世界的武功和战争：习武之人，有戾气，太有输赢心，不祥不吉。枪法奇佳的石玉璞，先为土匪，后为军阀枭雄，因下属柳珍年造反，最后死于同类相残。乡下士绅家所聘的武师李玄，最终也被土匪砍头。刻写两类日本人代表：医生夏目，冯家私人医生，行善；和田润一，极恶军官，因极迷京剧而命丧黄泉。作者甚少直描惊心动魄的战争炮火场面，而多写死伤场面，其恻隐之心使之无意写战争小说，见出墨家的兼爱非攻的反战和平思想，这不同于儒家的博爱：亲亲有术，尊贤有等。

孟子曰："善养吾浩然之气。"《北鸢》人物言行举止与儒学息息相关。昭如闲暇练书法，笔录《毛诗序》："先王以是经夫妇，成孝敬，厚人伦，美教化，移风俗。"② 教小儿读《唐诗三百首》《千字文》《朱子家训》《淮南子》；为儿子谈亲事，说《浮生六记》的沈复与陈芸；还用典譬喻："君子可欺以其方。"此语出自《孟子·万章上·校人欺子产》："故君子可欺以其方，难罔以非其道。"对君子可用合乎情理的方法来欺骗他，但却很难用不合乎情理的方法来蒙骗他。文笙参加革命回来后，读《耳新》《世说新语》。仁珏 13 岁临欧阳询、15 岁临赵孟頫。连奶妈云嫂，都能开口闭口讲野路子的《隋唐演义》。人名背后有深层文化底蕴。卢家睦请画家吴清舫为儿子取名，"文笙"取自《诗经·小雅·鼓钟》"鼓瑟鼓琴，笙磬同音"，字

① 韩愈《原道》指出："博爱之谓仁，行而宜之之谓义。由是而之焉之谓道，足乎己无待于外之谓德。"孔子提出"仁、义、礼"，孟子延伸为"仁、义、礼、智"四德，董仲舒扩充为"仁、义、礼、智、信"五常，这成为中华伦理价值体系的最核心因素。

② 葛亮：《北鸢》，人民文学出版社 2015 年版，第 109 页。

为"永和";亦有《鹿鸣》"我有嘉宾，鼓瑟吹笙"之义。"仁桢、仁珏"谐音"仁真、人杰"。钱穆认为，"儒家的最高理想境界，是性情与道德合一，文学与人格合一"①。儒家的行善好义精神在葛亮笔下绵延不绝，《北鸢》写出了孔孟哲学的时代新变，亲情爱情人情处处见出仁义礼智信、因果相报的精神，正面人物多于负面人物，人间的暖意，抵消了人间的寒意，更多地呈现出儒家文化的民间精神。

新古韵小说在异质文化的对照中，找到自身的立足点。香港是具有典型的商业社会特性的城市，也许这是促使葛亮书写外公的民国经商经验的因素，也许他在明清拟宋市人小说、民国商人小说中，找到了彼此关联的要点。古代家族小说多写官宦家族，如《红楼梦》的钟鸣鼎食之家。古代商业地位低：士农工商。自明清起，商业渐兴，地位提升。时至今日，商业经济、金融财经发展已是登峰造极。《北鸢》写卢家三代经商，将五金店经营成了响当当的品牌"德生长"老字号，在多地有多家分号。卢家睦无意中盘下风筝店，成就了独到投资的典范。全书前面部分写得好，写家族场，荡气回肠；后半部分写战场、生意场，临近尾声写文笙学商，转而以姚永安为情节勾勒的重心。其出场和离场颇具戏剧性，形象也维度复杂，八面玲珑，尤其是在三爷冯明耀的生日宴上，拉一把京胡救急，免除了和田润一的疑虑，为冯家人消灾。

笔者细思之后，方明白塑造该形象是为再现其时的商风大变：卢家是十足的儒商家族，坚守诚信、勤劳、节俭、厚道、和气、讲信誉的生意经，却不幸被其他商人背弃，仁义古风失守，姚永安这类长袖善舞的商人登台；甚至连基督徒雅各，也变成了周旋于犹太商人之间的奸商角色，其作为中介，倒卖受海水浸泡的布匹给姚永安，间接导致了后者破产。姚永安类于《金瓶梅》中的西门庆，中国 16 世纪资本主义萌芽期新兴商人典型，靠巧取豪夺的原始资本积累发家暴富，

---

① 钱穆：《中国文化与中国文学》，载《中国文学论丛》，东大图书公司 2006 年版，第 38 页。

但又不是西门庆式十恶不赦的痞商形象，而更有儒商气质，一生大起大落，最终生意破产自杀。作家写姚永安，更想凸显人生的仓皇和身不由己的意旨，时代之变，由徐而蘧，人在瀚海，更若蝼蚁，"要永安"，不得安。全书前后部分的叙事节奏也由缓转急，主旨与形式呼应。

经过由点及面的梳理分析，笔者发现，《北鸢》开辟新古韵小说，不讲男性英雄霸业，如历史传记《项羽本纪》的个人王霸、英雄传奇《三国演义》的三足鼎立、《水浒传》的英雄群像；不讲神魔小说《西游记》式求真求知历险；不是人情小说《红楼梦》式对家族鼎盛时代衰亡的悼词和哀歌；而是古风人格与风格统一，承续孔孟儒家的向善传统，承续五四时代人的文学与平民文学传统，注重追溯民间精神、弘扬民众大义；崇尚自然和谐的性别关系，寻求男女相互尊重、对等的生存意义；既有史诗色彩，也继承了抒情传统，且抒情比重更大，文气更足；既传承古典因素，也开拓时代新变的因素。香港先锋小说多讲究形式的西化，而《北鸢》却在形式和内容上都向中国古典看齐，因此在香港文坛上独树一帜。台湾文学恪守中国传统文学雅致的儒风，葛亮的风格与此一脉更为接近。

在当前弘扬传统国学的时代语境下，葛亮开拓新古韵小说可谓恰逢其时。由此牵引，未来，新古韵小说类型必将蔚然成风。

第十节　创世纪的写托邦与消失美学

潘国灵已写了 14 部书，曾获青年文学奖小说高级组冠军、香港文学双年奖小说推荐奖、中文文学创作奖等。经 N 年酝酿，潘国灵的第一部长篇小说《写托邦与消失咒》，于 2016 年问世。这对作家而言，应是欣喜若狂、如释重负的。对读者而言，则是充满好奇。翻开书卷，扉页上有段奇妙的话："一个作家消失了 一场漫长的解咒 一个文字女巫的生成 一段幽灵的召唤 一趟消失的旅程。"开篇就营造出了诡异神秘氛围。作家怎么会消失？咒语怎么生成，又如何解咒？男作家为啥写女巫？这到底是奇幻小说、侦探小说，还是魔幻小说？还是雌雄莫辨、难以归类的小说？这些都激发读者的兴趣，仿佛开启了竞猜游戏之旅。

一、自创：写托邦、写作疗养院

为打造首部长篇，潘国灵量身定做了一批新词。一开幕，独特的意象就登场亮相"写托邦（Writopia）、写作疗养院"，极具新意，吸引人的眼球。然后，爱情故事出场：悠悠被情人丢弃，失魂落魄地来到疗养院，想找回男人游幽，而遇到了解救者余心。为寻回这消失了的作家，余心引导悠悠，写下游幽莫名出走的过程，以便了解事故的真相。追求安乐窝、世俗幸福的女子，无法理解在写托邦疗养院沉潜写作的男子。只有同样进入写作世界的女子，才能明白作家的魂去了哪里。那么，这场追寻故事有结局吗？不幸的是，没有。因为生活与小说有边界，文字与爱情也有界限，将两者消融虽是境界，但也危险。女子陷入了悖论之中，无法解救。更让人恐慌的是，到最后，连小说的结局也消失了，一切都沙化了……若读者要寻找跌宕起伏的故事情节，注定要失望了。因为该书乍看像言情、侦探、魔法小说，但实际却不是让你欲罢不能的通俗小说，而是让你痛苦的小说，进入它，就像跌入了无法测底的思想深渊，难解的困境、人生的两难、深刻的问题，像锥子一般刺痛着你，逼迫你思考不已。这痛并快乐着的书，升华出哲学的韵味。

潘国灵不断尝试给这些自创新词下定义。写托邦恰似写作疗养院，里面住着一群怀着写作执念的人，即"书写者、书写动物、写字儿、文字族"，病人们每天要服用一定剂量的药物——花勿狂（Pharmakon），柏拉图《费德鲁斯》说，它既是解药（remedy）也是毒药（poison）。每剂花勿狂的配方都不同，但基本元素一致，均为"文字书叶"，书写者按需采摘啃食，不为饱腹，而为精神灵气，以实现自我完成的循环系统。他们为什么前来写作疗养院这个地方？"有一把时强时弱的声音把他们召唤到一处不知实存还是虚构的写托邦国度，这把声音可能来自外在、高于他们的，也可能来自内在、不过是自我分裂的唇语和幻听。"① 所有住客前来，仿佛都难以自控。

"写托邦"，此术语来源于中西传统文化的"乌托邦"理论谱系。笔者论述21世纪的新符码时，曾比较分析过"乌托邦、伊托邦、恶托邦、异托邦"体系②。乌托邦（Utopia），是人类对美好社会的憧憬。中国式乌托邦，《庄子》称之为"无何有之乡"，如"桃花源记""南柯一梦"等。西方式的有柏拉图《理想国》（Republic）、1516年莫尔的《乌托邦》。今人多热赞新科技，美国的米切尔认为，"伊托邦"（E - topia）时代从古代的水井中心，进化到水管中心，又进化

---

① 潘国灵：《写托邦与消失咒》，第2页。因该书尚未出版，所以，此文所标页码与正式书可能略有偏移。

② 凌逾：《跨媒介香港》，社科文献出版社2015年版，第181—195页。

到网络中心①。凯文·凯利说未来科技是"进托邦"（protopia），充满温暖、人性与自由。但 20 世纪中期欧洲有末世论（eschatology）；法兰克福学派批判科技文化；安德鲁·芬伯格认为，科技带来恐惧的恶魔，是历史终结的元凶②，诅咒恶托邦（Dystopia）时代。这些思潮源于对原子弹战、美苏冷战、太空战的反思，更早源自赫胥黎、奥威尔科幻的反乌托邦忧思。《黑客帝国》《银翼杀手》《超验骇客》《终结者》等科幻电影都对智能机器人进化提出隐忧。显然，乌托邦话语体系经历了复杂的演变过程，完美的祈望极难，堵心的杂音时有。

福柯创设"异托邦"（Heterotopia）来描述监狱、疯人院、公墓、花园、海船、市集、殖民地、电影院、图书馆等实存空间，不同于乌托邦的空存，这些另类空间处于边缘和交界，在事物表象秩序间制造断裂。董启章小说《地图集》书写殖民地香港的异托邦特性，理论篇先写六个 place 为后缀的词，如对应地 counterplace、非地方 non-place 等，省思实体物理空间的定位性、广延性等。再写七个词：无何有之地 utopia，地上地 supertopia，地下地 subtopia，轻易地 transtopia，多元地/复地 multitopia，独立地/统一地 unitopia，完全地 omnitopia，用来描绘想象空间，桃花源的入口，地图画不来的地方。两类空间对比意在说明，地球实体空间几近研究殆尽，唯有－topia 想象之地，尚有文艺置喙的可能。2016 年初热播的迪士尼电影《疯狂动物城》，也有新词"动物乌托邦"（Zootopia），该片想象全新动物社区：肉食和素食动物和平共处，尊重多样性和差异性，减少歧视和偏见，努力建设美好之地。当今创客们日益喜欢创造"－topia"系列词，想象丰富，大有"×托邦"情结。

① 威廉·J. 米切尔（William J. Mitchell）：《伊托邦：数字时代的城市生活》，吴启迪等译，上海科技教育出版社 2001 年版。

② Andrew Feenberg, *Alternative Modernity: The Technical Turn in Philosophy and Social Theory* (Berkeley: University of California Press, 1995, p. 41).

潘国灵创设"写托邦"王国，毫不逊色于这诸多术语世界。写托邦既有乌托邦特性，也有异托邦特性，两者汇聚。香港这块实存之地，激发作家的"×托邦"情结涌动，在其笔下，香港是沙城，写托邦是飘浮其上的一方净土。写托邦在哪里？这像"文学在哪里找"这类深进问题，不能直接言说："一如所有的乐园（写托邦也是一种乐园，即便是'失乐园'），其准确位置都必须有所隐蔽……四周被包围着，在未可知之所在。神秘性与神圣性不可分割……它在一个极限尽头，但始终是与人类生活联结的一个地方。"（3页）写托邦、写作疗养院，远离人类生活，这个偏离场所，既开放又排斥、既打开又关闭，将本不能并存的几个空间并置在一起，不是幻想的而是补偿的异托邦，既在此又在彼的镜子乌托邦，内里又有历史堆叠的时间异托邦，如博物馆、图书馆，即异托时，共时性和历时性的异托邦共存。写托邦恰似"异次元空间""多维空间"，次元即维度，一维线性，二维平面，三维立体，四维则超越了空间概念。写托邦，也许不在三维空间，而立身于五维、六维等高维空间，存在于心灵、灵感空间，像灵魂的梦境、自由的天堂。

为什么创设"写托邦"这个新词？写小说的人写小说，自曝虚构过程，这是西式后设小说。但是，《写托邦与消失咒》更进一步，既暴露作家写小说的过程，也省思写作本身，进行深度解剖。过去，人们常说，个人写作的甘苦，如鱼饮水，冷暖自知。如今，潘国灵将之和盘托出，直接刻写书写者的痛苦，直剖血淋淋的写作屠宰场，写透创作病症的林林总总，仿佛写作病理学专著，将种种病症公之于众，恳切期盼大众都能理解其中艰辛。书写者们在纸上搭建文字堡垒，仿若"我写，我写，写进去，三重血泪"；工作与家居难分，痴迷书籍，长年迷失在书屋和图书馆，在搬书的劳苦中去体验生活；深知唯有书本，才可以把自己带到应许地；陷入写作的无限循环，经历一场场自我的战斗，像堂吉诃德，与自我的风车作战。老舍《骆驼祥子》将写作者的悲苦投射到祥子身上，笔下能滴出血与泪来。《写托邦与消失咒》如是，书叶以泪浇灌，书脊以血灌注，书写者们唯一的存在之高处在深渊：创作要潜入现实的深渊，要多深才为之深渊？以"尺、米"计吗？不够；以"寻"记吗？寻不完、沉不完。可谓一把辛酸泪，两袖空空风。

二、迷宫文学：人际层次的多重镜像、传统与世界的知识迷宫

迷宫本指门户道路复杂难辨，人进去不容易出来的建筑物，也比喻充满奥秘不易探讨的领域。全球善造迷宫文学的高手，有博尔赫斯、卡尔维诺、纳博科夫、普鲁斯特等，他们搭建时间的迷宫、叙事的迷宫、自我的迷宫、记忆的迷宫……书写本义隐匿缠绕，费人思量。这些高手无限扩充了迷宫的张力。潘国灵同样对迷宫文学情有独钟，创设高级的迷宫编码。读者逐一破解编码，是有趣的事情：侦破作家如何另辟蹊径，营造迷宫效果；该书如何既搭建人际层次多重镜像的关系迷宫，也建造知识迷宫，以古今中外的艺术激发小说创作；长年滚雪球般积累的知识，如何不经意地绽放在新书中；其前面文字如何翻滚出场，从世界文化、传统文化中汲取了哪些营养，挖掘随处可见的文本互涉，随时可见的致敬之语、戏仿之处；读者如何发现《写托邦与消失咒》的隐藏密码，拈花微笑；进而探究该书如何渗透出香港性、本土性、传统化与世界性因素。

构筑人物层次的多重叙事迷宫。全书开篇不久就直白以告人名创设的缘由："青青子衿，悠悠我心"，因有悠悠，而有余心，在远古诗经就有了尘世的约定。无名无姓，任我命名，是为文字最初的自由。全书反复引用《诗经》，如"鸿雁于飞，哀鸣嗷嗷"，有种历史的穿透感。笔者初读就感觉到，悠悠和游幽本就是一个人，有同音之名，却有不同的性别身份，他们分裂为两半，彼此寻找。只有男作家写透女巫，女巫写透男作家，才能彼此读懂对方的心，悟透性别的奥妙。只有我心，才能凝聚他们的神魂。悠悠、游幽、余心三个人物，实际是三位一体，互为镜像。当男女分身完美地凝合为雌雄同体（hermaphroditism），性别和解，才能寻回最强大的自我。就像卡尔维

诺的《分成两半的子爵》，子爵被劈成善恶两半，各行其是，最终必须合体，才能成为完整的人。

搭建叙述者、人物与读者等更深进的迷宫。该书不采取已被用滥的套盒结构法，而用旋转木马式的轮轴转法，让悠悠、游幽、余心三个人物，各自吐露心声，分章节第一人称叙述，轮流登台，好像话剧一般。笔者读至尾声发现，三人都身兼多重化身，都有分身术、跳离术：互为作家，又互为作家的笔下人物，又互为读者；他们互相追寻，作者寻找人物，人物寻找作者，作者寻找读者，种种苦情；他们结成一个一个对子，进行复调对写，纠葛缠绕。叙述者又不断分身，化身为多个自我，第一人称、第二人称、第三人称叙述不时轮番上阵。后现代戏剧热衷于实验一人分饰多角，或是多人分饰一角。《写托邦与消失咒》也不断实验这种后现代叙事法，所以能从亲历者、旁观者、中立者等多个角度倾诉，折射书写者的所有悲喜。而且，更复杂的是，有时作家又兑换成书，书又兑换成作家。因此，人物与叙述者、人与物之间形成了更缠绕复杂、扑朔迷离的关系。全书还加载了不少括号，类于西西笔下的括号蒙太奇①，但又有所区别：或是钻入内心层次；或有话未尽，括号作为余音和分支；或像叙述者对读者百般解释，生怕读者不懂；或有很多问题。这推心置腹的写作方式，召唤潜在的读者们对话，因此，作品内与外，又形成了更多重的迷宫路线。

再造香港本土文学迷宫，汲取香港传统文化丰厚营养，向前辈作家们致敬，香港情结浓重。潘国灵从西西的"我城、浮城"改写起步，创设"沙城"书写。2005年，向西西30年前《我城》致敬，一群人集体打造"小说、绘图、摄影、动画、剧场共生的 i-城"，使

---

① 凌逾：《跨媒介叙事——论西西小说新生态》，人民出版社 2009 年版，第 57—69 页。

"我城"故事永不终止，潘国灵、谢晓虹有中篇《我城05之版本》①。潘文串烧西西笔下子民，另炒出新家族人物关系图：阿果阿发兄妹，母亲秀秀，阿果女友悠悠，朋友麦快乐，麦快乐爷爷阿北，嫲嫲为白发阿娥；还向西西《浮城志异》取经，也借马格列特超现实画作，生出新想象，让爱写作的人物悠悠代笔，写了四文："悠悠的浮沉之城、眼睛之城、乌鸦之城、口罩之城。"《写托邦与消失咒》不仅人名取自该作，人物裂变；而且对乌鸦城、口罩城有更精深的发挥：提及当年写《鸦咒》，将自己完全写进去，这迷狂体验仿佛邪灵附身，走火入魔，写作感召力让人成为巫师、魔法师。新书乘上想象的飞毡，也向西西《飞毡》致敬。

召唤前期作品之魂灵。潘国灵的14本书中，有6本短篇小说集、4本散文和诗集、3本城市论集、1本艺术论集。新书最直接的源泉是艺术笔记《七个封印》，两书相隔一年先后问世。我们对读两书，更能悟得小说灵感源自何处、有何深意。《七个封印》分"艺术哲学、作家与书、观影世界、文化研究、城市夜色、身体政治、爱情经典"七章，像七个生命印章、个人创作的七个支柱。年少以西方哲学自我启蒙，自认存在主义是成长画板上的一抹底色。心仪卡夫卡，论其笔下的书写动物、寓言深意、遗嘱如何被背叛，写足3篇。沉浸文学世界，领悟"昆德拉肚脐学"，指向"无意义"的主题，领悟喜剧与悲剧仅一岸之隔。半途又跃入光影世界，探究 Stanley Kubrick《大开眼戒》《两生花》《2001太空漫游》《窃听者》等电影，由文学而文化。探触城市脉动，体察身体政治。书写爱情物语：爱与病、爱与房子和面孔、液态之爱、商品之恋等。新书写及人与橱窗模特人偶互动，与作家自身的两篇前文互涉：一是小说集《静人活物》中的《不动人偶》；一是《两生花店》，发表于《南方人物周刊》。另外，这与董启章处女作《西西利亚》写

---

① 香港艺术中心及 Kubrick：《i－城志——我城05跨界创作》，香港艺术中心2005年版。

人与橱窗人偶恋爱，也有异曲同工之妙。新书再次写及死魂灵出版社，也出自《静人活物》。潘国灵说被《去年在马伦巴》的沉溺打动："一出谜样的电影最大的震撼在于谜，而谜是不用破解的，如人生。"① 这用于评说《写托邦与消失咒》式迷宫文学，也非常恰当。

重构全球文化符码，镶嵌神话、传说、小说、电影、戏剧等多元丰富元素，有高远的世界情结。作者笔下各路远古大神齐集，如月神娜娜（Nanna），抄写女神妮莎巴（Nisaba），历史有名的抄写员是公元前 2300 年出生的安喜社安娜公主（Princess Enheduanna），回头的罗得之妻和俄耳甫斯，潘多拉的盒子，恨不是西绪福斯，被罚永推石头上山也快乐。此外还有现代的博尔赫斯，卡夫卡，梅特林克，《歌剧魅影》，卡缪《异乡人》与《瘟疫》，乔伊斯《尤利西斯》，画家戈雅（Goya）的父噬子黑色画作，美国小说家 Ray Bradbury 与法国导演杜鲁福均描绘过"华氏 451"，这是焚烧书籍的最佳温度……对比欧洲的木偶剧与中国的皮影戏映照，为了写囚徒与影子人；提及杜哈斯《写作》的洞穴隐喻，为了写洞穴放映会，洞穴癖。写"Ouroboros：蛇头咬着蛇尾，自足成圆，其性近水，代表永恒的循环、周而复始。悠悠说好像曾在某本书中看过这对蛇。于是我跟她说了一个永不终结的故事"（27 页）。为了引出德国作家麦克·安迪的《说不完的故事》，小男孩闯入文字丛林，进入忘我境地，自我消失，故事不止。西西也写过《永不终止的大故事》。活在河的第三岸的父亲消失了，这是向巴西作家若昂·吉马朗埃斯·罗萨的短篇致敬。西西也引用过此作。杜拉斯有句名言："写作是在永不停止的时间长夜上穿行，是对时间缺席的挽留，是在河流第三条岸上寻觅出口。我们在尘世间孤寂、狂傲、不安的灵魂，渴求在写作里被施洗、被安抚。人世的一切像流水和时间在不断地丧失。我们独坐世界一隅，艰辛写作，在河流上寻觅。写作，是为了发现通途。我们要用写作的光，烛照自

---

① 潘国灵：《七个封印》，中华书局（香港）有限公司，2015 年 6 月版，第 90 页。

身孤独和黑暗。"人同此心，心同此理，有心人总能在全球人、历史人中找到灵魂感应对象，心有灵犀一点通。

创世纪的写托邦。这本新书其实意在创建自己的体系，作为阶段性的写作系统的整合，这部集大成之作意在建立书写者的写托邦，渗透出作家的宏阔视野。香港不少作家都以渊博知识为养料，生根发芽，自造"知托邦"王国，在致敬的同时纳入自己的体系中，作品都有强烈的文本间性。但是，学养越厚的作家，越有影响的焦虑，永远都想逃离前人的影子，永远想让影响的咒语消失。且致敬且逃离，越早逃离，越好。因此，每个作家又在自造"写托邦"，如西西、也斯、董启章、昆南、韩丽珠等。董启章的《贝贝的文字冒险——植物咒语的奥秘》，自创少儿文学的创意写作教材，小女孩咒语附身，必须写作闯关，才能逃离困境。潘国灵此书也恰似创意写作教学坊的小说教材：余心带着悠悠，逛游写作游乐场、疗养院，培养悠悠成为作家，让其感悟写作的秘籍，让其在文字中找回消失的情人游幽，体验作家的写作之痛。如果说，刘以鬯《酒徒》是对写作进行酒徒式反观凝思；那么，潘国灵《写托邦与消失咒》是对写作进行失魂式招魂苦思，实为后设小说、翻转小说。他是典型的作家化学者、学者化作家，更自觉地将其他作家的写托邦放进自己的文学世界，因而创造了更明确、更高远的写托邦王国，仿佛创世纪。

三、暗黑的基因：消失的咒语

《写托邦与消失咒》所忧思的，首先是对书写的写性体悟，其次是对沙城的城性界定，深层是对未来的忧虑。作家吹响了负能量词汇集结号，从章节标题到具体文本，字里行间，涂抹了大量的灰色，种下了暗黑的基因。全书创设了很多词汇来描绘忧思：孤读者、离乡者、忧郁者、失焦者、失神者、无适度者、否定的人、无所归属的人、不安的栖居者、失眠症患者、巫写会、名利场、病变、互困、毁容、涂抹、自杀、书墓园、灾难界、已死区、回收筒、自照湖、埋葬场……将人带到高寒、极寒的冰山地带，人到中年的迷茫，写到尽头、写到极致的极限体验，阴森苦寒的写作文风，让人不寒而栗，也让人印象深刻。潘国灵读卡夫卡感悟道，"创意，往往不在润土，却在阴沟、沼泽中滋生。很多时，正是生活中反面的东西，成就了文学艺术的创作，正常，与文学无亲，这也是艺术之难"①。在寒冰文风的影响下，叙述者形象多变、千变、易变。

一是文学语言的执念者。这些人的额头上都有 W 印痕，就像一道刺青，就像一道闪光，他们是附魔者、文字问米婆、被闪电击中的人、魔法师，在"字画像"栏目下，不断描画"失焦者、失神自画像"。他们的学徒阶段多从做抄写员起步：写刻写板，把白粉墙当作涂鸦墙，从客厅到门，再到洞穴的涂鸦墙，从个人空间转向公共空间，一步步走来，才有所成就。渐渐地，他们成为无法与人共眠的人，成为夜写者、夜莺族，受猫头鹰智慧女神眷顾的人，像鲁迅、张爱玲等这一类的猫头鹰型作家。如果说，西西作品透光度高，那么，潘国灵作品透夜度高。新书就像潘国灵的前书《城市学：香港文化笔记》，在本雅明城市荡游者基础上，拓展书写城市的夜游者，借之来省思城市文化理论。

二是沙城空间的敏感症者。全书创设了无数独特的空间，不仅描画沙城外的空间：疗养院、静默回廊、招魂屋、巴别图书馆、物质世界之外的故事世界、巫写会、洞穴放映会、沙中城堡、此处与彼处。也描画沙城内的都市景观：置身于周围飙升的铅笔高楼，沙城唐楼变成了小矮人王国，买少见少；高楼恐惧症者久居高楼，也会逐渐麻木。打通内外空间的事件是：住在华丽安居大厦的作家，却要自行消失……20 世纪 70 年代起，香港处于发展黄金时期，工商业发展迅速，万象更新，此时期的香港文学多透光；步入新世纪，在鼎盛路上狂奔了几十年后，香港如今处于产业发展转型的阵痛中，尚未找好前

第十节 创世纪的写托邦与消失美学

路的方向，此时期的香港文学多透暗。在光明的黑暗时代，作家们想用黑色的眼睛寻找黑夜的光明。身处其中，有筑居师、离乡者、回头者。作家自己就是筑居师，搭建语言的房子。笔者曾论述过西西的《我的乔治亚》，搭小说如搭房子，示范了文学建筑师的风采。潘国灵写文字筑居师自创文字迷宫，却连建筑的空壳都写没了。

三是消失人与消失美学。笔者曾论述过潘国灵创造了"苹果符号学、手机符号学、压缩人、数字人、口罩人、贫泪人"等新符号，新人学①。如今，新书又创造了"写托邦、消失人、消失美学"等物事。作家不再露面，寻找者想将其在文字中活化出来。作家消失了，似乎不仅是大隐隐于市那么简单，因为消失有四处蔓延趋势。全书从多个角度刻写消失。"消失札记（抄自涂鸦墙）"章节，荟萃关于消失的名家名句，足有 24 条中外札记，呈现作家思想来源：普鲁斯特、昆德拉、高达、彭塔力斯、伊格尔顿、布希亚、福柯、尼采、海德格尔、村上春树、西西、白朗修、伍尔夫、曼古埃尔、莫迪亚诺等，他们写过形形色色、匪夷所思的消失，如旅行的消失，以及大象、童年、文学、失神、人、消失的消失等。该书还建造消失角色收容所，里面有悟者的消失，历经尘世的浩劫：失至亲劫、火劫、病劫、荣枯劫、寄人篱下劫，方能达到后来一瞬间的顿悟；还有父亲的消失、作者的消失、情人的消失等等。该书又想象了消失的十二种可能：消失在阅读之中，或者消失在游戏、自我沉溺、爱情、失落的时光、忧郁、写作、疯狂、城市、名利场、他方、生命尽头的另一边等种种可能性之中。书写者就像放逐者、沉降者、无所归属的人，经历了一场出走记，遍游雕塑界、灾难界、书墓园、已死区、回收筒、自照湖、埋葬场。就像捷克作家赫拉巴尔小说《过于喧嚣的孤独》中的废纸收购站老打包工，独白其三十五年工作感受，痛惜、愤恨与控诉对摧残、践踏甚至毁灭人类文化的愚蠢暴行；在潘国灵看来，书籍的命运

---

① 凌逾：《开辟新时代符号创意：潘国灵小说论》，《香港作家》2015年7月号。

被弃，书写者的命运也如此。被书偷走的人，就像被写作偷走的人，将自己置身于完全失联的境地。如今的时代，不是作者死了，而是读者死了。人人都成为写手，却不愿成为读者，读者稀缺，或丧失了阅读能力。（100页）一本书如果没有人阅读，就是彻底的弃婴。写，又担心消失，何等矛盾悖论的心态。作家的悲凉在于，读者消失，作者消失，文学将陷入死循环。书写者在写不安之书，为文学写一首挽歌。刘慈欣《三体》写外星人毁灭地球人，将之拍成二维体，从高维到低维转化，然后太阳系整个都会消失，无边无际、漫无止境地消失。古往今来，人们恐惧消失，消失咒阴魂不散。潘国灵创造书写"消失的作家"，就像罗萨所写"活在彼岸的男人"，卡尔维诺写"树上的男爵"，童话里"穿红舞鞋的女人"，都让人过目不忘。

此书的结尾也贯穿消失美学，尾声提及，沙城被一场沙尘暴侵袭，人们戴上了防沙口罩；想写"出沙城记"者，以为自己走了很远，但却仍在沙城之内，沙城无处不在；于是写作者被安排到了沙中城堡，静思写作："这里没有人会跟你争沙，没有人会恶作剧般将你悉心堆砌的城堡推倒，唯一我要叮嘱你的是，这里偶有海浪淹至，遇到大浪冲上滩头，你的城堡可以毁于一旦。那不是沙城的本质吗？男子说。那不是写作的本质吗？余心说。我们相视，微笑，低头，沉默，不语。"小说戛然而止，余音绕梁。就像《天工开物·栩栩如真》刻写现实与虚构双声道的难以打通、或然与实然世界的难以通约，《写托邦与消失咒》描述写作与爱情的难以兼容，深思可能性（消失的可能性）与实然性之间的周旋拉锯，进而铺陈展开叙事。这本新小说没有结局，最后，此书所有的人物、追寻的情节、写作本身都消失了，这恰恰成就了悬念的保鲜术，悬念永不终止……

写作如果一路暗黑，也让人疲累。新书有大量机智有趣的佳句，像钱锺书，但不是辛辣的嘲讽，而更多是无奈的叹惋，是诗意的语句，陌生化的语句，或俏皮，或嘲讽。作者创作第一部长篇，像呵护第一个稚儿一般，极为用心。运用比喻手法，将书的孕育比作生命的妊娠，出版社是妇产科医院，是文学助产士。书的流产是无人可惜的。生书是为了遗弃，为了投入另一场新生命的酿造。善于界定事物，并延伸思考，如"舒服如同昏睡……如童话故事中所说——王子公主从此幸福愉快地生活下去；那'从此'两字会令你生畏，'下去'就成了堕落。你不能承受长久地栖身于一片平滑空间，那是过于延长的休止符。天堂是美好的，但持续不断的美好就成了惊怕。沉闷一若天堂"（15 页）。"与其说是离家出走，不如说是离开自己。"（127 页）"我们之中，有多少人真能让自己完完全全地出神，忘乎所以？可以进入这种状态，也是一种奇幻。"（28 页）书偷走了人，即奇幻。机智阐发中英文字词，如"疗养院里的写作者唯有把心目中要写的东西写出来，他们才有望被 discharge（不仅是离院，也是名副其实的 dis－charge——充电的相反状态）"（2 页）。"写作疗养院欢迎 sick of home 的人，胜于 homesick 的人。"（41 页）看来，厌家的人比思家的人，更受疗养院的青睐。翻译失语症（aphasia），赐她美丽名字，"阿菲西亚"，失语症者是自我折磨惩罚，也是自我改造治疗，当她们再开口，从嘴巴里将流出久违的语言清泉，一洗已受语言毒汁污染的大地。辨析汉字，"敞与敝，形似，在仓颉输入法中，两字同码。但是两者的意义却完全相反。死与恐，也是同码"（131 页）。粤语方言不时闪现，如"俗语又有所谓：吊颈都要抖下气。当然这也只是一种比喻修辞，因为真正的吊颈就不用考虑抖气了，我抖够了气，就会回来继续吊颈"（12 页）。粤语用得俏皮，消解沉思的板重，去乏，解困。戏谑语言，消解庄重，增强反讽意味。潘国灵机智风趣的文风，才气洋溢，与丰厚的学养，相得益彰。

　　如果说，内地多吸取深厚的现实主义、俄式文学传统根脉；那么，香港多吸取深厚的现代主义、欧美式文学传统根脉。内地获奖作家多为极善刻写当下的写实派，如莫言、贾平凹、王安忆等善讲故事，其源头是现代的鲁迅、巴金、老舍、茅盾、沈从文等。香港当代获奖作家多为极善叙事创新的现代派，如刘以鬯、西西、也斯、黄碧云、王良和、董启章、潘国灵等，其源头是现代的海派、新感觉派，如穆时英、刘呐鸥、施蛰存、张爱玲、叶灵凤等；当然，香港当代作家在叙事手法上进化了很多。台湾方面，现实主义色彩浓郁的有陈映真、柏杨等，现代主义色彩浓郁的有白先勇、骆以军、张大春等作家。十年内乱后，20世纪80—90年代，大陆也涌现出一批先锋小说，运用现代主义的创作法，写暗黑咒语式作品，呼唤解咒、变革。香港现代主义作家成长之初，多接触存在主义、荒诞派、拉美魔幻等思潮，阅读米兰·昆德拉、卡夫卡、艾柯等人的作品；后来，又纷纷转学后现代主义叙事新法，他们的譬喻说理多是耶稣式的，魔鬼式的，折翼天使式的、思辨高深，总有几层挠不透的壳。

　　不同的作品，赐予人的力道是不一样的。有些作家善讲故事，善写当下现实；有些有历史的穿透力；有些作家善于顿悟，善于哲思。有些像阳光，有些像闪电；有些如沐春风，有些像阴雨绵绵；有些小鸟依人，有些疾风骤雨。不同于现实主义俄式思维渗透，潘国灵明显见出西式思维渗透，吸取海派、新感觉派、港派现代和后现代主义这一脉的文学传统。《写托邦与消失咒》阴郁的格调，类于西西早期小说《东城故事》《象是笨蛋》，写不被世人理解的"独孤求死者"，明显受荒诞派和存在主义哲学的影响。潘国灵有过之而无不及。《写托邦与消失咒》是一本深邃的书，深刻的哲思文风跟卡夫卡、加缪、博尔赫斯等一脉相承。这不是伤痕文学、反思文学、寻根文学、新写实文学，而是沙城文学、苦吟文学、幽灵文学，另类特异的先锋文学、消失派文学，独创了"写托邦、暗黑美、消失人、消失咒"等新符号、新美学、新人学。但此书本身却绝不会消失，而会激发人产生评说、解释的欲望。潘国灵直面写作的魔咒，以自身精彩的创作，开拓"写托邦"的创世纪文学，成功实现了解咒。《写托邦与消失咒》因此成为特立独行、独一无二的小说。未来，评论此书的长度，肯定要超过此书本身的长度。

第十一节　自审与审他的多重跨越叙事

　　为什么旅居海外，空间置换后，创作会不一样？世界华文文学作家因留学或旅居境外，自然而然地比中国大陆人多了一重或多重空间经验，仿佛置身于平行宇宙。新移民在异境异国，为安身立命，又加学了一门或几门语言，思维方式、观念意识又添了一重或者几重视角，更能在异质历史、异质文化的感悟中，体验到独特的穿透感。侨居海外者借用他者立场，站在更远处、更高处，从整体俯瞰或者重新回望那个原初的自我、那个原初的来处，穿透迷雾，看清了唐人唐土的层层叠叠沟壑，一览无遗，豁然开朗，总给人天外有天、山外有山之感。

　　很多人都早已听说过少君的盛名："中文网络小说第一人""新移民实力派作家"。几十年来，少君利用在世界各地行走的夹缝时间，随笔一挥，潇洒地写就了近50本著作，如小说集《人生自白》《大陆人》《奋斗与平等》等，散文集《凤凰城闲话》《人在旅途》等，中英文对照诗集《未名湖》等。在不经意间，他早已成为特例、范例，更值得学界研究，值得在文学史上载下独特的一笔。

一、双重视角互审视

　　捧读少君的代表作《人生自白》①，上下两卷，虽是洋洋洒洒55

---

　　① 少君：《人生自白》，九州出版社 2013 年版。

万多字，但因切分为 92 个短篇，每篇平均 6000 字，写人刻像，短小精悍。一路读来，毫无板滞黏着感，而是相当轻松有趣，让人兴味盎然。可以遥想，他下笔行文时，仿佛是胸有成竹、倚马可待。

其实，从少君 1988 年出国之初，集子中不少篇目已开始动笔，陆续刊于网络。从 1997 年 1 月到 1999 年 1 月，在美国华文报纸《达拉斯新闻》系统发表，百篇写百人，学者陈瑞琳戏称为"百鸟林"。2013 年结集出版成书时，应有删节。

旅美派少君，善写人物群像，但不是只写中国大陆人事的"儒林外史"，而是横跨海内外的"移民群史"。美国的 Facebook（脸谱）公司，是社交网络服务网站，而《人生自白》就像少君自己的社交网站，展览全球的微脸百相、人脸图谱，审视各行各业的他者世界，描尽世间百事。读完之后，有些问题渐次涌上心间。

"楔子我、正文我"，为什么《人生自白》每篇都用这种叙事法？开头先有楔子，第一人称"我"叙述，讲者告知事情原委；然后有正文，也是"我"叙述，但"此我"非"彼我"，而是所讲的人物自身。每篇为什么都采取前后两重视角的叙事方式？1918 年，留日海归鲁迅发表《狂人日记》，首创文言与白话前后两重叙事法：先有文言的楔子，由清醒的叙述者出面，第一人称讲述，介绍狂人和日记的来龙去脉；然后有白话的正文，狂人独白，第一人称口语，满篇疯言疯语。但是，狂人实际清醒异常，而楔子的清醒反而变得反讽。前后两重叙事，互为嘲讽颠覆。近百年后，少君的《人生自白》有所超越，文白合一，所写不再是一人一事，而是百人百事、百国万象。每篇故事几乎都通过有意无意的访谈方式得来。讲者典型体现出记者本色，口才了得，善于与人沟通、套磁，总能轻易地让人打开话匣子。如"酒过三巡之后，便开始称兄道弟"的店主；如"听说我是从美国来的，一扫刚才那脸爱答不理的样子，热情洋溢地近乎起来"的导游小姐；漂泊者绝症濒死，来电，恳求借作者之笔，向至爱传达爱意遗嘱……作者像侦探一般，触及各色人物最隐秘的真实心声，采写人物，新闻记者功夫了得。

　　《人生自白》巧用传统的楔子叙事法，以古法楔子讲新潮故事。楔子先有一个"我"，因机缘巧合，认识了正文中的人物。这个同故事叙述者，直接参与故事，更像报幕人、说书人，登场亮相后，引出正剧的主角。但是，相对于正文的人物"我"而言，这个楔子"我"实际并不参与故事，不在故事中出现，又变身为异故事叙述者。"外层说书我"以置身事外的姿态，带出故事，对人物旁观以照，冷静书写，采取菩萨低眉法，慈悲为怀，审视众生。正文又有一个"我"，讲述人物自身的故事。"内层人物我"以闲话家常的姿态，口语体自述，所讲故事，不是狂，不是疯，但大多是悲剧故事，叙述语调不采取金刚怒目法，而是或直肠直肚，或哀怨诉说。楔子有什么作用？楔子即民间说唱文艺、戏曲、小说的引子。元杂剧"楔子"居于剧首，交代情节背景、缘由，类于今日戏剧的"序幕"。金圣叹云"楔子者，以物出物之谓也"，即以甲事引出乙事。《儒林外史》第一回标题赫然就是"说楔子敷陈大义　借名流隐括全文"，此回结尾云"这不过是个楔子，下面还有正文"，以王冕隐士的故事开篇，讽写科举腐儒群像，大有深意。《红楼梦》以神话、入梦作为楔子，以虚写实。网络小说的楔子多讲前世或上代的恩怨。总体而言，楔子用以点明、补充正文，或为引出正文做铺垫，设置悬念，吸引读者。同样是文前加楔子，《狂人日记》更接近传统的叙事功能，而《人生自白》的楔子，更像新闻导语或编辑按语，也像网络的多窗口、超链接点击，层层嵌套。《狂人日记》的前后文本两重叙事，互相反讽。《人生自白》的前后文本互为因果；内外两重叙事，互相审视。全书以非虚构为根基，但多加了楔子，便添加了一些虚构的成分，真真假假，虚虚实实，互相试探。

　　少君早期作品多见"我"，以自审为主；后期作品却少见"我"，以审他为主。当年少君在北京大学声学物理专业读书期间，为情所困，多写诗歌，结为《未名湖》诗集。一如集子中《榭池春》诗云："少志从戎，岂想今日苦读，换乳须，欲效三苏"，全书直抒胸臆、激情飞扬笔调，处处见出自我。年少时少君的照片，眼神里已藏着深邃的忧伤。而其后期照片，近于见与不见万物之间。到了《人生自白》，读者只能在封面侧页介绍中见到其直接的人生自白："少君，壮男，据传只昏过一次。三十年前浪迹未名湖畔，冒牌物理学士。20世纪八十年代擅自移居美洲，窃得方巾一顶：PhD——Permanent Head Damage，假名经济学者招摇过市。为生计被迫做过记者、工程师、教授、商人，游走过几十个国家、数百座城市，现顺应潮流下岗——哄孩子、做饭、洗衣服、种菜。"PhD——Permanent Head Damage，译为永久性脑残，这是人们开玩笑对博士的调侃。少君早期散文集《人在旅途》，收入《世界华人文库》第一辑，自白略有不同："二十多年前浪迹未名湖畔……后混进王府井某党报，以言惑稷……窃得方巾一顶 PhD……哄孩子做饭、洗衣服、码字。"不管如何修改字句，都是一贯的自我解嘲，不仅善讽，也善于自嘲，凸显出少君的幽默诙谐、洒脱不羁。

不同的叙事人称、语调、风格，区分出不同作家的气质、文风、格调、品位。《人生自白》迥异于感性丁玲《莎菲女士的日记》直抒胸臆的热泪滂沱法，也不同于忧郁郁达夫的《沉沦》，表面第三人称，实则是如假包换的第一人称叙述，讲的几乎就是切身的个人经验。张爱玲冷肠冷肚，下笔总是俯瞰人物：多为第三人称叙述，力求与人物划清界限；第三人称的故事叙事与第三人称的议论评判之间，形成一种他者与他者的互相审视，属于第三人称的远距离的互相审视；即便写及自身个人经验，也总要拉开距离，像审视他者一样，审视另一个自我。

少君热肠热肚，下笔总是同情人物：《人生自白》虽用第一人称，但所讲的都是别人的故事，故事内外有两个独立的第一人称，属于两个主体的近距离对话，互相审视，实是感同身受；大家都活在这可怜的人间，怎么说好呢？那就不叙不议吧？读者几乎不见楔子"我"和正文"我"的伦理道德价值的判断，而全靠读者自己来做判断。虽未直言，但读者其实可以感知到作者的态度。少君是海外的当代徐霞客，时常在异国异地潇洒，总行走于太多的异质空间，遭遇太多的异质人事，这无意中促使其发明了此法：以异质眼光打量、理解、悲悯世间万事万物，这独门武器，成就出世界华文文学作家的一种特质。

二、审他自白一网尽

全书标题名为"人生自白"，那么，这是谁的自白？你我他的人生自白？海内与海外过客的人生自白？自白什么？为什么自白？全书九十二篇，写了九十二种人，所讲的故事既有海外经验，也有国内世相。仅从题目已可见端倪。

如讲述漂洋过海移民故事的"ABC、洋混子、洋插队、留学生、大厨、新移民、出国梦、梦断天堂"等。描写女性的，如"陪老女、女秘书、演员、歌星、模特儿、舞女、妓女、保姆、导游、店员、安徽姑娘、燕园女孩、女教师、女人、人之妻、母亲、我先生、杜兰朵"等。直写男性的，则有"板儿爷、棚儿爷、爷们儿、记者、绿帽子、嫖客、八旗子弟、歌厅老板、倒房者、古董倒爷、摇滚歌手、苦力、律师、导演、店主、半仙儿、送煤工、囚徒、完人、玩儿主、男人、同志、我兄弟、水手、半个上海人、开餐馆的老板、经济学家、下岗、老布尔什维克"等。高端底层，三教九流，无所不有。例如，名为西仓宏治的，不过是取了日本名的北京导游。

以事为题的则有"奋斗与平等、假画、喝到好处、网语人生、人生一幕、新闻内幕、零点、最初的心跳、爱是什么、性革命、美丽的研究、人到中年、爱是不会凋谢的、爱是不能忘记的、同床异梦、离婚者说、离婚三部曲、晚恋、代价、愿上帝保佑我们"等。仅从题目，已可纵览全书意旨：充分反映出改革开放几十年后，海内外华人的世相百态。这不仅是直录访谈的纯然自白，也是人物对于自身的审视，更是作家审他的观照视野下的自白。

少君自白，读过几百本明清小说。那么，这赋予他哪些文学滋养？如果说，异国行走，赐给少君别样的地理空间感，那么，捧读古书，则赐给少君别样的历史时间感。古文法与今文法如何打通？少君不仅从古文法中借鉴结构框架、叙事手段，还有形神毕肖的人物塑造法。此书作者可谓处处不想见"我"，只想见"人"。揭开面纱后，每个人的故事都千疮百孔，饱经磨难。微脸群像背后，实是微言大义。

少君作为土生土长的北京人，所写的《人生自白》当然少不了典型的京腔，像老舍、王小波、王朔一类，嬉笑怒骂，插科打诨，调侃不已。如在卡拉OK歌舞厅受访的京城爷们儿，蹬三轮的当代祥子板儿爷，在商店门口倒腾廉价商品的泡儿爷，五道口摆书摊的摊儿爷，给新闻机构拉钱的乞儿爷，神吹海聊，本来难以端上台面的事情，逐一见光。他们满嘴土坷垃鲜活语言：点页子（钱）、蹲圈（监狱）、花匠（流氓犯）、捅咕捅咕（修理）……自称"干低档的勾当，过上流的生活"，胡侃大山，讲起生活哲理来，一套又一套，十分爷派。少君善于写人，寥寥几笔，见出个性。他笔下反讽笔墨不少，字里行间，时见骨刺："社会越来越光明了，阴气大升阳气大降。"[1]"有人说我是青春期的让更年期的给弄了；有人说我是反腐败没反好，让腐败给反了。"[2]"真有一种你已穿越千山万水，而他们一套拳还没有打完的奇异感觉。"[3] 行文总有精彩语句，相当提神醒脑。

尤其是文尾，豹尾一鞭，威力很大。例如，青年得志的新闻记者揭露，有些人大肆赚取灰色收入，用新闻的良心换钱，让神圣的报纸沾满铜臭："记者？我看简直就是'妓者'！"一语双关，足以揭黑。天津人孙诚，靠三寸不烂之舌，帮人倒换房子，这个"房虫子"经多年历练，"终于像个上等人了，只是儿子不争气，是个结巴（口吃），无法继承父业了"。结尾彰显得失祸福之辩证。某中学教师退休后，创办环亚学院，教语言、中医、烹饪等专业，自任校长，后发

---

① 少君：《人生自白》，九州出版社2013年版，第149页。

② 同上书，第109页。

③ 同上书，第289页。

展为五个企业，三头六臂，一夜暴富，还拟创办私立大学，结尾吐槽："有人说我不像中国的知识分子，像什么？你刚从国外回来，你说我像什么？"活得很憋屈的男人，最后慨叹："我这是招谁惹谁了，你说我是不是让这世界给玩儿了？"棚儿爷，棚虫，专门倒腾录音带的爷，倒腾来倒腾去，结果假带子价高，驱逐了价低的真带子，结尾时，棚儿爷还自得地问："你看过美国有一本叫作《第二十二条军规》的书吗？我们这也叫黑色幽默。"少君自称，作品多写于为商务奔忙时，在飞机上即写即发，由此养成了快手风格。结尾有时略显仓促。但无心插柳，大多时候则是相当精妙，善于巧妙收束，见好即收，戛然而止，而又总是留下耐人寻味的问题，意犹未尽。人物本是自白，但因将问题抛给听众，叙述者其实也成为被审视的人；同时又把问题抛给现实读者，于是，读者同样成为被审视者。显然，少君还从明清小说中，学习了秉笔直书的精神，弹赞得体，揭黑幕、揭虱子毫不留情，有感而发，无所顾忌，风骨俨然。按鲁迅《中国小说史略》的归纳，明清小说主要有神魔小说、人情小说、拟宋人市人小说、拟晋唐小说、讽刺小说、谴责小说、狭邪小说、侠义小说及公案等类型。《人生自白》实际大有讽刺小说、黑幕小说的痕迹。

少君曾从事新闻记者行业，也汲取了西式的寻找世界真相的执着精神，而且其笔下不乏洋腔洋调，不时出现洋文，洋味十足。如达拉斯隐居者，被人发现是炒股高手，在访谈中，他大谈全球经济形势，俨然经济学家，分析当今世界的"纸上利润、金融艾滋病"，不重视农业、工业和基础设施建设，不注意实物生产支撑，务虚不务实，这资产泡沫（assets bubble）一旦破灭，世界金融体系的金字塔将彻底坍塌。当头棒喝，仿佛"醒世恒言"。少君短篇小说确实有"三言二拍"之风，文字简单明了，而寓意深远。

三、跨疆跃域自白书

如果少君没有漂洋过海，云游世界，绝对不可能写出《人生自白》此类大书。与大多数华文作家相比，少君的人生经历、专业储备、从业经验更复杂、更跨界无边。少君的文学创作，得益于其丰硕的传奇经历：生于军人之家，蹲过圈，下过乡，出过国，双语思维，跨专业从职，跨国界旅行，天高云淡，云游四方，去过世界上无数地方，与很多名人奇人相熟。在原乡与异地、故土与他国之间不断切换频道，不断碰撞出新的角度，有利于对比考量空间感觉、文化体验、思维方式，磨砺出思想的新高度和厚度。

虽然《人生自白》没有直呈作家自身，但是，作家的点滴经历无不渗透其中，间接透露自身。如在美国成功立业的中国女商人伊丽莎白，侃侃而谈，纵论天下大势，分析中美关系、美国对中国崛起的恐惧之因，综述 20 世纪世界政治社会史，其实处处透露出作者自己的心声，而文前楔子不过是障眼法。但这类篇目少见。多的是审他的篇目，在审他中隐性地自白。

少君足迹跨越海内外的疆域，因此，《人生自白》才能将海外漂泊与海内颠簸雕刻得淋漓尽致。全书写人物出洋后的挥洒弄潮，也写失意落魄，尤其是变形的婚恋。1991 年写成的《奋斗与平等》，讲述在大峡谷豪华度假村过冬的高级研究员，不甘于端盘子送外卖当壮工，努力奋斗，终成博士，靠在读时发表的几十篇论文，凭借对电子集束的深入研究，就业于高端企业，功成名就，成为海外华人佼佼者。此外，描写科大物理专业高才生，出国后为谋生做了洗碗工，学业无望，后来成为大厨，长期分居，最终与中国大陆妻离婚。

美国 ABC 女迷恋市长男，将之抢夺到美国，历尽八年艰辛，两人终于立足，却深知丈夫需要内心的平衡和抚慰，而求助于中国大陆的前妻，再一次陷入三角险境，不知如何是好。留学生做采花大盗，竟然对女性容貌分层论述得头头是道，自称为"美丽的研究"。工程师在美国高科技公司，业绩斐然，突然遭遇下岗失业，老婆吵着要离婚。跑到中国大陆来的洋混子，骗吃骗喝骗财骗色，混了 20 年后，终于被逮到，只有回到美国继续卖爆米花。到澳大利亚"洋插队"的女子，像当年下乡插队当知青一样，历尽难以为人道的艰辛，无法如实面对原来的配偶和家庭。"留学生到海外来，随着社会环境和生活经历的改变，原有的爱情和婚姻伦理观念必然也会发生巨大的变化，这不能简单地用忘恩负义、见异思迁等观念评论，其中包含十分复杂的社会心理和生理因素的众多原因。"① 少君书写海内外的当代情爱婚恋关系，失恋的、性压抑的、乱性的、出轨的、离婚的、因晚恋花容失色的……刻画了形形色色的婚变。当代人的婚恋观似乎更自由、随性，但是苦楚也更惨痛了。

国内故事类型同样丰富多彩，敏锐地关注到国内新型的人物类型。如大陆的新移民，北方女子人到中年，跑到海南岛，在商海闯荡成功。中年男子在海南博杀创业，却惨遭妻子和岳母夺了公司的兵权。台湾老板从达拉斯跑回北京，创办怀念革命餐馆系列，如"忆苦思甜大杂院、黑土地、老兵餐馆"等，还挂上有趣的对子，招徕顾客，生意红火。女顽主华丽变身，成为善于调教顽劣生的优秀女教师。上海陪老女，为老人化解寂寞，陪读陪聊，平静送终。陪老，成为一种新的行业类型。男性主义研究专家王博士，对男性气质偏见有深切的思考。想出国没有成功的男人，离了婚，做了单亲父亲，潦倒无比。早期的导游叫"吃主"，吃满汉全席、山珍海味；现在的导游多是"坑主"，各种坑招层出不穷；给人看手相的半仙儿，阅人无数，但甜酸苦辣看尽了，麻烦惹尽了，也就不再给人看相了。形形色色的人与事，都是新时代转型期才涌现出来的。作者为社会把脉的能力精准，善于把握中西市民文化与俗文化的跨界碰撞，呈现海内外的政治、经济、人事的新潮流动向，化合为一。

理工男和文博士如何互相激发？少君北大物理专业毕业后，在《经济日报》当记者，参与西部开发的经济规划蓝图设计，又赴美国在得州大学修读经济学博士，到到匹兹堡大学的国际问题研究院当研究员，后开公司，并写完《人生自白》。跨度之大，已超出常人。而他口里所说的40岁"退休"，其实是回到国内攻读文学博士学位，师

---

　　① 少君：《人生自白》，九州出版社2013年版，第187页。

从刘登翰教授，研究洛夫诗歌。少君与洛夫相隔 32 岁，如父如子，心灵相契。他捕捉到洛夫诗的关键词："漂泊之痛、生命焦虑、意象营造、真我禅思、悲悯孤绝、瞬间永恒"，抓到了其诗歌的神魂。博士论文《漂泊的奥义》（2003）毕业当年即出版成书。

此时期少君的人生自白，将人生理想有意从码字调整为种菜。何故？不屑码字，只求种菜？很多文青 40 岁后的梦想，是陶渊明"种豆南山下"的田园理想，归隐田园，过无欲无求、怡然自乐的生活。种菜是文艺中年回归生活、心态放松的表现。即便现实中不能撒手的人，也要在网络游戏中，过一过"种菜"的瘾。码字已随心所欲了，唯种菜尚需修为？码字像种菜？种菜需要播种，时时浇水，春去秋来，时间流淌，自然成长。码字需要付出不确定的时间、煎熬、千辛万苦，方有收成。幸福经济学认为，一旦人们达到某一生活水平，就会想或者热望放弃高收入的平淡工作，转向回报较低、但舒适较令人满意的工作。显然，少君对幸福有自己的定义。

如果不是理工男，少君很难那么早接触到网络；触网，并成为网络文学始祖。《人生自白》有两篇跟电脑网络有关：一是《网语人生》，很特异，不是独白体，而是网聊体。美国留学电脑男与多伦多留学艺术女，作为早期的触网者，无意中在网上聊起天来，中文对谈，越谈越有感觉，然后是两场浪漫的海边邂逅，接着是回到台北的金发女孩，因担忧落入与异族婚姻的悲惨结局而中断了情缘。二是《网缘》，男子网聊后，渐感无聊，开始在网上写作，发表，知心的女解语者意外出现，动心。在她临出国之前，两人见面，日益生情。他因对女友内疚，失去了知己；又对知己内疚，向女友坦白，失去了女友，竹篮打水一场空。两文都与蔡智恒（痞子蔡）的《第一次的亲密接触》（1998）一般，讲述因网生情故事，活化出现代新新族类的网络情结。工科思维使得少君对网络有独特的感悟，区别于一般的网络文学，由此也形成了独特的风格，既有文学叙事的丰富，也有网络形式化用的新奇。

跨界赐予文学什么意义？少君文理兼修，学位拿全，下海经商，学问创作，作家学者，其飞跃跨度，远胜于鲁迅的弃医从文。少君初学物理，理工男而以文学成名，类于丁西林，都是思维上的工科、骨子里的文人。丁西林以独幕剧闻名，少君以网络文学成名，各有风采。少君快手快笔，练了很多素描、速写。如今脚步放慢，或许意在酝酿大部长篇。小说家而有深厚的数理思维，容易看到旁人平时不易看到的东西，一如《质数的孤独》《软件体的生命周期》《你一生的故事》等作品。少君说，拟以物理和计算机视角写小说，以数理思维驾驭文学，期盼此类创意奇作早日问世。

结语

眼界决定境界。《左传·襄公二十四年》曰："大上有立德，其次有立功，其次有立言，虽久不废，此之谓不朽。"少君漂洋过海，从商触网，侦探纵游，论诗为文，独特的人生经历早已超越了中国古人，也超越了大多数的大陆今人。其微信座右铭豪气万丈："三千年读史，不外功名利禄；九万里悟道，终归诗酒田园。"阅历纵情于笔下，才情浸润于文字，机智见之于思想。刻写故事纵横捭阖，贯通寰宇。笔墨幽默灵动，笔力渗透入骨。切实入世阅尽人间万象，飘然出世醒悟过眼云烟。以鹤立之姿，独立于华文文学之峰，谋立不朽之言。

世界华文文学作家善于借用多重空间经验、他者视角叙事，有别于中国大陆文学。"中文网络小说第一人"少君的大部头小说集《人生自白》，精雕平头百姓，刻写移民群史。其作品在自审与审他、自我与他者、中国大陆与海外、古法与今法、网络与传统、理与文、出世与入世等各种层次之间越界，重重叠叠地交织，呈现出精细微妙的向度，独树一帜。

第十二节　跨国贸易与哲思小说的新格局

　　"一带一路"是"丝绸之路经济带"和"21世纪海上丝绸之路"的简称。最初是为了发展经济，跨国贸易，海外拓展，后来发展为政治经济文化思想交流。其实，"世界华文文学"与"一带一路"有天然的联系。路通，就有商通，然后，自然有文通，人才和文化的输出输入与海内外经济发展可谓是齐头并进。

　　大格局则有大气象。当今世界华文文学的最大特色，不再仅仅追思大陆苦难、深重乡愁、艰难求存记忆，更主要是书写海外华人如何在异国他乡、各行各业中立功立业的故事，写中外文化碰撞的心灵感悟、哲学反思；有意拓展题材的广度、思想的高度、灵魂的深度等，往纵深方向发展。这类创作如少君的《人生自白》，老木的《新生》《石子路》，施玮的《叛教者》，陈谦的《无穷镜》，紫荆的《归梦湖边》《又回伊甸》，匈牙利华文作家协会的《多瑙河的呼唤》，张新颖的《自在行走》，张凤的《哈佛缘》《哈佛问学录》等。新世纪前后涌现出越来越多的华文佳作，有心人完全可以将之串联起来，写成全球华人的世界文学史。

　　虽说同属世界华文文学，但是不同区域文学还是有细微差别，且异彩纷呈。捷克华人作家老木2015年出版长篇新著《新生》①，洋洋洒洒45万字，共55节，叙事大体以时为序，情节曲折，内容丰富，

---

①　老木著，紫荆增补：《新生》，布拉格华文书局出版社2015年版。

善讲故事。但是，全书的特别之处不在于大多数人所关注的一个男人和六个女人故事演绎，而在于另辟蹊径，眼界宏阔，境界高远。

一、跨国商贸新生

西方不少作家都涉猎过商贸财经题材，如巴尔扎克的《人间喜剧》、德莱赛的《金融家》。中国古代有重农抑商的传统，但明清以后，商业经济活跃，资本主义萌芽，渐渐出现《金瓶梅》，冯梦龙的《喻世明言》《警世通言》《醒世恒言》，凌濛初的《初刻拍案惊奇》《二刻拍案惊奇》，吴趼人《发财秘诀》，茅盾《子夜》、周而复《上海的早晨》一类书籍。而第一次明确提出财经小说，以此为旗号，车载斗量地书写，则非梁凤仪莫属。继金庸的武侠、倪匡的科幻、琼瑶的言情之后，梁凤仪开创财经小说先河，书写回归前后特定时代的香港财经界故事，描写金融投资、房地产、股票买卖等，展现经济领域林林总总的平面图或立体图，将动人心魄的悲欢离合融入商场争斗之中，刻画港人在现代经济大都会里搏击挣扎的众生相，揭示香港各阶层人物的诸心态。

老木《新生》第一亮点在于，开拓跨境的新商业小说类型，关注跨国企业的发展可能性。《新生》深入细致地刻画当今时代的中外贸易、商海经济的丰富性、复杂性，新鲜有趣。康久在陕北插队七年后回城，分配到东升制鞋厂做会计。仇成钢厂长整顿治理鞋厂，大有起色后，企业改制。康久转做销售，善选鞋样，货品畅销。仇厂长功成后堕落，车祸死去。康久众望所归，当了厂长，无意中帮老孟填补集装箱空缺，加装少计算了的30箱货，产品外销，鞋子走遍天下。老孟突然遭难。康久到捷克救急，开拓海外市场，商务考察转成居住身份，摸着了海外贸易的"脉"，利润翻番。而国内鞋厂拆迁改造，康久与开发区刘主任商谈，中外企业合作，成立股份有限公司，见识了资金运作；回捷克与华人各派黑帮土匪周旋，解决商业纠纷；帮蔡叔卖名牌赃货，却进了警察局几天。康久和蔡叔结成患难兄弟，加上国内来的发货方胡丽萍，三人分工合作顺利。他们先在四区市场练摊，后去捷克、波兰、斯洛伐克三国交界的奥斯托周末市场练摊，认识了捷克兄妹米洛仕和马尔盖达等好帮手。康久买了两套房，又大胆买下奥斯托的大库房，分租给各国商客。后与越南人合作，卖库建库，建设新市场。后来，妻子和平与养子也来了捷克，继续拓展中捷鞋业贸易，想登广告，认识了报社的老奘。不幸，和平车祸死去。而康久所建新市场，触犯原有大市场的利益，本已与大老板商谈好双赢计划，但二老板却纠结了德国新纳粹武装分子，遂袭击了新市场。在枪战中，刚为康久生了儿子的马尔盖达、保安兄弟大武均不幸身亡。康久深受重挫，神志不清。胡丽萍和老奘想尽一切办法救治，使康久康复。谁料，胡丽萍却患了乳腺癌，为了救治，老奘教他们气功修炼法、双修按摩法，得以奇迹般地消肿。康久决定辞去新市场董事职务，和胡丽萍双双归隐田园。

不同于梁凤仪主攻金融业，老木的《新生》主攻实业，首先以改革开放后重振国内工厂、企业改制作为引子，然后拓展向海外贸易、中外合资企业，再拓展到海外大企业，最后到"域外特区"的新型中国文化经济开发试验区等宏伟蓝图。用心梳理中国市场经济发展的整体脉络，勾勒中国经济走向世界的未来大计。描写现场，观察当下，这种"文学的写生"，很考验人，殊不容易。小说通常滞后于生活，少人直接反映当下。而《新生》的写生功力了得，总结出中东欧华人的创业特色，多以练摊起家，然后在此基础上，施展跨境贸易宏图。这有别于北美华人作家所写的创业特色，多在餐馆洗刷盘子起家，然后转向其他行业；也比香港梁凤仪的区域财经小说，更有高度。

从国内市场经济改革，到跨国贸易，到海外实业扎根，《新生》将国内外的四十多年经济发展路径演绎了一遍，借助主人公康久的商贸运作，呈现新的商业精神。别人说康久运气好，其实，其成功有很多因素。行事处处讲诚信，有善心，每个策划案，都顾及他人的利益，自己不怕吃亏，结果，时时得贵人相助，走向双赢、多赢局面。

但康久又"绝不是一个儒商可以概括的"（513 页），虽是商人，却精通文学、哲学、心理、中医等学问。他善于把握全球经济趋势，有预见力。不是只顾眼前，而有长远眼光。运筹帷幄，有决断力。会多门语言，有沟通能力，善于化解各种矛盾，破除困境。在经商中，他把握到了西方市场经济的精神命脉：契约精神、法律为大、诚信敬业、公平竞争，而不是人情独大的中国传统经济模式。在世界视野中，日渐走向国际化。这个人物塑造得有血有肉，荡气回肠。全书因有此灵魂人物，而更显示出巨木气质。

显然，《新生》有多种写作意图，除了男人与女人关系情感经历线索，还有另一条叙述主线——描写康久个人事业成功背后，那个年代两国商业、社会、市况以及华人的生活境况，对此作品具有历史意义的展示。正如老木所说："不仅有具体的贸易过程、窍门、风险，也有商人们的心理和思想境界的描写，还对他们的私生活、赌博大致做了交代。不好说是历史画卷，但对那时期东欧新侨区与欧美等老侨区华人生活的巨大区别，做出了符合史实的记录——时间短、高起点、风险大、欺骗性（国内骗货、国外骗税、品质骗人）、暴富暴贫……如今那冒险家的天堂已被平稳的生活所替代，但那短暂的、不会再有的时段，值得记录下来。"无独有偶，香港新锐作家葛亮 2015 年的长篇《北鸢》，以家族故事为原型，也成功塑造了典型民国儒商形象，卢文笙，坚守诚信、勤劳节俭、厚道和气、讲求信誉。凌逾撰文分析过《北鸢》，认为其最大贡献在于，开拓了新古韵小说文类①。在当今仁义古风失守的经济时代，呼唤传统诚信儒商精神的回归与复兴，《新生》与《北鸢》可谓东西呼应，同声共气。

---

① 凌逾：《开拓新古韵小说——论葛亮〈北鸢〉的复古与新变》，《香港文学》2016 年 9 月号。

二、中西哲学浇灌

西洋文学多有哲思味，如陀思妥耶夫斯基、卡夫卡、昆德拉、卡尔维诺、博尔赫斯等的哲理小说。中国宋朝就涌现出不少哲理诗。但是，哲理小说却是大陆作家不太擅长的类型。而当代香港则较常见哲思型作家，如刘以鬯、西西、也斯、董启章、潘国灵等。

《新生》的第二亮点在于，拓展哲思小说、学者小说新局面。相比于卡夫卡的荒诞省思、昆德拉的政治省思，老木更着重于中国哲学省思、中西哲学的打通。除了商海拓展的愿景，老木的最大愿景在于，从根本上提升中国哲学的地位，经世致用，治标治本，加强中国古典哲学与现代文化接轨的研究，扭转中国文化落后的所谓国际主流价值观念。

一部好的长篇，总有一个宏大的目标。老木自称："我想要在《新生》中，呈现东欧与中国改革进程交错发展的两条线，展示一段社会历史，同时，用康久的情感和事业的两条线叙述主人翁的传奇经历和情感故事。但是，我想让它最后的落脚点放在拷问时世：在当下资本繁闹、名利喧嚣的世界上，我们生命内在的声音是怎样的？我们应该如何安放自己的灵魂？"这是天问一类的大问。这不同于1933年茅盾长篇《子夜》关于国家性质的大问：中国社会该往何处去？为此，描写以吴荪甫为代表的民族资产阶级"实业王国"惨败，被赵伯韬为代表的买办阶级"金融势力"打败，以此表明，中国没有走上资本主义道路，最终出路要以无产阶级领导的工农群众革命来实现。《新生》与《子夜》相隔83年问世，两相比较，可以发现历史的印迹，时代的进步。

如果《新生》以后在大陆出版，宣传词可写"当代版《子夜》"，并重点突出"当代工商业、华人拓展海外市场、发展全球华人企业"等"一带一路"新经济时代的新话题、新思路。

为回答大问，老木特意设置了另一个人物——老棻，作为康久的镜像投影。第 39 节，康久被报社广告吸引，登门拜访，认识老奘。两人话语投缘，很快发展为亦师亦友，旗鼓相当，互相提携。第 44 节，老奘对国内国际经济形势有透彻的洞察，深刻的洞见，分析得头头是道。如抑制房价，关键在于，房屋居住权为民众的基本权利之一，不应以房产经济作为 GDP 的衡量标准，房产实名，房屋不是炒作的商品，而只是基本的生活品。教育，也不能成为经济产业，其核心不在于教授知识技能，而是让教育者获得不同层次的人性觉悟，达到个体的自明。医疗改革，可以学习捷克，社区医生与病人有较固定的"对位服务"；医生根据服务对象数量和质量，在保险公司那里拿"计件工资"；全国的个人病案联网，便于大病医疗；药品价格统一印刷在包装袋，处方医生与买药利益脱钩。国家经济发展增长点，可建立"完整商业链"，不仅发展加工制造经济，也重视之前的技术创新和知识产权，重视之后的销售手段和附加利益的控制；在海外大规模建设域外销售中心，拿回流通利润，在外汇结存、贸易逆差、企业与国际接轨等方面均有好处。注重产品的中国文化形象，把文化搭台、经济唱戏等经验嫁接到国外，提升中国商品质量，开拓海外市场。第 53 节，老奘以中医经脉、生命磁场、肌体检索与修复等理论，结合气功，讲解治疗原理，引导康久为胡丽萍化解乳癌肿瘤。康久的多次情感困局，多由老奘一一破局、解脱。

老奘虽然出场不多，但是举足轻重。他是化解疑难杂症的民间高手，对世事看得相当通透。可以说，作者的事业、情感等人生经历借由康久呈现，而思想哲学部分则借由老奘呈现。老木说："我们这代人所受教育，是要'做对国家有用的人'，这印记太深，敬仰屈原、范仲俺、张之洞等大家，信守'穷则独善其身．达则兼济天下'，我们像'体制外为国家操心的人'（去年我们自费纪念二战胜利 70 周年环球行，与 32 家海外二战纪念地交换二战史料，宣传中国二战中的作用和地位时，别人给我们的称呼）。老奘就是我们这些'体制外的闲人'的代表。谢谢你发现了海外还有我们这样一些体制外的'爱国者'。"因此，全书借老奘的胸怀和眼界，抒发作者为国家民族思虑的深意。

全书叙事时空跨度很大，从农村知青到下海经商，到海外贸易、跨国企业、跨国市场，这跟作者的个人经历有关。人生经历就是财富。老木威力在于，当过兵，学过农，经过商，写过文，修过道，习书法，练气功，懂中医，文武双全，内外兼修，中西穿越，行业跨界，农工商文，身有十八般武艺。老木文集《心系故园》序"回首梦里尽乡关"，是自传体散文，讲述了其出国的坎坷经历：最初做厨师，然后练摊；仅用十个月，就成了布拉格为数不多的"用四个轮子"做生意的华人；在捷克几乎仍是"中国商品真空"时，占据要津，侨商领袖范儿很足，典型地体现了大陆客的捷克商界新生。

老木人生最大的遗憾在于，本想发挥农业专长，遴选捷克适种的四季农作物，多项食品配套加工，购置了三百多亩土地及森林，准备大干一番，实现在欧洲办农场的大梦。若此跨国农场梦实现，那么，这部小说写来，就更有突破性的文学史意义。谁想，20世纪末捷克加入欧盟，签证政策收紧，中国员工无法成行，损失了不少美元，遭遇巨大挫折。但是，失之东隅，收之桑榆，经济大业梦消散，却成就了文学大业梦。历史的选择，族群的选择，造就了迥然不同的人生境遇。

老木的哲思意识由来已久，思索了二十几年。最近其一口气出版了六本大书，长篇小说《新生》，中短篇小说集《垂柳》，《老木诗选》，散文集《石子路》，随笔《直觉世界》，杂文选集《心系故园》，横扫各类文体，成就了独一无二的老木创意，才有了老木的新生，实现了捷克华人的大陆文界新生。老木论道、人性、直觉、生命意识的文章特别多。《新生》可与其《直觉世界》《心系故园》《石子路》等作品对读，由此可知其文学哲思的根源。

"道"，与中国最古老的哲学有关。道的定义，只可意会不可言传。"悟善归道"，是父亲送老木的座右铭。老木一生都在反复咀嚼其东方哲学神韵：道是什么，道路、道理、道义、道学、问道……"道"构字法：头上足下，即知与行、思想与实践要符合道法；首与众要和谐，得道多助。"道"包含了具象与抽象、相对与绝对的两重真理，即是规律性，万事不可无道。反读为"道归善悟"亦可，悟性可以归道，道通，悟性则高。悟善可以归道，道通，则自然归善。道，包括尊重规律与自然法则，保护自然和生态，尊重民意，自我克制，和平对话，养护生命与保护自然结合，把天人合一的修行与日常生活结合起来。古有天道、地道、人道"三才"，今则有规律性、规律、表达三重理念。老木翻看匈牙利籍意大利人欧文的《涟漪之塘》，突然明白了老庄的《大宗师》：老庄道家讲相忘于江湖、逍遥游的出世理想、自然状态，诞生于公有制时代，基于个体自由层面；孔子儒家讲危急时刻相濡以沫，仁义、孝悌、忠恕的入世理性思想，滥觞于私有制时代，基于国家利益层面。同时，明白了老庄哲学与今人的思维层次、视角尺度的差异。依据物极必反、阴阳互换的道，全球化时代的资源共享，有利于助推公有制的复归，公平正义，友善共性，相忘于江湖的理想或可实现。

康久和老奘的一生，都在寻找灵魂安放之道，都在实践悟善归道：与人为善，慈悲为怀；取法有道，大道至简；急流勇退。最后实现了少君所说的，中国读书人的最高理想：十年寒窗苦读，一朝经济天下，青史留名，然后笑傲江湖，归隐农庄。但《新生》又比此更高远，归隐是为了更透彻的精神感悟。作者老木与人物康久、老奘，时有重叠之处，类似于自传作品。老木是康久和老奘的合体，老奘是老庄和玄奘的合体。老木塑造这两个镜像人物，他们若整合为一，成为合体，大概就是老木心目中的理想人，渗透出儒、道、释思想整合的观念。

因此，《新生》委实是"道学西域记、道学东返记"。在老木看来，任何二元对立的双方，都能找到一个切合点。我们也需要找到中西文化的结合点。西方文化信奉上帝，一元归宗，以形式逻辑思维方式为主体。东方文化多元归宗，以辩证逻辑为主体。两种思维方式存在共通的内容，可以通过协商来实现对话，寻找和谐，共赢之道，这两种思维结合起来，就是人类总的文化遗产，这正是"一带一路"

文化语境下所需要的全新思维方式。

哲学如果离开了具体实际的人生，就会成为无源之水，缘木求鱼。老木总喜欢思想练武。幸好，他没在小说中强硬阐发哲学，而是水乳交融地渗透其中。他说："从物质上的无到有，从生命（时空上）的有到无，是人一生中两个相对交错运动的事物。如何认识、如何对待它们，给它们怎样的期待和位置……个体人不断给它们定位的轨迹，就是这个人最后的命运。《新生》就是想说这么一个道理。"即是陆游所说："古人学问无遗力，少壮工夫老始成。纸上得来终觉浅，绝知此事要躬行。"有深度的哲学思考结合有趣的小说叙事框架，在小说叙事中潜移默化地融入哲思，两者完美结合，因此，其哲理小说是成功的，有深度的。

三、巨木增殖可能

一部巨著，必定是反复打磨修炼的产品。越是好的作品，越具有可塑、可变的多种可能。笔者感觉到，《新生》最初或许意在写个人经历，海外华人经商的艰辛史。但是越写可能越觉得，个人必须放在社会文化历史语境中来写，于是梳理了改革开放几十年的经济脉络，且与跨国商贸同步发展的进程。然后，金钱世界的商战、中西文化的冲突、人性的扭曲等各种因素，给人带来思想困惑，于是转向探究生命的意义，发现这需要向中西哲学文化求助，甚至还准备另写一本"生命哲学"一类哲思书籍，来阐释自己的思想体系。我们可再省思一下，《新生》修订的各种可能性。

第一，如何预见未来中国经济的发展？如当前发展数字货币、跨境电子商务、全球电子支付，这些将如何影响"一带一路"的新走向，如何改变世界经济走向、各国城市格局？传统生意利用信息不对称，在供求错位层面，寻找利润。但是，这种传统贸易如今日益衰落，旧式的商人失业，雇佣、打工、谋生，向创造方面升级转型。在此语境下，大陆一线城市的排位"北上广深"可能变成"北上深杭"——一维的传统产业，转为二维的互联网产业，再转为三维的智能科技产业。过去的公司＋员工，可能变成平台＋个人，新型垂直平台出现，跨界互联，行业整合。经济价值的路径转变为：价值提供者——价值整合者——价值放大者，重点在于影响力和号召力，赢取粉丝经济。产业链不再是生产者到经销商，再到消费者，而可能是消费者到设计者到生产者，消费者决定产品设计，个人定制，乃至跨国生产或者定制。《新生》尾声时，对于康久和胡丽萍后来的行踪，开列了无数种可能性，如开发域外的新型中国文化经济特区，重建东方文化声誉，合资设立亚洲人创业咨询服务和语言培训中心，创设慈善爱心奖……他们虽退隐了，但是经济文化发展的梦想依然在继续。然而，对于未来前沿的网络电商时代的可能性，全书则讲得较少，而若按经济发展脉络书写大计，此类趋势似乎不可不提。

老木后来对此有论述，认为电子商务的意义在于改变"再生产——流通——消费的基本生产方式链条"，因以前有信息、运输、销售能力和手段的限制，才出现了因垄断流通信息而获利的商人。而随着人类经济社会化、全球化的发展，商人成了一道卡在生产和消费之间的巨大闸门。商人获利，引领时尚，影响消费和生产，最终盈利，而忽略消费本身的原始需要，用非善意引导社会需求的方式影响生产方……人类生命被资本扭曲。电子商务以新流通方式，敲响了商业资本的丧钟，不仅缩减原先过于庞大的流通环节，抛开夹在中间的商业资本，更快连接消费与生产，生产者和消费者实现利益转换，大大减少商业剥削的可能。看了此文和续写影视剧后，老木说拟将原结尾的现实主义手法，改成后代梦境的形式呈现，将故事跳跃延续到18年后的现在，借由孩子们的对话，把新时代的新型商务模式、把国家强大后东西方文化态势的变化、中国资本输出等信息合适地表现出来。

第二，是否增加多线、多声道叙事？展现多个叙述声音，众声喧哗，有利于减少文以载道的说理痕迹。《新生》借情爱故事，来阐发对人生的拷问与深思，很有价值。但是，笔者说过，这本书如果由女性作家来写，将是另一番面目。本来，老木写好大作后，请紫荆润笔，补十万余字，可惜只在文字和环境描写上完善，其他并未大动。男女作家合写作品，本来可以有更多性别对话、互动、呼应的叙述声音。遗憾的是，这宝贵的机会没有运用到最大化优势。

《新生》书写一个男人与六个女人的故事，但主旨在于弘扬东方道学、中国哲思、处世哲学等。金庸的《鹿鼎记》韦小宝也有七个女人，最后携妇将雏，一个不落，归隐田园，但主旨在于，剖析中国几千年来的政治文化。《白鹿原》开篇就写白嘉轩娶了七房女人，因女人不幸死了一个又一个，但意旨在于，省思中国农村几千年来的宗族血脉伦理制度。昆德拉也是通过男女关系、性爱关系来探讨人性的根本，家国的关系，人生的价值和使命。我们可以思考，写一男多女的跌宕故事，是否只是为了吸引读者？男作家写男性的任性情爱，是否为男人的自恋白日梦，抑或是大男子主义作祟？哲思小说是否只能借情爱葱花才能提味？西方不少哲理小说已经跳出了情爱叙事的俗套，找到了更有创意的可能性：如卡夫卡对各种荒诞、悖逆困境的省思；如卡尔维诺设想人分两半、人居树上、命运城堡等各种可能性，来省思可能世界和不可能世界的哲学问题。

在 2016 年"世界华文中东欧文学国际研讨会暨第八届文心社笔会"的研讨会和巴士论坛中，《新生》争议最大的就是其中的性别意识、繁殖决定论等问题，引起了女学者们"群起而攻之"的友好讨论。女性人物退场，多以车祸出事为主，另有一女则死于枪战。过度、过多的意外事故，巧合太多，不够真实。回溯文学史，这竟然不是孤例。《伤逝》的涓生被子君劝退后，他有如释重负感。《家》的鸣凤投湖后，觉慧获得莫名的解脱感。《雷雨》的少年周朴园没法保护侍萍，作者安排侍萍假死，让周朴园"深情"怀念三十年。《倚天屠龙记》结尾，张无忌面对四个美人，并不太清楚到底该选谁、负谁，幸好金庸安排好了小昭、芷若和蛛儿的出路，免除了张无忌辜负美人的纠结、拒绝艳福的痛苦。男作家多从自身性别出发设计故事，主人公落魄时，安排美女给予慰藉；江山和美人有冲突，或者美人与美人有冲突时，总有意外来使美人主动退场，男主人公既免于道德谴责，又能尽享齐人之福，典型投射出男人对女人"召之即来，挥之即去"的心理。

《新生》写一男多女，有个突破之处，在于所写女性不再是花瓶，不再是色欲的对象，或者是繁衍后代的容器，而是有知识、有胆识、有决断的当代女子，受过良好的教育，精通经商之道，是情商和智商都很高的专业人才，是女人中的极品。她们奉献自我，成全男人。这么优秀的女子，却一个个遭遇车祸、枪战，被早早地牺牲掉，这格外让读者们抓狂。

男性的多选是本性的规律性需要和表现，《新生》第35节如是指出。老木认为，除了个体的个性外，群体的共性是以繁殖为目的的男女关系为基础来展开的。男性的繁殖特性决定了要广种薄收，女性的繁殖特性决定了要从一而终。因此，对于男女关系中最突出的"痴心女子负心汉"的千年诘问，这不是男人的错，而是本性决定论的。现行的一夫一妻制度，也是积满了千百年的老垢，需要重新改革改制。只是这种改制，不知改为一夫多妻呢？还是一妻多夫？还是多夫多妻呢？如果是后两者，可就够呛，因很多男人都过不了一个关卡，《新生》隐藏着一个被很多人忽略的情结：康久的第一个妻子和平、最终一个长相厮守的女人胡丽萍，才都是处女；余者分别为寡妇玉桃、婚外情王玉青、被迫从业的雏妓马尔盖达、性乱豪放女吴颖。这可能有种仪式感，最初和最后的才最重要？该书无意中透露出男人潜意识中的处女情结。如果女人也有处男情结，男人的一夫多妻梦可能也要破灭的。如何处理这些矛盾之处，可以再思考。人都很容易对别人提要求，而很难对自己提要求。

若从女人的角度，该怎么讲这些故事？但即便是女人，也会有差异的。如贫富、肤色种族、受教育程度等差异，导致讲出完全不同的女性故事。《简·爱》是19世纪英国女作家夏洛蒂·勃朗特的代表作，其为英国女子鼓且歌，但是却忽略了省思异族女子伯莎·梅森的困境。其中的种族问题，作者自己也未察觉。女作家写《飘》，斯嘉丽魅力无边，身边不乏男人，最后却成了孤家寡人。男人笔下一女多男的典型，应是潘金莲，经典荡妇，最后下场凄惨。相比之下，《新生》一男多女，男人善终，多么幸运。女性主义著作汗牛充栋，都尚未解决女性的生存境遇问题。男性作家、哲学家能参与性别问题的讨论，总是能带来进一步良性改进的可能性。因此，多声道、多元声音共存共处、碰撞对话，有利于深化对几千年来性别问题的探讨。

后来，老木也省思到，女人们的经济、社会地位不断提升，增强了自我独立、平权意识；而自动化的普及、社会安全度的提升，生育的减少，养老的社会化等，又给女性足够的精力和时间自我发展；性工具流行，同性情感交往合法化……女人对男人的经济依靠、能力崇拜、力量臣服，逐渐减弱，对男性中心的思考方式心有抵触。老木说，自己实际主张男女在平摊抚幼养老责任的基础上，实现平等。为此，未来拟写一部社会学幻想小说，描述一个新共产主义社会，没有货币、私人财产和婚姻家庭，孩子公养、老人公赡，个人全部信息公开、劳动电子计酬，按劳消费鼓励竞争……这样的新乌托邦科幻小说，非常值得期待。

第三，如何充分利用"双重边缘"优势写作，赵稀方教授在捷克会议演讲《后殖民批评与华文文学》中指出，海外华文文学属于"双重边缘"文学，指既疏离中国文学，又疏离所在国文学。离散文学可将边缘变为有利的因素，可站在"飞地"上，洞察既定文化的"不见"：既可从西方文化的角度洞察中国文化的不足，也可从第三世界东方视角，洞察西方文化的东方主义问题。[①]

老木充分利用双重边缘优势来创作。其闯荡捷克近三十年，成了捷克通，杀出了一条康庄大道。他写捷克，本色当行，他人不及。《新生》第39节，借和平之口，省思中西文化的差异。如西方人不愿加班，不愿在休息日工作，因为，挣钱是为了生活幸福。和平更喜欢

---

① 赵稀方：《从后殖民理论到华语语系文学》，《北方论丛》2015 年第2 期。

这种没有压力的宽松、充满人情味的生活方式。老木此前的散文集《石子路》，有篇《波西米亚的周末夜晚》也讲，捷克人周末多半会回到乡下农庄，享受农家乐，成为新的波西米亚风。他还讲过，一帮中国男女像顽童般，突然兴起，去捷克乡下偷油菜，饱受无青菜之苦的华人们，不承想却吃上了有"特殊维他命"的农药菜，此后再不敢僭越。如说东北三大宝，人参、貂皮、乌拉草；布拉格三大宝，饭店、婊子、卡西诺，《新生》细致描述过各色华人如何在卡西诺赌场中陷落，写出了人的劣根性。该书对华人的优势性和劣根性都有清醒的认识，也写了西方人对中国文化的不屑和误解。但是，对西方主导话语的质疑和颠覆，对于如何不只是简单运用欧洲模式，而充满互动和挪用，对于如何将中国优秀哲学理念来感化、改造西方文化精神，该书可以再深化论述。

　　老木后来说，有关中国文化对西方文化的影响这方面，本来故事是蛮多的。《新生》写马尔盖达去中国旅游回来后，对哥哥米洛仕说了东方文化观感，后借米洛仕、波兰的米兰之口，也有所提及，但显然不够充分。修改时可设计通过带捷克人回国、或看电影、看画报、对话等情节，来增加中西方文化的碰撞交流问题。具体而言，要从思想方式层面，论证东西方存在不同的思维逻辑侧重，它们本是不可分割的人类文化财富整体，只因为人们片面看重自己的文化成分，而贬低不属于自己的另一种。而任何偏颇都是不符合全人类正义和社会规律的。我们中国要努力实现传统哲学和理念与现代文明的对接，与西方哲学文化衔接的同时，找回中国古典哲学和文化的应有地位，恢复中国古典哲学文化一直到近代被殖民后才失去的尊严。其实，外国人普遍对中国古典哲学文化充满憧憬甚至羡慕。复兴中国古典哲学和文化，可以破解西方 200 年来定势地认为中国落后、野蛮、无知的思维惯性。可惜，自"五四"以后，文明中国的思想文化界主流，对自己传统的哲学和文化采取了民族虚无主义态度，甚至以批判、丑化、阉割为荣，以传承、衔接传统的哲学和文化为耻，这是需要认真反省的。确实，真理是在反思和质疑中愈辩愈明的。本文正是在与老木的互动讨论中，不断拓展出新的思想和观点，因此要深谢老木。

老木精益求精，锐意打造精品，最新的修改版已经于 2016 年 11 月问世。

第四，《新生》非常适合改编为电影、电视剧，因为情节跌宕起伏，男女情爱波折的戏份也很足，极能吊起观众胃口。当前，大陆民众出国游热情高涨。大陆受众对于异国贸易、异国风情也很有兴趣，这类影视题材的作品亟待开拓，应该很有市场潜力。《新生》借助改编影视，可以开辟中捷文化发展的新路，有利于扩大长篇小说作品在海内外的影响力。这像薛海翔大作家大编剧的《潜伏在黎明之前》，很有市场。还有曹桂林的小说《北京人在纽约》讲述一批北京人在纽约的奋斗与挣扎求存，1993 年，由郑晓龙、冯小刚执导，姜文和王姬主演，成为第一部境外拍摄剧，曾很轰动。冯小刚总是很善于捕捉时代前沿的话题，如《手机》《私人订制》《老炮儿》等，一抓一个准。如果《新生》电影拍制成功，那么翻译为捷克文、英文、法文、德文等，推向世界，也是指日可待的事情。

世界华文文学的标志性作品有哪些？如何真实反映世界各大洲个大洋华人的生存状态、面临的问题、未来的发展方向？如何找到最好的切入点？如何在东西南北风中，不迷失自己？如何创作出具有欧洲华文文学语言风格的作品？如何开拓世界文化市场，进行中国文化的复兴？如何写出伟大的华文文学？不仅作家们在努力，评论者也在寻找，品尝试菜，或者进行理论的前瞻指引。方忠教授一直致力于经典研究，呼吁寻找标志性作品。但文学影响力的问题，其实也关涉文学评价标准的问题，是以海外华文文学的标准，还是中国文学的标准，还是中西文化融合之后的第三种文化标准？所有这些，都是文艺工作者们的新时代大问。

第十三节　海外女性新叙事

在当代世界华文文学史上，张翎被誉为海外华文文学创作的"三驾马车"之一，是海外女性作家中的一颗耀眼星星。她从20世纪90年代中后期开始在海外写作，自1998年到2020年的22年间，出版10部长篇小说、9部中短篇小说集，最近新作有《廊桥夜话》《胭脂》《拯救发妻》等，平均一年一部作品，写作速度惊人，笔耕不辍。与其他海外女作家相比，张翎自有其独特之处。

一、拓展留洋女性故事题材

中国女性漂洋过海，到异域学习、生活，已有百多年的历史。不少中国女性早已从裹足不出门的旧女性，转为行走四方、自创天地的新时代女性，其中，越来越多女性投入海外故事书写行列，海外女性文学也因此得以蓬勃发展。在中国现代文学中，有留学经历的知名女作家有陈衡哲、冰心、苏雪林、林徽因、杨绛、张爱玲等，而当代出洋的知名女作家更是星光璀璨，足迹遍布北美洲、欧洲、亚洲、大洋洲等地，如聂华苓、赵淑侠、三毛、陈若曦、於梨华、施叔青、查建英、刘索拉、张翎、虹影、李彦、曾晓文、陈瑞琳、周励、施玮、施雨、戴小华、朵拉、黄鹤峰、刘瑛、朱颂瑜、周洁茹、张新颖、张凤、穆紫荆、华纯、海云、梓樱、顾月华、朱晓琳、王周生、刘西鸿、彭小莲、张琪、梦凌等，她们书写海外女性的作品日益丰硕，不容小觑。王红旗教授认为："她们的写作有一个共同特征，就是贯穿中西，奔跑在故土与异乡、历史与现实之间，我称她们是中国女性在海外的精神脊梁与文化传播者。"①

张翎作为当代著名留洋女作家，拓展海外女性文学题材，善写出国女子故事。中国女子出国缘由五花八门，早期多是"嫁出国门"，张翎敏锐捕捉到这一现象，点化成长篇小说《邮购新娘》，拓展出新题材领域，中国社会科学院赵稀方研究员评论该作时指出："张翎不再仅仅书写生活在他国异乡华人的价值冲突和内心苦难，而做了更进一步的追溯延伸，这就有了由人物引发的家国想象以至中西冲突的历史。在重叙革命历史及其与个人的关系上，张翎不但增添了中西冲突的维度，更凸显了历史叙述的性别立场。张翎洞悉人情世故，善于状摹男女之间的交往互动，长于语言和感觉的锻造，构成了海派美的正宗。"② 赵教授的评论相当精准精彩、全面深刻，点明了张翎小说的美学价值。

女子出国当然不只嫁人一途，更多的还是留学。回顾百年历史，中国留学新女性始于 19 世纪末。1880 年，7 岁的江西籍康爱德、湖北黄梅籍石美玉由传教士带到美国念书，1896 年两人均毕业于密西根大学医学专业。1881 年，18 岁浙江籍金雅妹入读纽约大医院附属女子医科大学，1885 年以优异成绩毕业。1884 年，18 岁福州籍柯金英赴美，1894 年毕业于费城女子医科大学。这 4 位自费留美女生，精

---

① 张林：《张翎简介》，http://www.china.com.cn/opinion/female/2014-04/15/content_32103538.htm，最后访问日期：2020 年 5 月 30 日。
② 赵稀方：《历史，性别与海派美学——评张翎的〈邮购新娘〉》，《世界华文文学论坛》2004 年第 1 期，第 33 页。

研西医，沟通中西医学，居功甚伟。[①] 这些留学女生大胆打破深闺传统，迈出国门，远涉重洋，在女性生存空间战中，打响了第一枪。她们习得一技之长后，自力更生，视野开拓，锐意进取。她们最早沟通中外文化，为近现代中国女性追求独立和解放树立榜样，开风气之先。她们是中国女性的精神偶像，早已在中国史书上留下浓墨重彩的一笔。改革开放后，中国出国留学生日益增多。1978—2016 年，共有 458.66 万人。截至 2016 年，在美国、加拿大、英国和澳大利亚的华人学生数量占总数的比重分别为 41%，55%、23% 和 54%。2016 年，留学生总数为 54.45 万人，同比增长 3.97%，较 2015 年增速下降 8.17 个百分点。2016 年自费留学人数高达 49.82 万人，同期国家及单位公派留学人数达 4.63 万人，自费留学比例 91.5%，连续 8 年达到 91% 以上。2017 年《中国留学发展报告》指出，留学人员增速放缓，但留学生数量依然保持全球第一，女性比例逐渐增长。时下中国留学生女多男少，阴盛阳衰，比例失衡；如英国留学生中，女生占

---

① 男性出国比女性早。1847 年，容闳赴美留学，1854 年回国，开中国海归史先河。1872 年起，晚清政府向外派遣留学生。1877—1894 年，黄遵宪以外交官身份出使日本、英国、美国、新加坡等国家和地区。其后，自费赴东邻日本留学的女学生渐渐涌现。《清国留学生会馆第三次报告》指出，1903 年，有 3 人就读于日本女子大学附属高等女学校，2 人就读于女子美术学校，10 人在帝国妇人协会学习。1903 年 4 月 8 日，华人争取男女平权的首个爱国妇女团体——留日女学生共爱会，由胡彬夏女士等在东京发起成立。1904 年，"鉴湖女侠"秋瑾自费赴日留学。1905 年，清政府派官费留学女生，赴日速成师范学习，湖南派 20 名，奉天每年派 15 名。出国留学女学生中，最著名的是宋氏三姐妹，宋蔼龄于 1904 年离沪赴美，前往世界上首所为女性专设的高等学府美国威斯里安女子学院学习，是该校首位中国留学生。1907 年江苏还为该校选送了 3 名留学生。耶鲁大学 1701 年成立，直到 1969 年才招女生，可见女性入读高等学府的艰难曲折。1914 年，24 岁的湖南籍陈衡哲考取清华学校留美学额，在美国沙瓦女子大学、芝加哥大学学习西洋史、西洋文学，分获学士、硕士学位。籍雅茹：《中国第一个女留学生》，http://blog.sina.com.cn/s/blog_ 135e860320102x2f8.html，最后访问日期：2020 年 5 月 30 日。

63%；美国留学生中，女生占 51%。改革开放至 2000 年，出国女子多"考出国门"，受过教育的一代才女在异国自谋职业，站稳脚跟。21 世纪以来，通过自费"捧出国门"的女留学生日益增多，她们演绎出不同版本的远洋故事。

20 世纪 60 年代，中国台湾留学成风，留学生文学随之兴起，如於梨华《又见棕榈，又见棕榈》、白先勇《芝加哥之死》等，塑造了"无根的一代"的留学生形象。改革开放后，大陆留学生文学则有《我的财富在澳洲》《陪读夫人》《曼哈顿的中国女人》《北京人在纽约》等，塑造了"奋斗的一代"的留学生形象。这一时期，由留学生文学作品改编为影视作品的也日益增加，如电影《少女小渔》、电视剧《北京人在纽约》等。而张翎小说不仅是留学生文学，不只书写放逐和离散主题，还更关注人性幽谧、家族探秘、历史寻根、中西文化冲突融合等主题，如《恋曲三重奏》《团圆》《弃猫阿惶》《毛头与瓶》《陪读爹娘》等。中国女性出国缘由，从被贩卖、嫁人，到留学求学，进而发展到谋职工作，甚至跨国创业，其变化之大可谓云泥。当代海外女作家与近现代海外女作家相比，其创作有更广阔的书写题材，但因此也有更大的叙事挑战性。

张翎自身就是留学女生，1983 年毕业于复旦大学外文系，1986 年赴加，在卡尔加利大学获得英国文学硕士学位，后赴美在辛辛那提大学获得听力康复学硕士学位。长居国外，在卡尔加里、辛辛那提、明尼阿波利斯、温哥华、多伦多以及中国温州等城市生活工作写作。张翎是留学女性中的佼佼者，其作品获奖无数。长篇小说《劳燕》获《当代》杂志 2017 年度最佳作品奖、2017 年度新浪十大好书奖，入选 2017 收获文学排行榜、2017 年度中国长篇小说排行榜。另外，该篇小说还获过第七届十月文学奖（2000）、第二届世界华文文学优秀散文奖（2003）、首届加拿大袁惠松文学奖（2005）、第四届人民文学奖（2006）、第八届十月文学奖（2007）、《中篇小说选刊》双年度优秀小说奖（2008）等。中篇小说《羊》《雁过藻溪》《余震》进入中国小说学会 2003 年度、2005 年度和 2007 年度排行榜。长篇小说

《金山》（2009）获首届"中山杯"华侨文学奖评委会特别大奖、华语文学传媒大奖年度小说家奖等。张翎的文学创作起步于中年，如她自谓："一个离开了青春的人不一定非得一头栽进衰败的。其实青春和衰败中间还有着无限的空间和可能性，可以让人十分惬意地甚至有些偷生似的享受着大把大把的冷静和成熟。"① 人到中年而再次腾飞，需要何等令人钦羡的勇气和毅力。

而研究张翎创作的文章也越来越丰硕，如赵稀方、刘俊、王红旗、陈瑞琳、倪立秋、张欣、江少川、胡德才、程国君、江岚、刘艳、李娜、花宏艳、于京一、张娟、池雷鸣、汤俏、戴瑶琴、申霞艳、刘红英、陈庆妃、徐学清、韩浩月、赵树勤等，从家国、家族、认同、疼痛、创伤、女性、男性、生命、牧师、空间、离散、跨域等角度切入，各有精彩论述。

张翎善于书写各种类型的海外女性。不管因何原因漂洋过海，去国女子的经历注定漂泊难行，充满变数、艰辛、曲折。因此会涌现出大批生离死别的悲欢传奇故事以及可歌可泣的优秀人物。张翎的中篇小说《阿喜上学——金山人物系列之一》讲清末金山唐人街女子如何谋取读书权。14 岁的阿喜从开平被"卖"到咸水埠温哥华，被许配给比她大了 27 岁的阿久，出洋嫁人，不料尚未过门，丈夫却先病死了。然而，阿喜却坚持为自己争取读书权，虽遇百般阻力，但一心向学，坚韧成长，成为少有的受过教育的早期金山女子，成为名画家，成为历史人物。旧式女孩的命运要靠父母、家庭、婚姻来改变，而阿喜却懂得靠自己奋斗和抗争，难能可贵。可见出洋经历赐予其勇气，西方风气也改变了女子的思想。《雁过藻溪》的灵灵，考入多伦多大学商学院后，父母离婚了。《望月》的上海大亨孙三国的外孙女卷帘、望月、踏青远赴多伦多，人生道路开始变得风雨飘摇。《交错的彼岸》以加拿大温州作家身份书写两名温州女子的加拿大故事。

① 张翎：《散落在文字中间的闲话》，载《尘世》，广西人民出版社2004 年版，第 194 页。

像侦探小说般，要侦破多伦多女子黄蕙宁神秘失踪之谜，才华出众的女记者卷入调查。小说以多重视角揭露黄蕙宁的出身、家世，从个人命运入手，讲述中国南方的金氏家族和美国加州酿酒业大亨汉福雷家族的故事。两个家族的故事借女记者的侦探而聚合，而女记者自身与警官的感情也渐趋圆满。《廊桥夜话》以廊桥沟通杨家与村外，见证又悉数包容了阿贵妈和女儿阿意、越南儿媳阿珠一次次的"来""逃"与"返"。

张翎借写作寻根，开启回乡与溯史之旅。其《金山》起笔就讲回国处理文化遗产的加拿大华侨艾米。这位混血女作为方家的第五代后人，随着民俗专家回到祖宅碉楼寻根问祖：清末，方得法到加拿大淘金、修铁路，由此牵引出广东开平一家五代在异国他乡艰苦奋斗的家族史、海外华人打工史。全书分为引子、金山梦、金山险、金山约、金山乱、金山迹、金山缘、金山阻、金山怨、尾声十部分，其中最为感人的是女子六指，她生儿育女，勤勉持家，凭写字、作画撑起了一片天，一生为前往金山与丈夫相会而努力，但无奈地苦守碉楼，最终等来移情别恋的丈夫的死讯。

中国女子在 20 世纪初遭逢战乱、中期遭逢动乱、后期经历知青出城或大学生出国留学等离乱经历，从争取婚姻自由权、受教育权，到争取选举权、自立权，一路走来，殊为艰辛。张翎善于书写泥土般坚韧、扎实的海内外女性，如张翎的首部战争题材作品《劳燕》，就讲传奇人物阿燕如何成长于温州玉壶的中美合作训练营："这是一个特别顽强的女人，什么样的委屈和耻辱都能承受，就像泥土一样，把最脏最耻辱的东西转化为营养，还能够滋养万物。哪怕踩上一万只脚，吐上肮脏的唾沫，雨水一来，泥土里照样能生长出美丽的花朵。"张翎笔下的女性人物，挣扎奋斗、抗争命运、求存图强，仿佛有地母般的精神。[①] 她们都像关汉卿在《南吕一枝花·不伏老》中所说的

---

① 邹雅婷：《作家张翎：书写另一种版本的中国故事》，《人民日报（海外版）》，2018 年 1 月 11 日。

"我是个蒸不烂、煮不熟、捶不扁、炒不爆、响珰珰一粒铜豌豆",如《余震》的李元妮、《金山》的六指、《阵痛》的勤奋嫂等。张翎擅写女性,多写海外女性的生存困境,且各个历史阶段的女子都有涉及,关注当代女性遭遇的种种棘手问题,如婚姻、职业、事业、子女教育、移民、养老等,具有时代意识。张翎小说题材不拘一格,自由地打通海内外女性文学书写疆域。

二、招魂叙事

小说叙事有一种能力至关重要——招魂,即召唤小说魂。在张翎的小说里,她注重对女性之魂的描画,召唤女性的独立之魂、自我之魂。小说编织、缝合人生的种种零碎,要找到灵魂才有生命力,人物才能行走如风,如在眼前。作家善于勾画不可见的人物灵魂,其小说才能扣人心弦,传播广远。

第一,召唤故事的灵魂,将之激活。张翎自称,写小说最依赖的元素是内心的感动。感同身受,方能问米招魂。张翎会讲故事,善讲故事,总有抓人注意力的魔力,故事情节一波三折,人物传奇跌宕起伏,让读者忍不住急切地想知道故事的结局,因此对其作品爱不释卷。码字殊为不易,对长篇小说编码尤其艰辛,就像张翎长篇小说《流年物语》中所写的制表大师沛特纳一样:"他的目光像一把无所不至的微型扫帚,仔细地拂扫过零件表面的浮尘,寻找着一样可以把无数零乱的个体串成一个和谐的整体的东西,那样的东西的名字叫灵魂。"① 在收服读者之心方面,张翎痴男怨女、多角情爱、几代纠缠、为情所困、心灵煎熬、生离死别;而且以风月写风云,以小人物烛照大历史,个人的"命中命"与时代的"运中运"缠绕博弈。当年李碧华言情小说也是如此风靡海内外,收获海量读者。但张翎比李碧华多了海外背景,更增添了全球视野:海内与海外故事互相映照,中西

---

① 张翎:《流年物语》,北京十月文艺出版社 2016 年版,第 162 页。

文化互相映衬，不仅传承中国当代现实主义文风，也吸收西方小说叙事传统，自觉接受当代创意写作体系的熏陶与训练。

第二，召唤女性的灵魂，使之还魂。张翎善于刻画人物，写透女性灵魂，善讲海外求存故事，而不止是反复回望中国的苦难史。远在海外的女子，其生存难题多不胜数，关键一点就是不管贫富贵贱、优秀平庸都难逃孤独寂寞，尤其是在突发意外状况如生病甚至住院之时，最易让人在情感问题上走向迷途。而有时一句话就能解开人物内心的疙瘩，如《雁过藻溪》中的黑人妇女劝华人妇女："离婚只是一张纸，锁在抽屉里就行了，用不着带在身上的。"① 该小说重点再现女性如何重新找回身体感觉、重塑自我。远在海外，青年女子面临着中外文化冲突而导致的婚姻难题，中年女性面临抚养国内老人的难题，晚年妇人面临自己如何在异国他乡养老的难题，如《空巢》，人生处处有难题。但是，再难的女子也有出路，种下的落牙也会发芽。中篇小说《弃猫阿惶》讲小楷到加拿大为丈夫尚捷陪读，看护小孩、在家打工、不出门不装扮，遭丈夫嫌弃离去。她牙关咬碎，按农林大学读书的习惯种牙，并做卡片插盆，上书："科属：忍冬类。种植环境：暗无天日。株距：无依无靠。开花日期：永不。最佳肥料：自生自灭。"② 以惨绝的植物喻悲绝的女人，真是妙绝。女人幸得弃猫阿惶相伴，相依三年，得以幸存。后来，阿惶病死，尚捷想归来，但是小楷已自立，习惯了孤独。墙角的落牙盆，长出了小小的三叶草。内心强大，不是因拥有了多少，而是在一无所有时百忍成钢，坚强生存。张翎写了不少出国的女子，她们都突遭变故，面临身无分文的绝境，但她们能不卑不亢，自觅生路，以德报怨，相当有骨气。

第三，召唤女性自救的灵魂，放飞自我。张翎几乎每作都涉及女性苦难史、蜕变史、成长史，有很强的历史感。从丑小鸭到白天鹅，从灰姑娘到白雪公主，女人们在荆与棘中自我修炼，在血与泪中自我

① 张翎：《恋曲三重奏》，江苏文艺出版社2013年版，第131页。
② 同上书，第272—273页。

超越，苦尽甘来，最终懂得做自己的真谛。人生而苦，女人尤其苦。如长篇小说《唐山大地震》的王小灯，在地震后成为孤儿，留下巨大的心灵创伤，一生饱受灾后综合征的煎熬。她为躲避继父纠缠，愤而赴加拿大留学，后写文为生。若干年后，夫妻离异，女儿自立，似乎所有人离开自己之后都活得很好。她虽被提名总督文学奖，却依然走上自杀之路，所幸未遂。在心理医生沃尔佛的启迪下，她决定回国返乡寻找病根，出乎意料地找回了亲母和弟弟，她终于理解了母亲于当年大难中，在双胞胎子女中取舍的两难，包容了她；理解了继父的生存艰难，原谅了他，最终解开自己的心灵疙瘩，还魂，走上了正常的人生道路。在祖辈的基础上，后一代女人看似比前一代女人活得更为恣肆，但是总有不同的苦楚潜滋暗长。全世界女子的成长路有同步共振之处。2018年初，印度电影《神秘巨星》讲述小女孩极度艰难地冲破男权社会的重重阻力，实现歌星梦。这故事也非常赚人热泪，打动人心。与之相似，张翎笔下多是有傲骨、自尊自立、心灵自足的女子，她们兼具传统的坚韧、贤淑、安静以及忍辱负重、牺牲自我、成全他人之品质，如勤奋嫂、阿燕等。张翎喜欢写和平、大团圆。张翎小说招魂意义在于，为困境求存的女性建构出自我赋权的力量。

第四，塑造招魂人，为苦难路途中的人救赎、引路、导航。张翎笔下反复出现牧师、传教士等形象，如《望月》中的李方舟，《交错的彼岸》中的安德鲁，《邮购新娘》中的约翰和保罗祖孙、《劳燕》中的比利等，以至于朋友们戏称其有"牧师情结"。这也难怪，作者本身信仰基督教，其意在经由牧师之眼，看尽各种遭遇，尤其是男性的苦难。在残酷的极致境遇，对人性进行拷打，剖露肉身与灵魂的凄婉。张翎小说注重对比东西方文化，运用他者视角，把西方人当作拯救者或唤醒者的角色，借之来拯救东方文明，如《余震》中的心理医生，《劳燕》中的传教士比利，此外，她还写及好些基督教义的传诵。近年，这类文学形象日益增多，如陈河的长篇小说《甲骨时光》就写一位传教士痴迷中国甲骨文，行走在中国大地，为保护文物贡献了一生的心血；施玮的长篇小说《叛教者》也写传教者悲剧的一生。

这些都给中国文学史增添了新的海内外元素。

第五，在为他人招魂中实现自我回魂。张翎前期作品《余震》中，王小灯在心理医生引导下才逐步打开心窗。后期作品《劳燕》中，阿燕最初被比利拯救，随之学医，从救死扶伤、拯救他人的过程中，找到拯救自我之道，从他人拯救进化到自我拯救，这告诉我们一个道理：痛苦、悲绝的解救之道不是安慰，也不是遗忘，而是在拯救他人的过程中拯救自身。这已不再是用西方文化拯救东方文化之类的理念，而是变成了用东方文化自救。这其实是很有宗教精神的见解。在张翎笔下，传教士与心理创伤、心灵救治有关，在宗教精神中对抗人性的丑恶，化解内心的苦楚、死亡的恐惧，度人、度己，得到灵魂的救赎。张翎通过自己的写作，拭去了多少人的眼泪，解救了多少痛苦的灵魂。这大概就是文学的意义，蚌病成珠，光耀人心、疗伤治病。

三、风感叙事

如果说，绘画之难不在于形体和色彩，而在于风的感觉，即难以画出灵动无形的风，那么，小说难把握的则是灵动的节奏、无形的旋律感。长篇小说《阵痛》中云："风是看不见的，风却无所不在。风是潜伏在一切色彩和形状之下的那股灵气，风仿佛揭开了万物身上的锁链，风叫万物有了行走飘逸的自由。"① 女性如水、如风，女作家往往擅长把握柔性动感旋律，叙事手法多样，为小说平添姿彩，张翎小说就有这种逐风的动感。

生死互换，带来灵动的风感旋律。生死交点，是一种悖论。若某人死了，而灵魂还活着，这就变成了一个同属两种状态的个体，故事就会在虚实之间形成流动的倒影状态。中国传统文学中多讲亡灵幽灵、神仙鬼怪、三世轮回等故事，如《山海经》《西游记》《聊斋志异》等。但以亡魂的视角来讲故事的则较为少见。而当代文学影视

---

① 张翎：《阵痛》，作家出版社 2014 年版，第 264 页。

创作中，日益喜欢从亡灵视角来讲故事的有莫言的《生死疲劳》、余华的《第七天》、以及电影《人鬼情未了》等，新近影片《寻梦环游记》则把主角带到亡灵世界。在张翎笔下，生死交叠、生死与共的故事则反复出现。长篇新作《劳燕》感人至深，借死去的三个男性——传教士、美国教官，中国士兵——亡魂视角进行轮番口述，其中甚至还出现了狗的叙事视角，而所有的叙述视角都指向女主人公阿燕。《劳燕》借助亡魂讲生者阿燕的故事，回光返照，死亦如生，对身处苦难中的女子之来龙去脉，才能看得更加清楚透彻。借别人之口而非自述来讲故事，这就像图形跟衬底的关系。按一般规律，小说主讲阿燕故事，这本应是图形，但小说叙述起来反而变成了背景、衬底；明讲的三个男人故事，本应是衬底，但小说叙述起来好像是图形，这其中形成了复杂悖逆的多重张力关系。不讲是为讲，这是一种高明的叙事策略。三个男人的多声部复调，都指向一个中心阿燕。阿燕，日军炸毁了她幸福的家，逃难途中又被日本人摧残，结果婆家和乡人都唾弃她。幸而传教士收留了她、懂她，愿意终身守护她，可惜传教士不幸早死。她与美国教官两情相悦，但是教官回国后就淡忘了她。未婚夫为她耽误了去革命圣地的行程，她也数次救了未婚夫，然而他在浩劫中受尽折磨，最后自我了断，留下孤独的阿燕。《劳燕》尾声附录一封丢失的信，这让人无法判断真假。若为真，则在一定程度上会改变阿燕的形象，她没遭受那么始乱终弃。然而，这封丢失的信怎么能找得回来？这又是个悖论，既然丢失了，怎么又存在呢？抑或作者看到这封信，才有了这一创作？真实的虚构，虚构的真实，一切都真真假假。

招魂叙事不是亡魂叙事。因招魂叙事是召唤小说之魂，讲究小说叙事的灵动旋律，如风动感。而亡魂叙事是召唤人物之魂，强调写透人物的多面复杂性、事件的多层多元性。因此，招魂叙事是比亡魂叙事范围更宽广、内涵更丰富的叙事概念。亡魂的独特叙事视角，恰似上帝视角的变种，让读者感觉沟通生死世界，超越了实然与超然之间的界限。亡灵世界没有现实那么多的利益冲突和纠纷，因此超然、全知。站在更超脱、更虚无的视角来看待万事万物，由此发掘出新的叙事可能性，时间跨度更大，空间感也更强，更有穿透力。

不写亡魂，而写死亡的过程，则更独特。张翎的《死着》以死亡为开端，描写一个正在死去的魂灵的感受，并在死亡状态中讲述各种矛盾和利益的冲突，这种特殊的死亡叙事比单纯的亡灵叙事更加惊心动魄，有种窒息感。生死与聚散别离有关。海外华人作家往往有更强烈的生死感，这与连根拔起的异域漂流经历有关，根源于居无定所、颠沛流离的随身不安感。海外华人作家都会很敏感地注意到生死的悖逆现象，关注到扭曲挣扎的苦难个体，他们以有限的生命力，努力地活出浓度和烈度。

小说中的风也见于流动的视角、多元的视角，明讲此在，而意指彼在。

《流年物语》原本写就的初稿被推倒重来再写，特意增加了物件视角，全书十章，每章开篇都有从物事视角的引言，各章借由物件串联，每章切换一事物视角：从河流到瓶子，到麻雀、老鼠，到钱包、手表，到苍鹰、猫魂，再到戒指、铅笔盒，等等，从自然物到人造物，从国内到国外，从有形到无形，物件更替，细描各式各样的眼睛，视角滚动不息。人物都蒙在鼓里，而物件却全知全能，这颠覆了读者的常规想象，令人匪夷所思。添加物件视角是妙招，多重对比反衬，添风化雨，更加灵动。故事时间可以自由交错穿插，倒叙、插叙、逆叙、顺序，叙事时间的多元性性因此自由呈现。通过物去展示人的生存状况，物件视角叙述者就是所有事件的参与者、全知全能的叙述者，这些视角让人抽离地看待故事，更加客观，层层嵌套，多层递归，以里里外外、重重叠叠的视角看待一事一物，因此更丰富、多元、透彻明亮，写活了时代征兆，写清了万象谜团，写透了三代人的爱恨纠缠。傲气才女叶知秋挣扎于两个男人之间：丈夫落难在异地不能抛弃，为义；后在窘困流放中两人相遇，心有灵犀，最后为爱献命，为情。静芬知晓丈夫全崇武所有出轨劣迹而隐忍，注意到小女儿全知因看到叶知秋的血流成河而发疯，没有留意到大女儿全力也因此

事件而遭罪，留下了心理疾病。静芬最后得了老年痴呆，不记得丈夫
女儿，却只记得叶知秋。女儿全力一直都不知晓丈夫刘年有私生子，
直至丈夫死时才无意中得知，因而也就最终放弃了将硫酸泼于情敌和
其子的企图，任其成为巨富的囚徒。洞察外公和父亲所有一切龌龊的
思源，变得极度叛逆，最终走向同性恋。知情者或叛，或疯，或死，
不知情者却能全身而退，深刻的悖逆逻辑，类似于蓝胡子的故事。

　　从早前中篇小说《向北方》中，已见出《劳燕》所用的叙事手
法之端倪，表面写男性的哀鸣，实则借用男性视角，通过两个家庭悲
剧的交错对照，特写命硬、命苦的女人达娃。多个叙事人物的多声道
叙事法，较早见于改编自芥川龙之介的短篇小说《筱竹丛中》的日
本电影《罗生门》（1950），武士金泽武弘被杀，强盗多襄丸、死者
妻子真砂、樵夫、借死者魂来做证的女巫，他们作为证人，怀着利己
目的，提供了各不相同的证词，美化自己、隐瞒真相。西西早在
1966年就实验过从8个视角讲女主人的故事，她在《东城故事》中
的叙述者就包括西西、小狗贝贝的视角，笔者曾详述过其多角度的影
像小说叙事特性。① 张翎的《劳燕》同样有公母两只狗"幽灵""蜜
莉"的声音。后来，董启章的多声道叙事实验更为丰富，炉火纯青，
如"自然三部曲"中的每一部都花样翻新。靳凡即刘青峰的《公开
的情书》，借三个男人写信来讲述一个女人。多声道叙事在不同作家
笔下呈现出各异的风采。

　　小说的风还见于名字的更替、身份的流转。如《邮购新娘》中，
江涓涓养母是地委专员江信初的第二任妻子竹影，生母是江家的保姆
方雪花。竹影母亲名字曾为张玉秀、郭翠翠、宋二妮，后来成为越剧
名角筱丹凤，她跟温州首富崔府长孙一夜缱绻而有了竹影。竹影原名
为祝英，一听就知道取名自戏曲名。《雁过藻溪》的末雁，原名叫土
改，大学以后才自己改了名字。《廊桥夜话》的主人公阿贵妈，原名

---

　　① 凌逾：《跨媒介叙事——论西西小说新生态》，人民出版社2009年
版，第46—57页。

叫李月娇，在"瞒"与"骗"中嫁给了杨广，成了阿贵与阿意的母亲。她两次趁着月色逃离，想做回李月娇，而一双儿女又让她心甘情愿得成为阿贵妈。每个名字背后都是一段历史。人物改名不仅跟人生经历有关，也跟记忆有关，涉及身份认同问题，也涉及叙事手法，张翎通过对名字背后故事的铺叙，不断寻找文学中看似不可能的可能性叙事。

《余震》中，女主人公震前叫王小登，震后自己改名叫王小灯。全书设置复调叙述：一是王小灯在国外生活的现在时，一是河北唐山遭难的过去时，两条叙事线索交错推演，最后王小灯从国外回到唐山，追根溯源，去除了心病、心结。全书叙事序幕，以逃脱灾难的王小灯的记忆来开启，大家都以为她在地震中遭难，但其实被救、被领养，不仅没死，而且还去了加拿大。王小灯怨恨母亲在危急关头，取子弃女。回国后找回母亲，发现她给弟弟的双胞胎取名为纪登和念登，而且还看到母亲为当年逝去的王小登写的墓志铭，所有一切，触动颇深。当她不再抗拒之前的身份后，也就挣脱囚笼，放下了积怨，远离了疼痛，获得了自我救赎。不是只有死过一回的王小灯才有剧痛感，其实，她的母亲、弟弟，以及她的丈夫和女儿，无一不被疼痛感操控。显然，余震的巨大破坏力穿透了王小灯一生，影响了她一辈子，她的痛灼伤了自己，也灼伤了旁人，阴影实在太大了。"余震"本指地震之后的余震。地震过去，万物重建，看似没有什么灾难了，但其实不是，心灵的余震从没有停止，而且一直存在于受灾人的心中，慢性侵蚀，荼毒心灵。张翎通过活生生的例子去呈现灾难后的心理，以递归法层层展开，唤起读者自己的想象空间。

《劳燕》中，三个男人分别对女主人公有三个不同的叫法：阿燕、斯塔拉和温德，也分别有三个不同版本的故事。阿燕遭遇日本兵暴行，人尽皆知，导致未婚夫刘兆虎不敢相认。传教士比利救了遭人暴殴、死去活来的她，称之为斯塔拉，教其行医。在美国教官伊恩眼里，她是温德，两人两情相悦，生有一女，但是，回国后的伊恩就忘记了一切。传教士想与斯塔拉结合，自己却不幸早逝。最后，这个苦命的女人与三个男人均无缘，劳燕分飞，各散西东。三个名字，代表三段血泪的经历，也代表三次重生。阿燕总被流言蜚语裹挟，活得极度屈辱，最后她直接跳出来，直面流言，将非礼她的男人揪出来痛骂，因为错不在她自己。她把那镜子打碎了，无限循环的噩梦就被打破了，污名的自我指涉、自我循环就被否定了，蚕蛹化蝶，得以新生。

《阵痛》中的三代女性也曾改名。第一代叫上官吟春，经家破人亡的变故逃到城里后，改名叫勤奋嫂，以隐藏夫家的大地主身份。她为逃难出生的女儿起名叫小桃，这是第二代。后来，小桃读书时自己改名叫小陶。第三代在武斗中出生，叫武生，出国后改叫乔琪娜。三代女人都孤独生产，男人缺席，陷入阵痛的怪圈。一人多名，一名多关涉。名字与我们如影随形，塑造个人的所有身份、心理、定位。改一次名字，换个身份，改头换面，逃离困境，人生就有了推倒重来、打破原有自我枷锁、成见的可能性。借改名而死一次，才能重活一次，是谓重生。

逐风而行，张翎赐予小说叙事以动感。《劳燕》中的阿燕被叫作温德，即 wind，隐喻女性寻找如风的自由和力量。张翎笔下的女性，往往都有风一般的性格和力量，看似弱柳扶风，实则外柔内刚。除了叙事视角所表现的动感之风外，张翎的小说还有"三"的情结，即随处见"三"如三代男女、三个男人与一个女人、一个女人与三个男人、三角情爱、三个名字、三种性格、三类面具、三个地方、三个国度等。"三"的情结似乎和前述的死亡叙事也有关，上一代的死带来下一代的生，在一代代的生死轮回中，强化人物的宿命感、历史的更迭感。因"三"而动，张翎的小说叙事因此更添灵动、多元的叙事角度、叙事广度和厚度，更加朝气勃勃。

四、听云的通感叙事

张翎有极其敏锐的感觉，善于细描视觉、听觉、味觉、嗅觉、触觉，通感叙事常见笔端。女性直觉敏锐，感官敏锐，感性思维发达。张翎特别擅长写女性对于细微之物的敏感，将触觉、嗅觉等常被人忽视的感官体验，作为女性情感的表达方式。这也与其独特的康复师经历有关。张翎在美国的辛辛那提大学获得听力康复学硕士学位后，在加拿大作为注册听力康复师而谋生。因职业关系，她特别关注眼耳病人的痛苦。听觉敏锐，借听觉叙事，见常人之未见，作品有特别之处。如《雁过藻溪》云："老头的声音已如枯柴从正中折断了，丝丝缕缕的全是裂纹。"如《余震》中，王小灯一直深藏着童年伤痛，不断遭关涉余震的听觉、视觉、触感和压力困扰："刚开始时，黑暗对她来说只是一种颜色和泥尘的气味，后来，黑暗渐渐地有了重量，她觉出黑暗将她的两个额角挤得扁扁的，眼睛仿佛要从额上爆裂而出。"①《余震》讲劫后余生的疼痛感如何折磨人，王小灯明白，治疗这类疼痛唯有从根源上去找方法，才能最终得以疗愈。随着情节的发展，慢慢地，故事在结局部分重新回归到安天乐命的温和、中庸与和谐之中，跳出了原本应有的尖锐冲突。人世的苦难太多，所以，张翎作品多为和平、大团圆结局，以增添人生亮色。

　　人有天眼，鹰有后眼，《流年物语》中如是说。有女名叫全知。她真是全知，因为眉心长了一双天眼，能看得见别人看不见的东西，她为此遭罪。当危险来临时，她看到了那个东西，没有脚，不是风，却能飘，且不断变形，身上长鳞，嘶啦嘶啦的直响，它攀着电筒光柱边缘行走，发出肉铺子砧板上的腥气；她看到云，黑的，黑暗有颜色，有气息，甚至有重量；她预见到了叶知秋的鬼魂。她知道所有一切真相，血淋淋的现实。永失所爱，是压垮她的最后一根稻草。叶知秋最终崩溃，疯狂，失踪，不知所终。真相是恶魔，人性是深渊，跌进去粉身碎骨，就像法国民间传说中蓝胡子藏着秘密的房间，不能被打开，真相太残忍。有苍鹰离群索居，自啄伤腿，磨炼出了隐形的后眼，有了全角度的视野，没有盲点，明城与影城皆入眼内，万物再无

① 张翎:《唐山大地震》，花城出版社2013年版，第22页。

隐秘，成为独一无二的飞禽。

失聪男孩尼尔，对音乐有过人的领悟，《向北方》中如是说，因为"听力正常的人是要依赖音乐的形式和包装来进入核心内容的，可是尼尔跳过了那些花花草草的东西，直接进入了音乐的骨髓——'节奏'。"手语的姿势是最能表达一个人的个性和情绪的。手语从心里直接地赤裸地流出来的，来不及穿上任何衣裳，从手语里可以看出颜色听出声响。"① 他因为异常而更能接近纯真，更能接近本质。

声音功能万万千千。《流年物语》云，"女人的嗓子其实是女人的武器，女人用它来遮掩情绪，骗过警觉。女人的声音是一张盖在篮子上的陈年报纸，满是灰尘皱褶，脏旧得让人懒得花心思去猜度篮子里的内容""嗓子伤得很深，很久很久才终于弥合结痂。嗓子记仇，嗓子在很长的时间里都不情愿再替她发出声音"②。古典诗词多写动听声音或哀婉声音，如"新声含尽古今情。曲终人不见，江上数峰青""六月初七日，江头蝉始鸣。石楠深叶里，薄暮两三声"。张翎如此写声音的伪饰与欺骗，较为少见，也较有新意。

张翎身居海外，虽然也遗憾地错过了当代中国几十年跌宕起伏发展的大好素材，但由于不断往返于海内外之间，感觉十分敏锐，因此也捕捉到了不少当下的新鲜题材，如《死着》《都市猫语》《心想事成》等中短篇小说的创作，这些作品抓住时代洪流中的几个碎片演绎出故事的万花筒，成为张翎更具有个性化和异质性的文学资源。

时代在变，华人在海外扎根益深，成就益厚。越来越多中国移民作家从创作留学生文学转为留居人文学，如戴舫《第三种欲望》、虹影《八十劫》、薛海翔《情感签证》等，后来更转为空中飞人文学、环球人文学，如少君《人生自白》《人生笔记》等。在当今流动社会，"空中飞人"成为常态化，或者说是时空概念上的"世界公民"

① 张翎：《向北方，余震》，北京十月文艺出版社2016年版，第239、213页。

② 张翎：《流年物语》，北京十月文艺出版社2016年版，第21、66页。

已成为可供选择的身份。而且，越来越多海外华人文学被改编为影视作品，如张翎的中篇小说《空巢》改编为电影《一个温州的女人》，获金鸡百花电影节新片表彰奖、英国万像国际华语电影节最佳中小成本影片奖；中篇《余震》改编为电影《唐山大地震》，获亚太电影节最佳影片、中国电影百花奖最佳影片等。2019年，张翎出任电影《只有芸知道》的编剧，继续与冯小刚合作。信息流与媒介传播范围不断扩张，由此带来的出国与回流、跨域与跨界、跨媒介与跨传播，都成为海外新移民文学的新叙事特征。

作为加拿大华裔女性作家，张翎善于写国内外女子对照的两生花故事，形成互文现象，在跨越空间的广阔思域中，开放感官，感悟人生。其笔下常见情节设置为中国女子远赴海外生活，人物在国外国内频繁迁徙，借远洋求存境遇，串联起各色人物的故事，海内外的人生经历交织，过去和现在的时间交错，国外女子经过国内生活的历练后，更通晓人生、人性。张翎在《邮购新娘》的后记中说："我的主人公和我一起不断地在飞翔和落地中经历着撕扯和磨难。飞翔的时候思念着欲念丛生的大地，落地的时候又思念着明净高阔的天空。飞是一种伤痛。落地也是一种伤痛。"① 张翎笔下的主人公也有类似的境遇，但是主人公面对人生经历的多样性，在悲与喜转化中慢慢地消解了这种惊心动魄的人生传奇，从刚烈转向柔和，消弭一切恩仇。

张翎叙写海内外女性的曲折经历，书写出国女子林林总总的人生故事。调动各种感官，听香、品云、追风、逐月，通感不仅指向身体感官，也指向对世界的体悟。视听是人的感官，国家是世界的感官，叙事是文学的感官。张翎刻写海内外女性密密麻麻、难解难分的细腻心理感悟，笔下渗透出催人向上的激励力量，卑微与高贵交织、惨烈与不屈并举、冷暖色调并存，由此刻写出千姿百态的个体风格印记，在人物形象、叙事视角、听觉叙事、书写主题等层次中，依次打下自己独特的烙印，她书写的跨国对话，具有世界视野。这是张翎独树一

---

① 张翎：《邮购新娘》，浙江文艺出版社2015年版，第304页。

帜的文学追求。留学、漂泊、移民、海归，离去、归来、再离去，来回奔忙于海内外的不同空间中，挣扎求存，这些生活经历赐给海外华裔女性新的行走路径、思考方式，华文文学也因此开出别样、鲜艳的花朵。

凌逾学术年表

1995 年 7 月，获华南师大中文系学士学位，留校工作。

2000 年 12 月，获华南师大现当代文学硕士学位，评为讲师。

2002 年 5 月，参加由暨南大学等主办"中国世界华文文学学会"成立大会，参与台港澳文学史写作。

2003 年 7 月，中山大学比较文学与世界文学专业攻读博士学位。

2006 年 12 月，评为副教授。获博士学位，博论为《跨艺术、跨文化的创作视野——论西西小说的文体创新》。

2007 年 4 月，到河南理工大学参加第二届中国世界华文文学论坛，宣讲论文《西西研究的新路向》。

2007 年 10 月 16 日—19 日，到南昌江西社科院参加首届叙事学国际会议暨第三届全国叙事学研讨会，宣讲论文《蝉联想象曲式：〈飞毡〉评论》。

2008 年至今，任硕士生导师。任广州市女知联教育分会会长，其后为理事。

2008 年 8 月，到江西社科院参加跨媒介叙事高端会议，宣讲《我城》的图文叙事创意。

2008 年 9 月，中国社科院文学所博士后入站。

2008 年 10 月，参加第十五届世界华文文学国际学术研讨会，宣讲论文《后现代的香港空间叙事》。

2009 年 6 月 21 日—23 日，到徐州师范大学参加第三届世界华文文学高峰论坛，宣讲论文《读者参与小说创作的后现代叙述——由西西叙事实验出发的探寻》。

2009 年 7 月起，主持中国博士后科学基金项目《跨媒介叙事的香港文学新生态》。

2009 年 10 月，《跨媒介叙事——论西西小说新生态》，人民出版社出版。

2009 年 11 月，到韩国参加"反省与对话－中国语言文学研究的方法与方向"国际学术活动，宣讲论文《从〈哀悼乳房〉看女性主义叙事学的中国本土发展》。

2010 年 11 月，评为教授，博士后出站，中国世界华文文学学会理事，高校"千百十人才培养工程"校级培养对象。

2010年3月7日—9日，到暨南大学参加"海外华文与诗学"全国博士生学术论坛，演讲论文《后现代的空间叙事》，获"2009年全国博士生学术论坛（海外华文与诗学)"最佳表达奖。

2010年6月25日，到香港中文大学参加中西与新旧——香港文学的交会研讨会，宣讲论文《跨媒介视域下的小说空间叙事——比较西西与略萨的创作》。

2010年10月17—20日，到武汉参加第十六届世界华文文学国际学术研讨会，宣讲论文《论图文互涉叙事》。

2010年12月，主持广东省哲社"十一五"规划2010年度青年项目《香港跨媒介叙事研究》。

2010年12月17日—18日，到香港中文大学参加"香港：都市想象与文化记忆"国际学术研讨会，宣讲论文《后现代的香港空间叙事》。

2011年2月—2012年2月，获国家留学基金管理委员会"青年骨干教师出国研修项目"，公派往美国加州柏克莱大学访学一年。

2011年6月4日，参加"2011年斯坦福大学中国学者论坛"，会议主题"中国：转型、挑战与发展"，宣讲论文《新世纪的跨媒介文化转型》。

2012年7月12日，参加国家社会科学基金项目《二十世纪中国文学史通论》，撰写港澳卷30多万字，结项优秀。

2012年8月，《跨媒介：港台叙事作品选读》，广东高等教育出版社出版。

2012年10月4日，到南京师范大学参加首届中国符号学论坛，宣讲论文《难以叙述的叙述：〈浮城志异〉的图文符码互涉》。

2012年10月27日—28日，到福州参加第十七届世界华文文学国际学术研讨会暨中国世界华文文学学会成立10周年大会，宣讲论文《文拍与舞拍共振叙事》。

2013年7月12日起，主持国家社科基金后期资助项目《香港跨媒介文化叙事研究》。

2013年7月20—21日，到贵州师范大学参加第二届中国符号学论坛研讨会，宣讲论文《味觉地理学的空间叙事》。

自2013年起撰写香港文学年鉴，已写十年，收入古远清教授、胡德才教授主编的各年《世界华文文学研究年鉴》。

2014年10月，国家社科基金重大项目《华文文学与中华文化》子课题负责人。

2014年9月14—22日，到新保加利亚大学参加第十二届世界符号学大会，宣讲论文 Integration of Literature and Dance in Cultural Semiotics。

2014年11月1—4日，到南京大学参加第三届21世纪世界华文文学高峰会议，宣讲论文《现当代香港文学创意与媒介生态》。

2014 年 11 月 18—23 日，到广州参加首届世界华文文学大会，宣讲论文《对倒叙事：香港后现代电影和小说的融合剂》，大会小组汇报："作为文化窗口的港澳文学"。

2014 年 11 月，评为第八批"千百十工程"省级培养对象。

2015 年 1 月 24 日，参加《香港文学》创刊 30 周年研讨会，宣讲论文《港派跨媒介叙事范式》。

2015 年 8 月 7—9 日，参加语言的共同体——当代世界华文文学高层论坛，哈尔滨，宣讲论文《21 世纪伊托邦时代的文学新符码》。

2015 年 11 月，《跨媒介香港》由社会科学文献出版社出版，获第十五届中国当代文学研究优秀成果奖、广东省第七届哲学社会科学优秀成果著作类奖二等奖。

2015 年 11 月 11—14 日，到云南大学参加第五届叙事学国际会议暨第七届全国叙事学研讨会，宣讲新著《跨媒介香港》，闭幕式作分论坛总结汇报。

2016 年 5 月 29 日，到华南师范大学参加中国新文学传统的继承与发展会议，宣讲论文《创世纪的写托邦与消失美学》。

2016 年 7 月，到捷克、维也纳、匈牙利参加世界华文中东欧文学国际研讨会暨第八届文心笔会，宣讲论文《瑞士籍华裔朱颂瑜散文的欧风岭语》，写会议随笔《创意布拉格》。

2016 年 8 月 19—21 日，到吉林大学参加"文化传统与域外汉语文学"国际学术讨论会，宣讲论文《开拓新古韵小说——论葛亮〈北鸢〉的复古与新变》。

2016 年 11 月，《开拓新古韵小说》获"2016 广东社会科学学术年会"论文一等奖。

2017 年 4 月 7 日，到浙江大学参加"世界华文文学区域互动与跨界发展"国际学术研讨会，宣讲论文《开拓跨国贸易与哲思小说的新格局——论老木长篇小说〈新生〉》。

2017 年 4 月 21 日，到江苏师范大学参加"华文文学与中华文化海外传播"国际学术研讨会暨新移民作家笔会，宣讲论文《自审与审他：多重跨越——论少君的微脸网络叙事》。

2017 年 4 月 25 日，评为华南师大现当代文学博士生导师。

2017 年 8 月 5 日，参加由中国社科院主办"转折的时代——40、50 年代之交的汉语文学"国际学术研讨会，宣讲论文《香港 40、50 年代之交的汉语文学》。

2017 年 11 月 12 日，到南京参加由《世界华文文学论坛》主办"中华文脉与华文文学"国际高峰论坛，宣讲论文《跨界创意香港风》。

2017 年 12 月，《谁持彩练粤空舞——2015—2016 年广东舞蹈观察》获 2017 广东社会科学学术年会优秀论文二等奖。

2018 年 2 月,《跨界网》,中国社会科学出版社出版。

2018 年 7 月 8 日—10 日,到四川大学参加首届符号传播学学术研讨会暨 2018 年文化与传播符号学高层论坛,在闭幕式上做小组汇报。

2018 年 8 月 8 日—15 日,到中国驻槟城总领馆参加第三届"世界华文作家与学者·槟城文学采风"会议,宣讲论文《和合美学朵拉韵》,做代表发言,发表《跨界槟城》一文。

2018 年 11 月 9 日—11 日,到厦门大学漳州校区参加中国中外文艺理论学会叙事学分会首届高层论坛"中西文化与叙事传统"专题研讨会,宣讲论文《复兴传统文化的跨媒介叙事》,做第四分论坛"文化传统与跨媒介叙事"主持人并代表分论坛做总结汇报。

2018 年 11 月 15 日—18 日,到杭州师大外国语学院参加第四届跨媒介研究国际研讨会会议 The 4th International Symposium on Intermedial Studies, Intermedial Practice and Theory in Comparison,宣讲论文 Three-World Narrative in the Cyber Time。

2019 年 3 月 8 日,被评为广州市三八红旗手。

2019 年 4 月 23 日,《跨媒介文化创意的新教改策略》获第十届校级教学成果奖二等奖。

2019 年 8 月 23 日—25 日,参加 2019 年文化与传播符号学研讨会,宣讲论文《港澳的船舰符号与海上丝路》,并担任小组论坛的评议人。

2019 年 11 月,受聘为教育部 2018 年度青年长江学者。

2019 年 11 月 1 日—4 日,到华南师范大学组织召开"走向媒介融合的文学与文化研究"第一届国际学术研讨会。

2019 年 12 月 4 日起,任国家社会科学基金重大项目《香港文艺期刊资料长编》子课题负责人。

2019 年 12 月 21 日,参加广东省妇女第十三次代表大会。

2020 年 5 月,《跨界网》获第四届华南师范大学优秀教学论文、教材奖一等奖。

2020 年 9 月—2021 年 7 月,接受宁夏医科大学马克思主义学院的邀请做访问学者。

2020 年 10 月 20 日,参加中国世界华文文学学会第五次会员代表大会,线上会议,当选为中国世界华文文学学会副秘书长。

2020 年 11 月 13 日—15 日,组织召开"粤港澳大湾区中文前沿论坛暨 2020 年广东省研究生学术论坛中国语言文学分论坛"。

2020 年 12 月 30 日,参加广东省妇女研究会新年研讨会。

2021 年 1 月,《融媒介:赛博时代的文学跨媒介传播》,海峡文艺出版社出版。

2021 年 1 月，到汕头大学参加"文化自信与文学建构：粤港澳大湾区文学峰会"，大会主题发言《构建粤港澳大湾区文化想象共同体》，小组评议汇报。

2021 年 5 月，《跨界创意访谈录》，花城出版社出版。

2021 年 6 月，参加"香港文艺期刊史料长编"学术研讨会，大会主题发言《陆岛诗友佳作入场平而论道——〈圆桌〉诗刊资料整理及其诗歌研究》。

2021 年 7 月，《跨媒介文化研究》入选华南师范大学研究生课程思政示范课程微视频大赛 100 门优秀微视频。

2021 年 9 月 24 日起，主持国家社科基金重点项目"网络智能时代中国文艺与科技融媒介传播研究"。

2021 年 9 月，到澳门大学参加杨义学术思想与方法国际研讨会，演讲《以今溯古建构原创国学：论杨义教授的学问之道》。

2021 年 10 月，到西北师范大学参加"理论的跨界与文论的未来"学术论坛，大会主旨发言《跨媒介文论：从希利斯·米勒说开去》。

2021 年 10 月，到中国矿业大学参加"新世纪二十年：世界华文文学研究的境遇与走向"高端学术论坛，演讲《拓展海外女性文学的多维叙事空间——论加拿大华裔作家张翎小说》。

2021 年 10 月，到暨南大学参加"新文科视野下文艺学学科建设"高峰论坛，演讲《面向 21 世纪的融界文化》。

2021 年 11 月，到浙江大学参加"浙江大学—哈佛大学世界文学工作坊——灾难文学与华语文学：理论建构与批评实践的新方向"，演讲《疾病志跨界叙事》。

2021 年 11 月，到杭州师范大学参加第三届跨艺术/跨媒介研究国际研讨会，演讲《论消失考现文学》。

2021 年 11 月，参加"粤港澳大湾区（广东）文史论坛"，演讲《构建粤港澳大湾区文化想象共同体》。

2021 年 12 月，到华侨大学参加华侨华人文学与中外文明交流"理论创新与文本阐释"学术会议，大会发言《香港文学五年纵览》。

2021 年 12 月，到汕头大学参加"新时代华文文学研究的守正与创新"：《华文文学》编委会会议，做大会发言。

2022 年 9 月至 2023 年 6 月，到北京大学访学。

2022 年 5 月 28 日—29 日，到云南大学参加第一届东南亚南亚华文文学学术研讨会，线上会议，演讲《论朵拉的和合美学》，并作小组评议和大会汇报。

2022 年 6 月 11 日—12 日，到浙江大学参加第三届浙大－哈佛世界文学工作坊，线上会议，演讲《论消失考现文学》，并任第八场的小组点评人。

2022 年 6 月，《融界文化研究》获广东省研究生教育创新计划示范课程项目。

2022 年 6 月 26 日，到广州参加"粤港澳湾区故事和声音的全球化、区域化与分众化表达"研讨会，大会主题演讲《粤港澳大湾区的跨界叙事：全球化、区域化与分众化》。

2022 年 11 月 19 日，到中国社会科学院文学所台港澳研究室参加"世界华文文学的理论与实践"学术研讨会，演讲《召唤跨媒介叙事》。

2022 年 12 月 10 日—11 日，参加由江苏省社会科学院文学研究所主办的现代中国叙事与世界华文文学高峰研讨会，线上线下结合，演讲《媒介、译介、域界的融通——赵稀方先生后殖民理论、翻译文化与华文文学研究的跨界之道》。

2022 年 12 月 11 日，参加香港文艺期刊重大课题研讨会，中国社会科学院文学研究所主办，线上会议，主题发言《以诗会友，百舸争流：论香港〈流派〉诗刊》。

2022 年 12 月起，主持 2022 年度国家社科基金重大项目"香港当代报章文艺副刊整理与研究（1949—2022）"。

2023 年 3 月 10 日，在北京大学"首届访问学者、进修教师学术论坛"学术报告会上发表《跨媒介叙事刍议》，获优秀论文奖。

2023 年 3 月 18 日，到上海参加"青春是一种生命精神——陆士清教授学术思想研讨会"，演讲《破冰立业华文缘：论陆士清教授的学术贡献》。

2023 年 3 月 25 日，到广州参加《陈晓明文集》学术研讨会、"有风自南——2023 花城文学之夜"暨"花城文学榜"荣誉盛典。

2023 年 6 月 7 日，获北京大学 2023 年度访问学者科研成果优秀奖。

2023 年 7 月，《中国当代文学思潮：1978—2020》，陕西人民出版社出版。